闇の叫び

アナザーフェイス9◎目次

闇の叫び

アナザーフェイス9

第一部　襲撃

1

「優斗君パパ……大友さん？」

　懐かしい呼び方に、大友鉄は、自然に頬が緩むのを感じた。相手は——聞き覚えのある声は、十年ほど前によく話した相手、庄司菜津子だとすぐに気づく。別名、「真菜ちゃんママ」。息子の優斗の小学校時代の同級生、庄司真菜の母親だ。

「はい、大友です」

「ああ、よかった」菜津子がほっとした声で続ける。「携帯の番号、変わってなかったですね」

「変わってませんよ——どうしました？」

　気軽に会話を転がしながら、大友は早くも違和感を覚え始めていた。菜津子は、真菜が小学校三年生の時に、夫の転勤に伴って大阪へ引っ越していったはずである。あれから六年、関係はすっかり切れていた。

「相談したいことがあるんですけど……」

「私で役に立つ話ですか？」

大友は少し引いた。何年も会っていない人に、突然「相談」と言われても……だいたい彼女は、大阪にいるのではないか？　それを確認すると、菜津子はすぐに否定した。

「二年前に東京に戻って来ました。今は、茗荷谷の方に住んでます」

「文京区ですね」まさに文教地区……もしかしたら真菜は、レベルの高い私立の中学に進んだのだろうか。あの辺には、そういう学校がたくさんある。「それで、どうかしましたか？」

「変な事件が起きたんですよ」

「学校で、ですか？」

「いいえ。学校ではないですけど、学校関係というか……」

はっきりしない。しかし彼女は昔から、もったいぶるというか、回りくどいのが特徴だった。

「すみません、よく分からないんですが」大友は率直に言った。

「あの、学校の保護者の話なんです」

嫌な予感が膨らんできた。保護者が学校で何か問題を起こしたのだろうか。妻を亡くした後、長く男手一つで優斗を育ててきた大友は、同年代の普通の男性よりもずっと、学校との関わりが深い。その結果、様々な親を目の当たりにしてきた。最近特に問題になっているのが、学校に無茶苦茶な因縁をつける「モンスターペアレント」である。刑事事件すれすれのトラブルになることも珍しくない。

「実は、うちの学校の保護者が襲われたんです」

「襲われた？」

大友は思わず声を張り上げた。刑事総務課の他のスタッフの視線が突き刺さってくる。基本的に事件捜査には関係なく、普段から静かな部署なので、大声を出すと目立ってしまうのだ。大友は立ち上がり、廊下に出た。

「――失礼しました」会話が途切れたのを謝り、話を続ける。「襲われたって……穏やかな話じゃないですね」

「本人にはっきり確認したわけじゃないんですけど、噂になっているんです。二日ほど前から、頭に包帯をしています」

「本人に直接確認したわけじゃないんですね？」大友は念押しした。「だったら本当に、ただの怪我かもしれませんよ。誰だって、うっかり怪我をすることはあるでしょう。自転車で転んだりとか、階段から落ちたりとか」噂は何かと大袈裟になりがちだ。

「でも、襲われたっていう話があるんです」菜津子が言い張った。

「それ、根拠がある話なんですか？」

「ですから、噂で……」

「噂だけでは、どうしようもないですよ」

大友は、優斗の小学校時代を思い出した。時折、「ママ友」たちの集まりに巻きこまれることがあったが、その時に飛び交った無責任な噂の数々にはうんざりさせられた——あれが全て本当だったら、学校は無法地帯、大友たちが住んでいる町田は地獄に等しい街ということになる。

「隠しているみたいで、それがむしろ不安なんです」

「本人とは話をしたんですか？」

「まさか。でも、子どもたちが、その人の娘さんに聞いたら、何だか話がはっきりしなかったそうなんです。これって、怪しくないですか？」

もしかしたら、家庭争議の末に——というパターンかもしれない。夫婦喧嘩で、フライパンで頭を殴られて負傷することもありえないことではない。もしもそうなら、恥ずかしくてとても表沙汰にできないだろう。

「仕事中とか、スポーツをやっている時の怪我かもしれませんよ」

「どうでしょうね……とにかく、子どもたちが娘さんに話を聞いた時に、態度がおかしかったって言うんですよ。明らかに何か隠している様子で」

「——それで、私にどうしろというんですか？」

「大友さん、ちょっと助けてくれませんか？　子どもたちが不安になっているし、学校が何か隠しているとしたら、よくないでしょう」

「まあ……そうですね」学校というのは、とにかく事なかれ主義で、何かあっても何もなかったことにしたがる。しかしそもそも、これは校内で起きたことではなさそうだ。保護者のプライベートの問題だったら、学校側も何も言えないだろう。ましてや、周りがあれこれ言うのは筋が違う。

単純なトラブルではないか、と大友は軽く考えようとした。誰かと酒を呑んでいて喧嘩になり、怪我を負ったとか。当然自慢できる話ではないし、家族も恥ずかしがって話さなくても不自然ではない。放置しておいていい話だが……何かが気になった。勘？

「何をしている人なんですか？　普通のサラリーマン？」

「いえ、美容院を経営しています」

「街の床屋さんですか？」

「とんでもない」菜津子が慌てて否定した。「お店を四軒ぐらい持ってるんですよ。社長さんです。お金持ちです」

小さな実業家、ということか……人を何人も使い、しかも接客業だったら、トラブルを抱える可能性は、普通のサラリーマンよりも高いかもしれない。

「分かりました」大友ははっきりと答えた。「少し調べてみますよ。何か分かったら連絡します」

「すみません。こんなこと頼めるの、大友さんぐらいしかいないので」

「いえいえ……しかし、よく私を思い出しましたね」

「あら」菜津子が軽く笑った。「あの頃のママ友で、大友さんを忘れている人なんていませんよ。大友さん、大人気だったんだから……自分では意識していないんでしょうけど」

その通り、さっぱり分からない。だが、取り敢えず頼ってくれる人がいるのは悪い気分ではなかった。警察官であっても、直接捜査もしない、街のパトロールもしない刑事総務課の人間は、自分が市民の役にたっているとは実感しにくいものだし。たまには人助けをしている実感を得るのもいいだろう。大友は被害者の名前を確認して会話を終えた。

席に戻ると、大友はすぐに受話器を取り上げた。発生現場の管轄は、文京中央署。知り合いがいるわけではないので、取り敢えず副署長に電話をかけた。まるで警察回りの記者だな……副署長の最大の仕事は、殺到する記者たちに対応することである。

「刑事総務課の人が何の用だい？」

大友が名乗ると、副署長はいきなり不審げな声を上げた。

「知り合いから頼まれたんです。ちょっと不安がってましてね」

事情を説明する。副署長は相槌も打たずに聞いていたが、大友が話し終えると、いきなり「参ったねえ」と声を上げた。

「参った？　何がですか？」予想もしていなかった反応に、大友は困惑した。

「お母さんたちの情報が広がる速さだよ。簡単には蓋をしておけないね」

「どういう意味ですか？」

「事件はあった。ただし、報道発表はしていない」

副署長が声をひそめる。もしかしたら近くに新聞記者がいるのかもしれない、と大友は想像した。

「事件が起きたのは、三日前の夜だ。被害者――松宮光一さんが、帰宅途中にいきなり背後から襲われたんだ」

「何時頃ですか？」

「十一時過ぎ」

「結構遅い時間帯ですね」

「美容院を何軒も経営している人だから、忙しいんだろうね。カリスマ美容師とかってやつじゃないかな」

そんな言葉が流行ったのは、十年以上も前だっただろうか。大友は松宮について、美容師ではなく「店を経営している人」という印象を持っていたが……これは後でも調べられるだろう。

「とにかく、仕事帰りに自宅近くの路上でいきなり襲われて、頭部を負傷したんだ。全治二週間」

ということは、それほど大した怪我ではない。

「今は、仕事はしているんですか？」

「入院するほどの怪我ではなかったし、店には出ていると聞いたけどね。こういう事件でも、軽傷だったら公表しないのが、広報のガイドラインだ」

「それもあるでしょうけど、被害者の人が、公表しないように頼んだんじゃないですか?」

「お、あんた、刑事でもないのにずいぶん勘が鋭いじゃないか」副署長がからかうように言った。

「刑事が全員、勘が鋭いわけでもないと思いますが」大友はつい、皮肉を返した。

「被害者にどうしてもと頼まれれば、こっちも考えるさ」

「それでいいんですか? 通り魔だったら、情報を広める必要がありますよ」近所の人たちに用心を促すためだ。「それとも、もう犯人の目星がついているとか?」

「いや」

「だったら――」

「とにかく、この件で話すことはないよ」

「署長と顔見知りだとか?」

沈黙。勘が当たったな、と大友は思った。警察署長は地域の「名士」であり「顔」である。美容院を四軒経営している実業家がどれだけの財力、実力の持ち主かは分からないが、もしも地域の人間としての意識を強く持ち、防犯活動などにも力を入れていれば、警察と強くつながっている可能性がある。

「とにかく、事件の概要を教えてもらえませんか？　保護者が心配しているんですよ」

「あんたがその保護者に教えるつもりなら、言わないよ」副署長は頑(かたく)なだった。

「それは……分かりました。言いません」これでは菜津子の「依頼」を果たせないのだが、それはそれでまた考えよう。これも「勘」の発動によるものだが、大友はこの事件に、微妙に惹かれ始めていたのだ。

「まったく、しょうがないね。刑事総務課の人に言うような話じゃないんだけど」

「申し訳ありません」大友は目の前にいない副署長に向けて頭を下げた。

「それほど難しくはないんだ。正確な発生時刻は三日前の午後十一時少し過ぎ、場所は被害者の自宅近く……残業で遅くなったそうだが、茗荷谷の駅前にある店から帰る途中だったらしい」

「ずいぶん遅くなるんですね」

「店が終わってからも、若いスタッフの練習とかがあって、居残ることが多いらしいよ。しかも四軒の店をぐるぐる回っているから、だいたい毎日、帰りは遅くなるそうだ」

「なるほど」どうやら楽な商売ではなさそうだ。

「三日前は……茗荷谷の本店から帰宅途中に、いきなり後ろから頭を殴られた。犯人は自転車で追い抜きざま、鈍器を使って犯行に及んだようだな」

「路上強盗みたいじゃないですか」

「ただし、何も盗(と)られていない。殴られた被害者がその場に倒れたら、犯人はそのまま自転車で走り去ったそうだ」

「通り魔ですかね」

「おそらく」

「被害者は、犯人は見ていない？」

「本人はそう申告している」

「店のスタッフの可能性はありませんか？」

「あんた、事態を複雑にしたいのか？」副署長の声が強張（こわば）る。

「そんなことはありませんけど、学校じゃなくても、先生と生徒というのは、いろいろトラブルを抱えているものじゃないですか？」

「うちの捜査にいちゃもんをつける気かい？」

「滅相もない」

「こういう話はプロに任せておけよ。あんたが保護者の知り合いだってことは分かるけど、刑事総務課の人が口出しすべき事案じゃない」

「傷害事件、ということでいいんですか？」大友は副署長の忠告を無視して訊ねた。

「傷害以外に何がある？　頼むから、話を大袈裟にしないでくれ」

　あっさり言って、副署長は電話を切ってしまった。ちょっと押しが弱かっただろうかと反省しながら、大友は受話器をそっと置いた。

　悪戯（いたずら）が、結果的に相手に怪我を負わせる傷害事件になったのか、殺すつもりが失敗したのか……とにかく副署長が、できるだけ事態を大袈裟にしたくないと考えているのは間違いない。彼の気持ちと判断も分からないではなかったが、菜津子の「依頼」はどうすべきだろう。保護者も不安になっているのは当然で、学校の方から然るべき説明があって当たり前――いや、これぐらいの事件では、余計な説明はしないのが普通かもしれない。

どうも、これ以上首を突っこむのは無理な感じがする。とはいえやはり、何かが気になった。

最近、大友は月に一、二回だけ優斗と外食する。家事をサボっているわけではなく、適切な息抜き――今日もそんな一日だった。小田急町田店の九階で落ち合い、トンカツ屋へ入る。そう、外食の日は、だいたい「トンカツの日」なのだ。料理は一通りこなせる大友だが、火加減の難しい揚げ物は、やはり外で食べるに限る。

中三で、未だにほっそりした子どもっぽい体形の優斗は、しかし見た目と裏腹によく食べる。大友は揚げ物がそんなに好きではないのだが、優斗は大好物だった。今日は海老フライ、ヒレ肉の梅巻、チーズチキンカツと脂がてんこ盛りのセット。大友は脂の少ないヒレカツにした。

「今日、真菜ちゃんママから電話がかかってきたよ」

「真菜ちゃんママ……」優斗が怪訝そうな表情を浮かべる。

「庄司真菜ちゃん。覚えてないか」

「ああ、転校したよね。大阪だっけ？」

「そう」

「何で電話なんか？」

「ちょっと相談されたんだ。真菜ちゃん、東京へ戻って来てるんだってさ」

「へえ」関心なさそうに言って、優斗が別皿のタルタルソースを海老フライに丁寧に乗せた。最初に、全体にタルタルソースをまぶしてしまうのが好きなのだ。梅巻は薄いヒレ肉の中に梅肉を巻きこんであるので、そのまま。チキンカツには辛子醤油をかける。

大友は八つに切られたヒレカツとキャベツに、いきなりたっぷりソースをかけた。

「飽きない？」優斗が唐突に訊ねる。

「何が」

「ずっとソースだけで食べてて」

「トンカツにはソースって決まってるだろう」

「ソース、あまり好きじゃないんだよね」

「何だ、そりゃ」そう言えば優斗は、ロースカツやヒレカツを食べる時にも、辛子醤油や塩を使っている。

「真菜ちゃんのお母さん、何だって？」

「学校の関係者が事件に巻きこまれたらしい。正確に言えば、保護者が被害者になった」

「何、それ」優斗が目を見開く。

「まあ……詳しくは話せないけど」

「了解」

しつこく追及せず、優斗は淡々と食事を始めた。警察の仕事について、人前で大声で話せないことは分かっているのだ。中三にしてはやけに物分かりがいい。

「寮って入ったことある？」優斗が唐突に切り出した。

「ないけど、どうして？」

「今日、学校でちょっとそんな話になって。勉君、岩手の高校に行くかもしれないんだってさ」

「野球留学か？」小学校から優斗の同級生である勉は、ずっとリトルリーグで活躍していて、野球の腕前は昔から話題になっている。中三の秋、野球の強豪校から目をつけられているわけか……。

「そういうこと」

「岩手はかなり遠いな。本人は、行く気なのか？」

「ちょっと迷ってるみたい。甲子園に行けそうな高校なんだけど、確かに岩手は遠いし、寮生活が心配らしくて」

「寮なんて、今まで経験したことのない世界だろうしな」高校の野球部の寮というと、どんな感じなのだろう。借り上げたアパートで二人一部屋、掃除もろくに行き届かない中、プライバシーのない生活を三年間——東京でずっと親元で暮らしてきた子にとっては、大変な環境の変化だろう。野球がどんなに上手くても、寮生活のストレスで参ってしまい、途中でギブアップする可能性もある。

「どうなんだろうね、寮って。やっぱり、誰かと一緒の部屋なのかな」

「何となくそんなイメージだよな。気が合う奴が一緒ならいいけど、そうでもないときついんじゃないかな」

「僕は平気な感じがするけど」

「お前が？」繊細な優斗には、寮が合わない気がする。

「うん。別に、誰か一緒でも気にならないし」

「意外だな。そういうの、嫌なのかと思ってたけど」

「僕も変わるんだよ」優斗が唇を尖らせた。「もうすぐ中学校も卒業なんだから……それより、パパも真菜ちゃんのお母さんのために頑張ったら？　何か頼まれたんでしょう？」

「相談を受けただけだよ」

「でも、頼られてるんだから、頑張らないと」優斗がにこりと笑った。なかなか破壊力のある笑顔だ。

「簡単に言うなよ。僕にもできることとできないことがあるんだから」

「そう？　頼られるの、嫌いじゃないでしょう？」

息子に見透かされるとは……しかし、こんなことで驚いていてはいけない。半年後には、優斗は高校生になる。高校生というと、もう半分大人だ。まだあどけない面影が残り、大友よりも背は低いが、外見に騙されてはいけない。最近、自分よりもよほど大人だと感じることがあるぐらいだ。

何だか、自分が優斗の成長に取り残されているような気がしてならない。

2

翌日は土曜日。優斗は日中はずっと塾で、大友は夕飯を一緒に食べることだけを約束して、朝早くから家を出た。文京中央署の副署長からは釘を刺されたものの、どうしても気になる。それに、優斗にも背中を押されてしまった。こうなったら、できるところから調べてみないと。

まず、現場付近に行ってみるつもりだった。被害者の松宮の家は、娘が通う茗荷谷中学校からすぐ近くのところにある。経営する美容院——事件に遭う前にいた本店——は、東京メトロ丸ノ内線の茗荷谷駅近くだ。ここから始めてみようと、大友は茗荷谷駅で降りた。

この辺にはあまり来たことがないが、街は春日通り沿いに広がっており、駅付近はかなり賑わっているのが分かった。ただし、そこから一本裏道へ入ると、静かな住宅街になる。美容院「M'sハウス」は、春日通り沿いのビルの一階にあり、道路に面して全面ガラス張りになっているので、中の様子がはっきりと見えた。間口は狭いものの、奥に向かって深い造りで、余裕を持って椅子が並んでいる。椅子は全て埋まっており、人気のほどが窺えた。見た限りでは、働いているのは全員が二十代のようだった。客は全員女性。頭に包帯を巻いた人はいない……どうやら松宮は不在のようだ。他の三軒の店のどこかにいるのだろう。怪我しているのに、普通に仕事をしていて大丈夫なのだろうかと心配になったが、自宅で静養しているのかもしれない。

ここから松宮の自宅までは、歩いて十五分ほど。羽振りがよさそうなので、いかにも高級外車を乗り回しているようなイメージがあるが、本店と自宅の往復は徒歩なのだろう。

スマートフォンで住所を確認しながら歩いて行く。文京区も区画整理はあまり進んでおらず、細い裏道が毛細血管のように走っていて分かりにくい。松宮の自宅は、駅で言うと、茗荷谷より新大塚に近いようだ。どんな経路で店と自宅を往復しているかは分からないが、自宅は広い都道から一本裏に入った閑静な住宅街にあった。近くに小さな公園、都道沿いには大きなスーパー……商店街というほどのものはないが、新大塚駅も近いから、不便ではないだろう。

家を確認した後、襲撃現場に行ってみた。都道から一本裏に入った細い道路で、周辺には一戸建ての住宅が多い。午後十一時ともなると、人通りが極端に少なくなることは容易に想像できた。交通量の多い都道の方を歩いて帰って来れば、通り魔の被害になど遭わずに済んだのに。

松宮本人に直当たりしたい。しかしそうしたことが文京中央署の連中に知れたら、やはり問題になるだろう。本人と話をするのは先送りにして、まず周辺の聞き込みを始める。

襲撃地点と推測されるのは、二階建ての小さなアパートが二つ並んでいる前の道路だった。松宮の家に向かって右側にはガードレールのついた歩道があるが、左側は白線だけ……松宮は左側を歩いていたがために、背後から襲われたわけだ。右側、ガードレールの内側を歩いていたら、襲撃犯も躊躇しただろう。

聞き込みは上手くいかない。都会の常で、静まり返った夜遅い時間でも、周囲に気を配っている人は少ないのだ。立て続けに付近の家のドアをノックしてみたが、色よい返事はない。「聞いていない」「話すことはない」とにべもない答えが返ってくるだけだった。

ようやくそれなりに実のある話が出てきたのは、現場から五十メートルほど離れた一軒家でだった。それまではインタフォン越しの会話がほとんどだったのだが、この家の主人――表札から「坂本（さかもと）」と分かった――は、たまたま家の玄関先を掃除していて、直接話が聴けたのだった。小柄で髪がすっかり白くなった男で、愛想のいい笑みが顔から剝がれない。

「ああ、一一〇番通報したのは私です」坂本が認めた。

「本当ですか？」思わず聞き返してしまった。こういう言い方はまずい。相手を疑うことにもなるわけで、これで機嫌を損ねる人もいるのだが、何度も素っ気ない対応をされたので、つい言ってしまった。

「ええ」坂本が笑顔を崩すことなくうなずいた。

「どんな状況でした？」

「二階にいて、たまたま窓を閉めようとしていた時に、がしゃん、という音と悲鳴が聞こえたんです」

「窓を開けていたんですか？」十月の夜に？　しかも確か、事件が起きた四日前は雨が降っていたはずだ。

「習慣ですよ。寝る前に空気の入れ替えをしないと、気分が悪くてね。真冬以外は、夜は一時間ぐらい窓を開けるんです」

「なるほど……それで外に出て異変に気づいたんですね？」

「異変というか、最初は自転車でした。猛スピードで走って行くのが見えて、こんな時間にずいぶん慌てている人がいると思ったんですけど、悲鳴が気になってね。周囲を見回したら、倒れている人がいたんですよ」

「それが被害者の人ですね？」

「ええ」

「この先……ちょっと行ってみます？」

「どの辺ですか？」

「もちろんです」

箒を持ったまま、坂本が歩き出す。現場はまさに、二棟並んだアパートの前だった。

大友はすかさず目を凝らしたが、さすがに血痕などは残っていない。

「ここですね」坂本が道路を指さす。

「被害者の方は、倒れていたんですか？」

「いや、四つん這いでした。頭から出血していて、相当な怪我に見えましたよ」

「直接声をかけたんですね？」

「ええ。『大丈夫か』って……何も答えられないで、苦しそうに呼吸を整えようとしていたんですけど、相当きつそうでしたね。それで、急いで家に戻って一一〇番通報したんです」

「一一九番ではなく？」

「慌ててたんですよ」坂本が苦笑しながら言い訳した。「本当は、一一九番通報すべきだったんでしょうけど、後で気がつきましてね。でも結局、救急車の方が先に到着しましたよ。警察から連絡が回るんですね」

「そうですね……その間、被害者の人はどうしてました？」

「私が戻った時は、その場で両足を投げ出して座ってました。びしょ濡れになっててね。

慌てて、持って来たタオルを貸したんです」

「いい判断でしたね」大友は笑みを浮かべた。

「どうしていいか分からなかったんですけど、その人は一応冷静で、『タオルが汚れるけどいいですか』って聞いたんです。構わないと言うと、やっとタオルを後頭部に当てて……結構な出血量だったと思いますよ」

「苦しそうだったんですね？」

「ええ。でも、何とか自分の足で歩いて救急車に乗りましたから、大した怪我じゃないって分かりましたけどね」

「その人とは、他に何か話しましたか？」ここからが核心部分になる、と大友は気を引き締めた。

「誰にやられたのかって聞きましたけど、分からないと……後ろからいきなり殴られたみたいですね」

「それが自転車の人ですか？」

「たぶんそうだと思いますけど、はっきりしたことは分かりません」

坂本は慎重な男のようだった。普通、これだけ強烈な体験をした時は、事態を客観的に把握できないものだ。断片的な事実を勝手につなぎ合わせ、自分なりのストーリーを語り始めることが多い。

「自転車に乗っていたのは……男ですね？」

「そうだと思います」

「そこもはっきりしませんか？」それぐらいは分かりそうなものだが。

「雨が降っていたので、ビニール製の雨合羽を着てましてね。体格から見て男だとは思いますけど、断言できるかというと……自信はないですね」

「自転車はどんなタイプでしたか？」

「普通の自転車ですよ。ママチャリみたいな感じではなかったと思いますけど」

「犯人は何か持っていませんでしたか？　それこそ、凶器とか」現場では凶器――鈍器と見られる――は発見されていなかった。

「いやあ、そこまでは……この辺は街灯があまり明るくないんですよ」坂本が周囲をぐるりと見回した。

「自転車がどっちの方向へ行ったかは分かりますか」

「それは、向こう――」坂本が箒を掲げて、自宅の方を指した。「すぐに見えなくなってしまったから、その角から先、どこまで行ってしまったかは分かりませんけどね」

「他に何か、気づいたことはありますか」

「いや、それぐらいです」坂本が掌で白髪を撫でつけた。「ああいう時は、見ているようで案外見ていないものですね。警察にはずいぶんしつこく事情を聴かれたんですけど、ほとんど答えられませんでしたよ」

「被害者の方、誰だか分かりますか？　この近くに住んでいる人なんですけど」

「いえ、顔を見たこともないですね。怪我はどんな具合だったんですか？」

「全治二週間ですから、それほど大した怪我ではなかったと思います」普通、通報者にはそれぐらいの情報は伝えるものだが……文京中央署のやり方は雑なのでは、と心配になる。捜査に協力してくれた人には、誠意をもって対応しないと。

「それは、不幸中の幸いですね」坂本がほっとしたように言った。

「こちらは長いんですか？」大友は話題を変えた。

「そうですね。ここに家を建てたのは、もう四十年も前ですから」

「じゃあ、この辺のことは詳しいですよね。今まで、通り魔やひったくりのような事件はありましたか？」

「まさか」坂本が目を見開く。「静かで平穏なのが、この辺の最大の魅力ですよ」

確かに……今は昼前だが、夜になってもさほど不穏な雰囲気にならないであろうことは容易に想像できる。昼と夜で極端に顔つきが変わる街もあるが、この辺りは時間帯による変化はほとんどないだろう。

「とにかく、迷惑なんですよね」坂本の顔から笑顔が引っこむ。「何だか落ち着かないですし、警察には早く犯人を捕まえて欲しいですよ」

「最大限、努力しています」大友はさっと頭を下げた。自分の立場——特に捜査する権限もないのに首を突っこんでいる——に関して「警視庁の」としか言わなかったのが、少しだけ悔やまれる。必ずしも嘘をついたわけではないが、誠意を尽くしたとは言えない。

　後ろめたい気分を抱きながらも、坂本に丁寧に礼を言い、その場を辞した。

　その足で、もう一度松宮の家に戻ってみる。改めて見ると相当大きな家——二階のベランダは大きく張り出していて、「テラス」と言っていい広さだ。ガレージは車が二台、楽に入る大きさ。シャッターが閉まっているが、ベンツやボルボなどの高級車が入っているのだろう。

　静か……一階のリビングルームのカーテンは開いている。さりげなく覗きこんでみたが、人気（ひとけ）はなかった。全員外出中だろうか。松宮のような商売だと、土日も関係ないはずだ。

　突然、ドアが開く。悪いことをしているわけではないのに、大友は慌てて電柱の陰に引っこんだ。出て来たのは、中学生の女の子だった。身長、百五十センチぐらい。薄手のコートに、脛（すね）の中程まであるブーツを履いている。綺麗なショートボブは、父親の美容室でカットしているのだろうか。

　何となく暗い。うつむいているので、小柄な体がさらに小さく見えた。何か考え事をしているのか、あるいは心配事があるような様子である。確か中学三年生で、この年の子は、不機嫌に見えるのが普通の状態なのだが。

　無意識のうちに、大友は女の子を尾行し始めた。まるでストーカーだよな、とも思ったのだが、松宮家のドアを直接ノックするわけにもいかないから、仕方がない。何か手がかりになりそうなことがあれば、突っこみたかった。この子は、友だちに父親のことを聞かれ、話を誤魔化していたはず……何だったら、直接話を聴いて確かめてみてもいい。

女の子は、新大塚駅の方へ歩いて行った。地下鉄に乗るのかと思ったが、駅のすぐ前にある学習塾に入った。優斗と同じようなものか……今の中学生は、週末も何かと忙しいんだよな。

娘の尾行を諦め、松宮の家に戻る。相変わらず人気はなく、このまま張り込みを続けても、何も動きはなさそうだった。後は、松宮の経営する美容院を一軒ずつ訪ねてみるか……しかし、松宮に直接話を聴くのは、この段階では躊躇われた。文京中央署に気を遣っているということもあるし、松宮本人に突っこむ材料がないこともある。

もう少し、何か手がかりがあるといいのだが……ふと思いついて、大友は菜津子の携帯に電話をかけた。

「今、学校の近くにいるんですよ」

「もう調べてくれているんですか？」

「下調べ、のようなことですけどね。せっかく近くまで来たので、ちょっと会えませんか？」

「ああ……はい。そうですね」菜津子が瞬時躊躇った。

これは少し、無神経な誘いだったかな、と悔いる。昔は確かに同級生の親同士だったわけだが、今は直接関係ない。「会いませんか」という誘いは、あらぬ誤解を招くかもしれない。菜津子の方でも、今の短い会話の微妙な意味に気づいたようだ。

「あの、真菜も一緒でいいですか？」

「もちろんですよ」そういう解決法があったか……子どもも一緒なら、誰かに見られても問題はないだろう。

「真菜、大友さんのファンだから」

「え？」

「格好いいって、いつも言ってたんです」

それは彼女が小学校の低学年の頃の話だが……と大友は苦笑した。

「子どもには受けがいいみたいですね」

「それだけじゃないと思いますけど」

「どこで会いましょうか？　指定していただければ、どこへでも行きますよ」

「じゃあ、申し訳ないんですけど、うちに来てもらえますか？　主人もいますし」

「ああ……そうですね」結局それが、一番誤解を招かないやり方だ、と気づく。手土産でも持っていけば、知り合いの家を訪ねたことになるだろう。この辺に、気の利いた手土産を買うような店があるかどうかは分からなかったが。

新大塚駅前を少しうろついてみたが、手土産を買えるような店は見つからなかった。

ラーメン屋などの飲食店は多いものの、ケーキ屋や和菓子屋などは見当たらない。検索してまで探すのも面倒臭く、結局大友は手ぶらで菜津子の家を訪ねることにした。まあ、面倒なことにはならないだろう。

新大塚駅から茗荷谷駅へ向けて、春日通りを歩いて行く。十月にしては暖かい日で、大友は途中でジャケットを脱いで肩に引っかけた。

歩いて十分ほど。菜津子の一家は、大阪から東京へ戻って、ここに一戸建ての家を構えたわけだ。建て売りでごく小さな家だが、それでも一家三人で住むには十分だろう。自分は未だに小さな賃貸マンション暮らし……家とどうつき合うかは様々だ。賃貸に住んでいるからと言って恥ずかしい思いをする必要はないが、菜津子の夫が相当頑張ったのだと考えると、何だか自分が情けなくなる。

改めてジャケットに袖を通し、インタフォンを押す。玄関のドアを開けてくれたのは、菜津子の夫、靖幸(やすゆき)だった。学校の行事で一、二回顔を合わせたことがあっただろうか……証券会社に勤めていて、当時は何となく顔色が悪かった記憶がある。朝から夜中まで働きづめで、体を休める暇もなかったのではないだろうか。しかし今、「ああ、どうもお久しぶりです」という声には張りがあり、血色もよかった。既に中年の域に足を踏み入れているのに、太り出してもいない。ワークライフバランス、というやつだ。適度な運動をする余裕ができたのではないか、と大友は推測した。

「お久しぶりです」大友も一礼した。

「何か、変な話ですみません」靖幸が申し訳なさそうに言った。

「いえいえ……気になりますよね」

「どうぞ、上がって下さい──あの、昼飯を用意してあるんですけど、一緒にどうですか？」

「いや、それでは申し訳ないですから」

「ついでですよ。ご迷惑でなければ」

「じゃあ……取り敢えず、失礼します」

　もう一度頭を下げ、大友は家に入った。短い廊下の先の階段を上がる──最近の家にありがちな造りのようだ。狭い敷地を有効活用するために、一階部分はガレージと六畳間ぐらい。生活の拠点になるリビングルームは二階で、さらに三階に二部屋、あるいは三部屋ある間取りだろう。

　リビングルームは狭いが、物があまりないせいか広く見えた。陽光がふんだんに降り注いで暖かい。そう言えば靖幸は、半袖のTシャツ一枚だった。

「こんにちは」

　恥ずかしそうな声で挨拶したのが真菜だった。顔には、小学生の頃の面影がまだしっかり残っている。ただ、ぐんと背が伸びていた。当時はランドセルに隠れてしまいそうなほど小さかったのに、今は……百六十五センチぐらいあるのではないだろうか。

「ずいぶん大きくなったね」大友は頭の上で手をひらひらさせた。

「百六十八センチです」

「何か、スポーツでも？」

「中学で、ずっとバレーをやってました」

「もう引退した？」

「受験ですから……優斗君もですよね？　高校はどこへ行くんですか？」

「まだ決めてないみたいだ。真菜ちゃんは？」

「地元の公立狙いです」

「これからしばらく大変だね」

「何とか」真菜が笑みを浮かべる。どうやら受験ではあまり心配はしていないようだ。

「どうぞ、座って下さい」

靖幸に勧められるまま、ダイニングテーブルにつく。四人がゆったりと使えるサイズのテーブルで、ランチョンマットが四枚、敷いてあった。急な客なのに、すぐに昼食の対応ができる——専業主婦には敵わないな、と大友は情けなくなった。僕の場合、客が来るとなったら前の日から大騒ぎだから……。

キッチンから菜津子が姿を見せた。彼女はだいぶ変わった——あの頃に比べて、随分ふっくらしている。ただしそれはマイナスにはならず、愛嬌が増した感じだった。

「ご無沙汰してます」

「どうも」大友は一度立ち上がり、頭を下げた。「急に電話してすみませんでした」

「簡単なご飯ですけど、いいですか？」

「もちろんです」

「簡単なご飯」は手製のサンドウィッチだった。卵、ツナ、ハムと定番の素材ばかりだが、勧められるままに一つ食べてみると、その美味さに驚く。大友も時々サンドウィッチは作るが、こう上手くはいかない。

「美味いですね」素直に褒めた。「何か、コツはあるんですか？」

「大友さん、相変わらずですね」菜津子が軽く笑う。「昔も、料理のレシピを聞いてメモしてましたよね」

「いつまで経っても料理は苦手なんですよ」大友は苦笑した。「このサンドウィッチの秘密は何ですか？」

「パンです。最近、自分でパンを焼くのにハマっちゃって」

「おかげでうちは最近、パンばかりなんですよ」茶化すように靖幸が言ったが、不満なわけではないようだった。

「最近は、パン焼き器も使いやすくなったし、本当に美味しいんですよ」菜津子の笑みは消えない。

「これは焼きたてですか？」大友は食べかけの卵サンドを掲げてみせた。

「今朝、焼き上げたんです。結局、サンドウィッチはパンがよければ美味しくなりますよね」

菜津子がふっくらした理由が何となく分かった。ご飯よりもパンの方が、太りやすいイメージがある。

　食事の間は、際どい話は出なかった。昔話、それに真菜の受験の話題が中心になる。この辺は、大友にしても目下の最大関心事であり、つい食いついて詳しく話を聞いてしまった。

「真菜、ちょっと……」

　食事が終わると、菜津子が娘に目配せした。ここから先は大人の話になるから、部屋に行っていて――という意味だろうが、大友は立ち上がろうとした真菜に声をかけた。

「真菜ちゃんもいてくれないかな。むしろ、真菜ちゃんに話を聴きたいんだ」

「でも……」真菜が、許可を求めるように、母親の顔をちらりと見た。

「いいんだ。学校の様子は、真菜ちゃんじゃないと分からないだろう？」

「じゃあ……真菜もちゃんと話してね」

　母親の許可が出たせいか、真菜がほっとした表情を浮かべる。これで準備完了。大友はすぐに質問を始めた。

「松宮さんの娘さんは、同級生？」

「同じクラスです」真菜がはきはきと答える。

「名前は？」

「礼香（れいか）ちゃん」

「どんな子だろう」

「お洒落、ですね」

　なるほど。髪はよく手入れされていたし、ファッションもいかにも今風……もっとも大友は、ファッションに関しては「音痴」に近いから、判断が間違っている可能性も高いが。

「お父さんが美容院を経営しているから、やっぱりお洒落なんでしょうね」

「菜津子、今は真菜が話しているんだから……」

　靖幸が渋い表情を浮かべる。そう言えば彼女は、昔から人の話を途中で奪ってしまうタイプだった、と気づく。悪い人ではないのだが……真菜も一瞬不快そうに唇を歪めたが、すぐに話を再開する。

「髪の毛とか、すごい手間がかかってるんですよ。いつも艶々（つやつや）で」

「お父さんにやってもらっているのかな」

「お母さんだと思います」

「お母さんも美容師さんなんだ？」

「そうですね」

「松宮さんが怪我していることに、最初に気づいたのは誰なんだろう？」

「あれは……益美（ますみ）ちゃんですね」

「クラスメート？」

「そうです。礼香ちゃんの家、学校のすぐ近くなんです。だからお父さんを見ることもあって、益美ちゃんが見た時には、頭に包帯を巻いて苦しそうだったって」

「それで、学校で礼香ちゃんに直接聞いたわけだね？」

「そうです」

「その時、君も一緒だった？」

「一緒でした」

「礼香ちゃんが何を言ったか、できるだけ正確に教えてくれないか？」

「ええと……」真菜が顎に人差し指を当てる。「益美ちゃんが、『お父さん、怪我したの？』って聞いたら、礼香ちゃんは『そうだ』って。でも、どうして怪我したのかは言わないんですよ」

「どういう感じだったのかな。適当に誤魔化していたのか、それとも『言えない』って頑なになったのか」

「急に黙っちゃったんです。その様子が変な感じだったから、気になって――」

「お母さんに相談したわけだ」

大友は話を引き取った。真菜が無言でうなずく。

「すぐにおかしいと思いましたか？」大友は、今度は菜津子に訊ねた。

「そうですね。礼香ちゃんは、普段は明るい子なんで……聞かれたことに答えないっていうのは、ちょっと考えられないんですよ」

「よくご存じですね」

「中学校に入ってからずっと、真菜と同じクラスですから。うちに遊びに来たこともあるし」

「じゃあ、親友って言っていいのかな」

大友は真菜に話を振った。真菜が無言でうなずく。

「普段とはだいぶ様子が違う？」

「違いますね」真菜が認める。「普段元気な子なんですけど、この話をした後、急に落ちこんじゃって、私を避けるようになって」

「触れられたくない話題だったのかな」

「たぶん……」

「通り魔なんですか？」靖幸が訊ねた。

「その可能性は高いですけど、今のところは何とも言えませんね。私は捜査していないので」大友は話を濁した。

「心配でしょうがないんですよ。学校なり警察なりが、ちゃんと説明してくれればいいのに」菜津子が不満気に言った。

「その辺は、いろいろ事情があると思います。本人が、公表して欲しくないと言っているかもしれないし」

「そうなんですか？」

「事件の被害に遭ったことを、恥ずかしいと思う人もいるでしょう……あまり気にしない方がいいと思いますよ」

「そうですかねえ」

菜津子が頬に左手を当てる。本当に不安なのか、ただ興味本位で事件のことを知りたいのか、大友には分からなくなっていた。

3

事態が動いたのは、週明け、月曜日だった。刑事総務課の自席に腰を落ち着けた途端、大友は課長の箕輪（みのわ）から呼ばれた。課長席の前で「気をつけ」の姿勢で立つと、箕輪が苦笑する。

「そんなに硬くならなくても」

そう言って、自分のデスクの横にある丸椅子を勧めた。大友は軽く頭を下げ、椅子を引いて座った。

「大友は今まで、あちこちの捜査の手伝いをしてきたんだろう？」

「そういうことはありました」

箕輪はこの春、刑事総務課長に着任したばかりなので、大友の過去をあまり知らない。前職は荒川南署の署長——大友は、刑事総務課に十年近くいて、仕える課長は彼で五人目なのだが、歴代の課長で一番穏やかな人物、という評価を既に下していた。

「実は、文京中央署から話が回ってきていてね」

「もしかしたら、通り魔事件の件ですか？」

「ずいぶん情報が早いじゃないか」箕輪が驚いたように言った。

「実は、知り合いにちょっとした関係者がいまして」

この辺の事情を説明すると長くなる――大友は枝葉を省略して話した。それでも箕輪は納得したようにうなずく。

「この件の捜査を手伝って欲しい、と所轄から言ってきたんだ」

何かおかしい……文京中央署の副署長とは先週の金曜日に話したが、あの時は完全に邪魔者扱いされていたのに。

「手伝うのは構いませんが、こちらの仕事はどうします？」

「今のところ、緊急の案件はないだろう？」

「そうですね」

「だったら、頼みを聞いてやってくれないか？　実は、少しばかり厄介な容疑者らしいんだ」

「もう容疑者を特定したんですか？」大友は目を見開いた。金曜日の段階では、とてもそこまでは行っていない感じだったのだが……週末に必死に刑事たちが働き、大きく前進したのだろうか。あるいは、副署長が肝心なポイントを伏せていた可能性もある。

「詳しい話は聞いていないが、とにかく厄介な相手らしい。そういう人間の担当といえば……ということで、君の名前が浮上したようだ」

「そうですか……実はこの件、金曜日に向こうの副署長と話したんです」

「それが、知り合いとの関係？」

「ええ」

箕輪はあまり突っこんでこなかった。話がくどい人だと、この辺りの事情を説明するだけでも相当面倒なのだが、余計なことを言われないだけでも助かる。

「なるほど。とにかく、向こうの刑事課長がご指名なんだ」

「今、誰でしたっけ？」

「永橋さん」

名前を聞いてピンと来た。永橋とは数年前、ある事件の捜査で一緒になったことがある。当時は本部捜査一課の係長。やはり捜査一課の刑事である同期の高畑敦美に言わせると、「警察には珍しくいい人」。実際に仕事をしてみて、大友自身も常識人だという印象を抱いた。悪印象はまったくない。

「永橋さんなら知ってますよ。昔、一緒に仕事をしたことがあります」

「だったら、昔の縁ということで、手伝ってやってくれないか」箕輪がうなずく。

「分かりました。いつまでかかるか分かりませんが……」

「容疑者を絞りこんでいるなら、それほど時間はかからないだろう。向こうは、君の取り調べ能力に期待しているんだろうから、応えてやってくれ」

「了解です」

こんな形で、あっさり捜査への参加が叶うこともある。週末の段階では、自分がやれることには限りがあると諦めていたのだが……正式に首を突っこめるとなれば、張り切らざるを得ない。

大友は早々に、文京中央署へ向かった。


副署長はパスして——何となく顔を合わせにくい——直接二階の刑事課へ上がる。永橋が、真面目な表情で迎えてくれた。数年前に会った時と比べて少し老けた感じはするが、丁寧な態度に変わりはない。

「いやいや、今回は申し訳ないね」永橋が先に頭を下げた。

「とんでもないです。お役にたてれば」

「怪我の方は？」

嫌なことを思い出させる……大友は頰が引き攣るのを感じた。以前永橋と一緒にやった捜査で、大友は最後の最後で撃たれた。怪我はすっかり癒えているとはいえ、死にかけたのは間違いない。

「後遺症はないですよ」

「そいつはよかった。ところでこの件、先週末から首を突っこんでたんだって？」自分のデスクの横の椅子を勧めながら永橋が言った。

「ちょっと複雑なんですが、以前の学校つながりです」大友は事情を説明した。

「要するに、昔のよしみで頼られたってわけか」

「ええ」

「あんたは、相談しやすいタイプなんだろうな。あんたの顔を見ると、何とかしてもらえると思うんじゃないか？」

「自分のことで精一杯ですけどね」大友は思わず苦笑いした。

「とにかく今回は、よろしく頼むよ」

「だけど、いいんですか？」大友は遠慮がちに訊ねた。

「何が？」永橋が首を傾げる。

「いや、金曜日にこちらに電話したんですけど、副署長に渋い対応をされました」

「それは気にするな」永橋がさらりと言った。「とにかく今回は、あんたの取り調べの能力に頼りたい。結構面倒な容疑者なんだ」

「もう、容疑者だと断定しているんですね？」

「今のところは最有力だ。まず、先にデータに目を通してくれるか？　空いているデスクを使ってくれ」

大友は、永橋が差し出したメモを受け取った。Ａ４判二枚。行間を狭くして、びっしりと書かれている。容疑者の素性は……。

竹谷真生(たけやまさお)、二十九歳。元「M'sハウス」従業員、現在は豊島区で自分の美容院を開業中。

つまり、被害者の元部下ということか。かなり濃い関係と言っていい。大友は竹谷の個人データを読みこみ、頭に叩きこんだ。読んでいるうちに、竹谷という男の人物像が次第に立体的になってくる。添付された写真が、イメージをさらに具体的にした。一言で言えば「チャラい」。盗撮した画像のようだが、それでも軽い雰囲気は滲み出ている。ほっそりとした体型。左耳にはピアスが三つ。雑に流したような髪型は、実際には毎朝長い時間をかけてセットしているのだろう。

人を襲うようなタイプには見えないが、この段階で先入観を持つのはまずい。白紙、白紙と自分に言い聞かせた。

週末、刑事たちは積極的に動いたようだった。竹谷が、独立に際して松宮から資金援助を受けたことを割り出し、しかもその返済が滞って松宮とトラブルになっていることも分かっていた。松宮本人は竹谷について一切語っていなかったが、周辺捜査で浮かび上がってきたらしい。

大友はレポートを持って、永橋のところへ戻った。

「金のトラブルですか？」

「本人に直当たりはしていないが、間違いないと思う」

「元弟子、ですよね。そんなに面倒臭い容疑者とは思えませんが」普通の美容師。当然、警察と関わり合いになったことなどないだろう。常習的な犯罪者は、取り調べに対して「免疫」があり、刑事を軽くいなすような技を自然に身につけるのだが。

「ところが、なかなかやりにくい相手なんだ。のらりくらりでね」

「もう接触したんですね？」大友は確認した。

「ああ。簡単な事情聴取は済ませた。その時に、松宮さんとの関係については、曖昧な証言に徹していたんだ。明らかに何か隠している様子なんだが……」

本部の捜査一課には、取り調べの達人が何人もいる。だいたい一つの班に一人は、容疑者の取り調べ専門のベテラン警部補がいるものだ。ただしこの件は、単純な傷害事件なので本部の応援は入らず、所轄で何とか解決するのが筋だ。一課に泣きつくわけにもいかず、大友に白羽の矢がたった、ということだろう。

渡りに船、という感じだった。少しだけだが勝手に首を突っこんでいた事件に、大手を振って関われるようになる。

「あんたも、積極的になってきたんだな」

「そうですかね？」

「昔は、偉い人の指示で捜査に入って来た。でも今回は、自分から進んで調べた……違うか？」

「まあ、そんなものですけど、結局は頼まれたことですから」

「どっちでもいいんだよ。あんたが積極的になれば、喜ぶ人間がいるんだから」

「どういうことですか？」

「いや、大した意味はない」

永橋は何か隠しているな、とピンときた。気にはなる。ただ、この場で追及するような話ではない。


大友は、所轄の刑事課の若い女性刑事、芦原美来（あしはらみく）と組まされた。交番勤務から刑事課へ上がって一年ほど、仕事のやり方も身につけているはずで、いちいち指示する必要もないだろう。小柄だが、体力は有り余っている感じ――それは歩き方を見れば分かる。大股で、歩くスピードが速い。後ろで一本に縛った長い髪が、歩く度に背中で元気よく跳ねている。

「君は、竹谷という男とは話をしたのか？」

「私は話していません。話していないから、今回は選ばれたんだと思います」

「先入観なく相手を見る、ということだね」

「そういうことでしょうね」

二人は音羽通りを池袋方面へ向かって歩いていた。有楽町線の東池袋駅のすぐ近く。この駅といえば、サンシャインシティの最寄駅で、最近は高層マンションなども目立つようになってきたが、基本は下町の色合いが強い、気安い街である。首都高の高架下にまで店舗があり、都電荒川線が行き交う光景は、独特のバイタリティに溢れていた。

竹谷の店、「T's ハウス」はビルの一階にあった。営業中。店名の「T」は自分の名字から取ったのだろうが、師匠の店、「M's ハウス」との共通性が感じられる。のれん分けのようなものだろうか。

音羽通りは片側二車線の広い道路なので、向かい側にいると店の様子は窺えない。「M's ハウス」は結構モダンな感じの造りだったのだが、こちらは美容院というより「理容室」の感じである。窓の面積は狭く、最近オープンした店にしては古めかしい感じがした。以前あった店を、居抜きで借りて始めたのかもしれない。ビル自体もかなり古びている。

「近くへ行ってみようか」

「大丈夫ですか？」美来は及び腰だった。

「心配ないよ。街を歩いていて一番目立たないのは、男女の二人連れだから」

「カップル、ということですか？」

「僕だと年齢が離れ過ぎていて、申し訳ないけど」

「とんでもないです」

とんでもない、というリアクションも何だか微妙な感じだ。急に居心地が悪くなり、大友は信号が青になるタイミングを待って急ぎ足で歩き出した。都電のレールと平行に走る横断歩道で、ちょうど車両が行き過ぎるところだった。交差点のすぐ先は、東池袋四丁目の停留所になる。

店の前をゆっくりと通り過ぎたが、窓がそれほど大きくないせいで、様子ははっきりと分からない。椅子が三つ……客はいない。月曜の午前中は、こんなものなのだろうか。竹谷の姿はちらりと見えた。店の奥にある一人がけのソファに腰かけ、むっつりとした表情で腕組みをしている。

店から離れて、大友は美来に訊ねた。

「美容院が混む時間帯って、いつ頃だろう」

「場所によりますけど、こういう住宅地だと、決まった時間はないはずですよ。繁華街だと、仕事終わりに行く人が多いですから、夕方から混むことが多いですけど」

「流行ってないんだな」

「そのようですね」

しばらく、歩きながら話した。基礎情報だけは頭に叩きこんでおきたい。

「開店資金は、いくらぐらい借りたんだろう」

「五百万、と聞いてます」

「結構な金額だね。それを返し切れていないわけだ」

「返し切るどころか、この半年はずっと返済が滞っているそうです。利息もついていないのに、相当苦労しているみたいですね」

「松宮さんにすれば、親心だったかもしれないけど」

「面倒見がいい人みたいですよ。周囲には、自分が持ってる四軒のお店を『学校だ』って言ってますから」

「弟子たちはそこで修業して独立するわけか……美容院は、そういうのが普通なのかな」

「いろいろだと思いますけど、親の店を継ぐ人も多いようです。そういう人でも、外で修業、というのは珍しくないそうです」

「竹谷は？」

「竹谷は違うみたいですね。出身地は静岡で、親は普通のサラリーマンですから。美容師になりたくて、東京に出て来たパターンだと思います」

「ということは、親の援助も期待できない……自分で何とかするしかないわけだ」大友は顎を撫でた。

「そういうことでしょうね。とにかく、店があまり流行ってないのは間違いないです。昨日は一日監視していたんですけど、客は三人だけでした」

「それじゃ、生活していくのも大変だ。家賃も払い切れないんじゃないかな」

「可能性はありますね」

「よし……その件は、松宮さんに直接確認した方がいいと思う。今のところ、金銭トラブルがあったという話は、周辺から出てきただけなんだろう？」

「松宮さんの店のスタッフの証言です。ずっと一緒にやっている、片腕みたいな人がいるんですよ」

「だったら間違いないか……」

　ふと、蕎麦屋の看板が目につく。名店の類(たぐい)ではなく、いわゆる街の蕎麦屋。少し時間は早いが、食べられる時に食べておこうと、美来を誘った。

「いいですよ」

　あっさり言うと、美来は先に暖簾(のれん)をくぐって店に入った。どうやら彼女は、きびきびしているというより、せっかちなだけのようだ。あるいは今日は、朝食を抜いているのだろうか。

　まだ昼前なので、他に客はいなかった。かなり安い……今日の昼食代は安く済んだ、と変なところで安心する。これも、妻の菜緒(なお)を亡くし、家計を全部自分で把握しなければならなくなってからの習性だ。菜緒が生きていた時は、金のことは全て任せていた。大友自身は、毎月の小遣いの範囲内でやりくりをしていただけである。ところが今は、食費から優斗の学校関係でかかる金、自分用の金まで全て記録している。家計簿というわけではないが、これをやっておかないと、いずれ資金がショートするかもしれないという恐怖感があった。

　大友は肉蕎麦を、美来は親子丼とせいろのセットを頼んだ。

「結構がっつりいくね」

「昼食は一番大事だと思いますから」真顔で美来が答えた。「夕方まで頑張って仕事するためには、やっぱり昼食をしっかり食べないと」

「いい心がけだ」

「それで、夕飯はできるだけ軽く……でも、今みたいに忙しくなっている時は、そうもいきませんけどね」

　外食の際の会話は、当たり障りのない内容に終始せざるを得ない。他に客がいなくても、店員に聞かれる恐れがあるからだ。しかもここは、容疑者の店から数十メートルしか離れていない。竹谷もこの店に来る可能性があるので、情報が漏れるかもしれない。

　美来は、旺盛な食欲を発揮して親子丼を食べ、せいろをすすった。毎日こんな昼食だったらあっという間に太ってしまいそうなのに、彼女にはそういう気配がまったくない。若さ、を大友は感じた。

　ちょうど食べ終えたところで、スマートフォンが鳴る。同期の柴克志(しばかつし)だった。たぶん、大友が動き始めたのをどこかで嗅ぎつけ、からかいたくなったのだろう。

「ちょっと失礼」

　断りを入れて店を出る。スマートフォンを耳に押し当てると、柴の声が耳に飛びこんできた。

「文京中央署の捜査に首を突っこんでるんだって？」

「依頼されたんだ」

「そうか？　お前が自分から進んで入って行ったたって聞いてるけど」

「まあ……順番を正確に言えば、そういうことになるかな」

「いいことじゃないか」柴が真面目な口調で言った。「やる気が大事だよ、やる気が」

「別に、普段だってやる気がないわけじゃないよ」

「本来の仕事に関するやる気、という意味だよ」

「僕の本来の職場は、刑事総務課なんだけど」

「いつまで、そういうくだらない公式発言ばかりしてるんだ？　もういいじゃないか。いい加減、一課に戻って来いよ」

「何だよ、いきなり」

「いきなりじゃない」柴が真面目な声で訂正した。「今まで何度も言ってるじゃないか。これは俺の本音だぜ」

「気持ちはありがたいけど——」

「もう、そういうタイミングなんだよ」柴が大友の言葉を遮った。「今までいろいろ我慢してきた分、そろそろ爆発してもいいんじゃないか？」

「別に我慢はしてないけど」

「俺に対して、公式見解なんか喋らなくていいよ……とにかく、健闘を祈る」

「おい——」既に電話は切れていた。

何なんだ、まったく。

しかし柴の言葉は、妙に心に残った。「そろそろ爆発」。僕は爆発するようなタイプではないのだが……。

4

火曜日の午前中、竹谷に対する二度目の事情聴取が行われた。これこそが、自分が望まれた仕事——大友はかすかな高揚感を抱きながら、文京中央署の小さな会議室に入った。既に竹谷は来ていて、美来が同席している。大友が入って来て会話が途切れたが、最後の言葉は聞こえた。「切らせて下さいよ」。まさか、これから事情聴取を受けるというのに、刑事をカットモデルに誘った？　あり得ない。本気なのか、場の空気を和ませるための冗談なのか。

大友は、テーブルを挟んで竹谷の正面に座った。かすかにコロンの匂いが漂う……大友の嫌いな柑橘系の香りだった。髪は、写真で見たままの乱雑なセット。白いＴシャツの上に、濃紺のパーカを羽織っていた。ピアスは左耳だけでなく、右にも——こちらは二つだった。左右で計五つ。

「今日は、店は休みですよね」大友は切り出した。

「休みだけど、いろいろ忙しいんですよね」不満そうに唇を尖らせる。

「申し訳ありません。ただ、大事な捜査ですので、ご協力下さい」

「もう、一回話したんすけどね」

「間違いがないように、しっかり確認しないといけませんから」

「まあ……いいっすよ」竹谷が髪をかき上げる。

「松宮さんは、どんな人ですか」

「どんなって……」

「教えて下さい。私は面識がないので」

「凄腕、ですかね」言葉は強いが、表情は微妙に緩んでいる。どこか馬鹿にしているような気配もあった。

「カリスマ美容師っていうことですか？」

「それ、本人の前で言わない方がいいっすよ」竹谷が鼻を鳴らす。「松宮さんは、カリスマ美容師って言葉、大嫌いなんで」

「気をつけます……でも、腕はいいんですよね」

「それはもちろん――昔からいい客がついて、相当儲けていたみたいですよ」

「昔というのは？」

「二十代の頃だから、もう十年以上前ですけどね。六本木の店で、とにかく売れっ子だったそうです。カリスマ美容師ですよ」

「その言葉を使ったらまずいのでは？」

「いけね」竹谷がにやりと笑う。「本人の耳に入るわけじゃないから、いいでしょ。とにかく相当儲けて、それで自分の店を始めたんですよ」

「それも四軒、ですよね」

「最初は茗荷谷の店で、その後は年に一軒のペースで増えたそうです」

「経営者としても凄腕じゃないですか」

「そうっすね。でも、金は金を持っている人のところに集まるって言いますよね」何だか皮肉っぽい言い方だった。

「そういう話は聞いたことがあります」

「腕もいいんですけど、人を使うのが好きなんでしょうね。たぶん将来は、自分ではカットしないで、経営に専念するんじゃないですか？　今も株式会社にしていて、本人が社長ですけどね」

「四軒で、何人ぐらい従業員がいるんですか」

「二十人」竹谷は右手でVサインを作ってみせた。

「なかなかすごいですね」

「茗荷谷の店は自分で面倒を見てますけど、他の三軒は基本的にそれぞれの店長に任せてますよ。数年のうちに、都内で十軒までは増やしたいって言ってました。その後は、学校かな」

「美容師の学校ですか？」

「そうです。まあ、ああいう学校っていうのは、結構儲かるらしいですから」

「人を育てるのが好きなんでしょうね」

「いや、誰かが自分の命令に従うのが好きなんですよ」

　皮肉っぽく、かすかに非難するような口調……それにしてもよく喋る男だ、と大友は呆れていた。こんな風に喋り続けると、そのうち絶対にボロを出す。あるいはこちらを煙に巻くために、ひたすら喋り続けているのかもしれない。

「お弟子さんを何人も独立させているんですよね。のれん分けみたいなものですか？」

「のれん……」竹谷の言葉が途切れる。とぼけているわけではなく、この言葉を知らないようだ。そもそも「のれん分け」も死語になっているかもしれないが。

「自分で育てたお弟子さんに本人の店を持たせる……新しい店には、自分の店の名前の一部をつける。昔から一般的なやり方ですよ」

「へえ」関心なげに言って、竹谷が頬を掻く。

　気に食わない……ちゃらちゃらした軽い態度もそうだし、こちらを馬鹿にした感じも見え見えだ。こういう人間に対しては、いきなり強烈な爆弾を落とすのが効果的なのだが、今のところ使える爆弾は一発だけだ。美来によると、借金問題については、竹谷にはまだぶつけていない。それをどこで出すかは、大きなポイントになる。

　タイミングをあれこれ考えたが、出し惜しみすると賞味期限切れになることもある。大友は思い切って、今日この場で出してみることにした。そのために、周辺からじわじわと攻める。

「あなたは、松宮さんのところで何年働いたんですか？」

「八年？」自信なげに言って、竹谷が指を折っていった。「八年ですね。学校を出てすぐに、茗荷谷店に入って」

「大変でしたか？」

「大変でしたよ。最初は誰でもそうです。毎日、朝から日付が変わる頃まで……初めはカットさせてもらえないですからね。せいぜいシャンプーとかで、後は雑用です。店が終わった後で自分のための練習をするんで、とにかく一日が長かったですね。そういう感じで一年ぐらいやって、ようやくお客さんを担当させてもらえるようになるんです」

「一年は下積み、ということですか」

「ま、そんな感じで」

「八年で独立は早い方ですか？」

「何とも言えませんね。松宮さんがどうしても手放さない人もいますし……一番ベテランの人なんか、四十五歳――松宮さんより年上です。そういう人もいるんですよね。自分の店を持って金の心配をするより、安定した環境で腕を振るいたいっていう――経営者じゃなくて、職人タイプってやつですか？」

「なるほど。あなたは独立志向だったんですね」

「ま、店をやってるんですから、そういうことでしょ」竹谷が耳を掻いた。

大友は早くも苛ついてきた。普段は我慢強い――どんな人間が相手でも忍耐強く話を聴けると自任しているのだが、この男は大友の許容範囲を微妙に超えていた。かすかに漂う柑橘系の香りのせいかもしれない。五感の中でも、嗅覚は意外に人に影響を与えるものだ。ちらりと横を見ると、美来は無表情だった。僕よりよほど、感情を押し殺す術を身につけているのかもしれない、と感心する。

「自分の店を持つ計画は、いつから進めていたんですか？」

「二年ぐらい前？」

「それでオープンが一年前ですか」

「物件を探したり、準備もいろいろ大変だったんですよ。自分の城ですから」

「お店は居抜きですか？」

「美容院に居抜きはないですよ」竹谷が鼻で笑う。「ちゃんと自分で使いやすいようにアレンジしないと。それには結構金もかかるんで」

「その費用は、銀行から借りたんですか？」大友はさりげなく本筋に入った。

「銀行もあるけど、松宮さんがちょっと融資してくれてね。無利子ですよ？　太っ腹なんだよね」

口調を聞いた限りでは、松宮に恨みを持っている感じではない。しかし本音を隠してさらりと話すのは、それほど難しくはないのだ。警察慣れしているかどうかとは関係ない。

大友はまた話題を変えた。循環作戦……一度別の話題を振って、しばらくしてから元の話に戻る。二度目の答えに矛盾がないか、確かめるのだ。

「店は順調ですか？」

「まあ……あまりよくはないですね」竹谷が苦笑いする。「場所で失敗したのかなあ。池袋が近いし、あの辺は住宅街だから、ニーズはあると思ってたんですけどね」

「今、他に人は使ってるんですか？」

「俺一人です。最初は一人、アシスタントがいたんだけど、アシスタントが必要なほど客が来ないんでね」

「馘、ですか」

「よく説得して辞めてもらっただけですよ……馘は人聞きが悪いですね」むっとして竹谷が反論する。

「結構厳しい状況だったんですね」

大友はずばりと切りこんだ。一歩踏みこんだ格好になるので、竹谷は敏感に反応するかと思ったのだが、まったく表情は変わらない。相変わらずにやついている。

「一つ、聞いていいすかね」竹谷が右手の人差し指を立てた。ほっそりとして、いかにも器用そうに見える。

「どうぞ」大友は右手を差し伸べた。

「俺、疑われてるんすか？」

沈黙。いきなり答えにくいことを……大友は公式答弁で押し通すことにした。

「被害者の松宮さんに関係がある人には、全員話を聞いています」

「俺、短い間に二回も警察に呼ばれてるんすよね。完全に犯人扱いじゃないですか」

まなじりを上げてこちらを睨みつけながら口にしてもいい台詞なのに、竹谷の顔に浮かんだ笑みは消えなかった。もしかしたら、元々こういう顔つきなのかもしれない。

「今のところ、誰が容疑者ということはないですよ」

「アリバイ、ないですよ」竹谷があっさり言った。「事件が起きたのって、先週の火曜日でしょ？　その日は俺、店が休みで一日家にいましたから。一歩も外に出ていないけど、そんなの確認しようがないでしょう？　独身だし」

「マンションですか？」

「そうだけど、うちはオートロックじゃないですよ」大友が知りたかったことを、竹谷が先回りして答える。「ついでに言えば、防犯カメラもないです。何しろ金がないから、古いマンションに住んでるんで」

こいつは……大友の中で、また苛立ちが膨らみ始めた。確かにやりにくい相手だ。しっかり記録は調べたのだろうか？　未成年の頃から問題を起こし、何度も警察の厄介になるうちに、自然と警察官をあしらう術を身に付ける人間はいる——竹谷はまさにそういうタイプかもしれない。

「松宮さんから借りた金、返済が滞っていたんじゃないですか」

「まあね」竹谷がまた耳を触り、あっさり認めた。「でも、松宮さんは太っ腹だから。

本当は五百万ぐらいの金、どぶに捨てても何ともないぐらいなんですよ」

「しかし、借りた金を返さない人がいたら、怒るでしょう。特に、目をかけて弟子として育てて、独立を応援してあげた人なら」

「俺のこと？」竹谷が自分の鼻を指さした。「そりゃあ怒るかもしれないけど、俺は松宮さんとはトラブルを起こしてないんで」


攻め手がない。所轄の刑事たちがうんざりした理由が、大友には何となく分かってきた。のらりくらり。警察を馬鹿にする態度を隠そうともしないが、決してこちらの怒りを沸点に押し上げるまでは悪ノリしない。何だかこちらが手玉に取られているようだった。


事情聴取を終え、大友はすぐに永橋に報告した。

「面倒な奴だろう？」

永橋の指摘通りなのだが、大友は敢えて強気に出た。

「まだ材料が揃っていないだけですよ。事件当日はアリバイがない——でもずっと家にいたと言ってますけど、その辺を崩すところから始めるべきですね」

「それまで、次の事情聴取は先送りしておいた方がいいかい？」

どうしてそんなことを聞く？　ベテラン捜査員の永橋なら、大友に確認せずとも、それぐらいのことは決めてもいいのに。というより、所轄の刑事課長は「決めること」が仕事ではないか。

「呼ぶことはできますが、仕事を休ませてまで呼ぶ理由は、今のところありませんね。取り敢えず、監視でいいんじゃないですか」

「分かった。二十四時間監視で行こう」

「そうですね」そこには自分も入らなければいけないだろう。大友はすぐに、優斗のことを考えた。もう中三だから、夜一人で留守番して、翌朝ちゃんと食事を摂って学校へ行くぐらいは普通にできる。本人もそういうことが面倒な様子ではなかった。もっとも大友としてはまだ心配で、義母の聖子にきちんと頼むつもりだった。

「私もやりますよ」

「大丈夫なのか？　息子さんは……」永橋が気を遣って言う。

「何とかします。今夜からでも大丈夫ですよ」

「じゃあ、こうしようか」永橋が両手を組み合わせた。表情は柔らかい。「あんたの方で、都合のいい日を出してくれ。それに合わせてローテーションを組む」

「そこまで気を遣ってもらわなくていいんですが……」急に居心地が悪くなり、大友は右足から左足に体重を移した。

「お願いして来てもらってるんだから、それぐらいは、な？　だいたいあんたには、事情聴取の方を優先してもらいたいから、監視については無理しなくてもいいんだ」

「お気遣い、恐縮です。でも、配慮は必要ないですよ。普通に使って下さい」

「分かった。とにかくスケジュールを出してくれ」

一礼して、大友は廊下に出た。まず聖子に電話して都合を聞き、その後で優斗に連絡……刑事総務課にいながら応援に出なければならなくなった時に、何度となく繰り返した手順だ。

聖子はすぐに電話に出たが、微妙に不機嫌だった。

「今晩？」

「すみません」大友はすぐに謝った。「何か、予定がありましたか？」

「ないけど、優斗にはもう少し気を遣ってあげた方がいいんじゃないかしら。受験生なんだし」

「まだ十月ですよ」

「今頃から、もう追いこみにかかっている子だって少なくないわよ」

「ええ、それはまあ……」聖子の言い分も理解できる。東京では、当然高校受験も熾烈なのだ。優斗の通う学校でも学習塾でも、既に臨戦態勢の子がいる、という話は大友も聞いていた。ただし優斗自身は、まだゆったり構えたままで、志望校も絞りこんでいない。

「父親が気を遣ってやらなくてどうするの」

「私がいなくても、きちんと勉強はしますから。食事だけ、食べさせてもらえれば……」

「まったく、あなたは……」聖子が電話の向こうで溜息をついた。「こんなことだから、早く再婚しなさいって何度もしつこく言ったのよ。もう、賞味期限切れですからね」

いきなり電話を切られ、大友も溜息をついてしまった。確かに聖子は、大友を再婚させようとしばしば見合いを画策していた。亡き妻への想いもあり、全て断ってきたのだが、この二年ほどは、聖子の口から「再婚」の言葉が出なくなっていた。その理由が「賞味期限切れ」とは……男として枯れるのはずっと先だと思っていたのだが、聖子の目にはそうは映っていないらしい。

「どうかしました？」

美来に声をかけられ、大友は慌ててスマートフォンをスーツのポケットに落としこんだ。

「いや、何でもない……」

「何か大変なんじゃないですか？」

「大変と言えば大変だけど……七十歳ぐらいの女性の扱いには慣れていないんだ」

不思議そうな表情を浮かべ、美来が首を傾げる。

「義理の母親だよ」

「ああ……面倒臭いですよね」

「君、独身じゃないのか？」

「独身ですけど、姉の旦那さん……義理の兄が、いつも肩身の狭い思いをしているのを見てます」

「君のお母さんが強烈なんじゃないか？」

「それもありますけど、義兄がちょっと弱気なので。いい人なんですけどね」

小さく笑って、美来がトイレの方へ去って行った。余計な説明をしなくてすんでよかった、とほっとする。自分の事情を話すのはやぶさかではないが、この十年、同じような話を何度も繰り返してきて、正直飽きているのだ。

こういう生活はいつまで続くのだろう、とふと不安になる。

5

大友は翌日、水曜日の夜に「半夜勤」に入った。夕方から店の前で張り込みを続け、竹谷が自宅に帰るまでチェックし、午前零時に交代、というローテーションだった。その後は署に戻って仮眠を取ることになっている。

相棒は今日も美来。最近は若い女性刑事も増えてきており、捜査では貴重な戦力になっているのだが、やはり夜遅く、あるいは徹夜の仕事になると扱いが難しい。しかし美来の場合、まったく平然としていた。夜中の仕事にうんざりするわけでもなく、やたらと前のめりになるわけでもなく、ただ普通に仕事として受け止めている。最初は前のめりなタイプかと思っていたのだが、その実自然体なようだ。

竹谷の自宅マンションは、店から歩いて十分ほどの春日通り沿いにある。それでも大友たちは、覆面パトカーを借り出していた。二人で立ったまま張り込みしていると目立つので、隠れ蓑になる覆面パトカーは必須なのだ。それに店を閉めた後、竹谷は帰宅せずにどこかへ行くかもしれない。店の前からタクシーを拾われる可能性を考えると、追跡のためにもパトカーは必要だった。

店の営業時間は午後八時まで。六時に交代したのだが、引き継ぎはないに等しかった。今日の客は五人——ほとんど必要のない情報である。

店が閉まるまでの二時間で、パトカーの中で夕食を摂ることにする。コンビニエンスストアで弁当を仕入れてきたのだが、味気ないことこの上ない。いや、味はある。むしろ濃過ぎるぐらいで、普段薄味の料理を心がけているから、後で喉が渇くだろう。それは我慢しなければならない……張り込み中には、トイレで現場から離れるのも避ける必要があるので、水分はできるだけ取らないようにしないと。もっともここは、近くにコンビニエンスストアがあるから、困ったらトイレを借りればいい。

助手席に座った大友は、のろのろと箸を動かしていた。一番無難な幕の内弁当を頼んだものの、やはり味が濃い。旺盛な食欲を発揮している美来が、不思議そうに訊ねた。

「胃の調子でも悪いんですか？」

「いや……味が濃くてね」

「そうですか？」

「美味しいですよ。食べ慣れてる味が一番です。コンビニの弁当を食べ慣れているっていうのも、悲しい話ですけど」

「まあね。やっぱり食事は自分で作るのに限る。味はともかく、栄養面でも自炊の方が絶対にいいよ」

「大友さん、料理はするんですか？」

「仕方なく、だね。妻が亡くなったから、子どものためにも自炊なんだ」

「……すみません」美来が申し訳なさそうに言った。

「いや、もう昔の話だから」

「夜の張り込みなんかしてて、子どもさん、大丈夫なんですか？」

「もう中三だから、何でも一人でやれるよ」そう言う時に、少しだけ誇らしさを感じた。優斗は「大人扱い」されると反発するかもしれないが、日々自立して逞しくなる姿を見ると胸を張りたくなる。

「じゃあ、受験ですよね」

「ああ」

「東京の受験は大変ですよね。選ぶ高校もたくさんあるし。私なんか、栃木ですから、選ぶまでもなく自動的に決まった感じでした」

「僕も長野だから、同じようなものだったよ。ま、受験は本人の実力と希望が第一だね」

「将来は、やっぱり警察官ですか？」

「そこまで考えてない——考えてないと思うよ」大友としてはどうでもよかった。親子二代、あるいは三代で警察官という人も珍しくないのだが、そこに固執する必要はないだろう。何しろ優斗は、まだ十五歳なのだ。高校、大学と進むに連れて、自分が何に向いているか、分かってくるだろう。大友自身、大学時代の途中までは、自分が警察官になるとは考えてもいなかった。あの頃打ちこんでいたのは芝居。結構本気だった。しかし、当時からつき合っていて後に結婚することになった菜緒が、ある事件の被害者になったことで、彼女を守るために警察官になろうと決めた——警察官は特定の個人を守るために仕事をするわけではないが。

あれも、もう二十年以上前なのだ、と愕然とする。大友もとうに四十歳を超え、警察官人生の後半に入った。賞味期限切れ、という聖子の皮肉が脳裏に蘇る。

いきなりノックの音が響き、大友は慌てて外を見た。敦美が身を屈め——女性にしては大柄で身長は大友と変わらない——顔を覗かせていた。大友はウィンドウをおろし、大袈裟に顔をしかめて見せた。

「どうした？」

「陣中見舞い」敦美がコンビニエンスストアの袋を掲げて見せた。「夕飯、終わった？」

「今食べ終えた」大友は弁当の蓋を閉めた。「入れば？」

助手席側は、後部のドアがガードレール部分にほぼくっついていて、敦美の体格では隙間に入れない。彼女が車道側に回りこむわずかな時間を利用して、美来が小声で訊ねた。

「誰ですか?」

「同期。捜査一課の高畑敦美だ」

敦美が後部座席に滑りこむと、ボディが少しだけ揺れた。後ろから差し出されたコンビニの袋を受け取ると、ごく軽い。水物はないな……張り込みに飲み物が必要でないことぐらい、彼女は当然分かっている。覗くと、ガムと餡まん、チョコレートバーが入っていた。

「何だい、このダイエットの敵みたいな組み合わせは」

「あなたは、ダイエットとは縁がないでしょう」敦美が非難するように言った。敦美自身は体重過多——太っているわけではなく、筋肉の鎧(よろい)を身につけているのだ——で、最近は「痩せないと」と口にすることがある。しかし、筋肉を上手く落とすダイエットは相当難しいはずだ。

「じゃあ、ありがたく」

「夕飯が終わったから、デザートにちょうどいいでしょう」

腹は膨れていたが、せっかくの好意だ。それに、そろそろ熱い餡まんがありがたい季節になっている。取り出して、一つ美来に差し出す。美来は振り向き、「ありがとうございます」と丁寧に礼を言った。

「あなたも、テツと一緒に張り込みなんて大変ね。緊張するでしょう」

「いえ、そんなことは……」困ったように美来が反応した。

「あらあら、テツの魅力も彼女には通用しないのかしら」敦美が面白そうに言った。

「ある人に、賞味期限切れだって言われたよ」

敦美が吹き出す。むっとしたが、むきになって反論すべきことでもない。大友は餡まんを両手で包みこみ、手を温めた。

「それより、何でわざわざここへ？」

「テツがやる気になったって聞いたから、私も応援しようかなって」

「柴から聞いたな？」柴は敦美を苦手にしているのだが、情報の共有は完全だ。捜査一課の同じ係で、毎日顔を合わせるから当然なのだが。

「何か重大な秘密があったら、柴には絶対に喋っちゃ駄目よ。基本的に筒抜けだから」

「分かってるよ」

「じゃあね。ヘマしないように」

ドアを押し開け、敦美はさっさと出て行った。「頑張って」ではなく「ヘマしないように」と厳しいのも彼女らしい。

それより、敦美は大丈夫なのだろうか。彼女は元々大酒呑みで、朝まで呑んでも、そんな気配は微塵も感じさせずに出勤してくるタイプだった。しかしここ数年は、健康に気を遣っているのか、そろそろ呑むのに飽きてきたのか、酒量は落ちている。ところが去年、ある事件——彼女自身も被害者になって相当のダメージを受けた——に巻きこまれ、それ以来また呑む量が増えてしまった。柴のタレコミによると、「一週間に八日呑んでいる」。この一年、敦美の係では特捜本部事件がなかったからいいものの、仕事にさし障るのではないかと大友はいつも心配していた。折を見て忠告しようと思っていたのだが……今夜は酒は入っていないようだった。「まだ」と言うべきかもしれないが。

餡まんで満腹になった。この後睡魔と戦わなければならないかもしれないが——ありがた迷惑だなと苦笑して、チョコレートバーの一本は美来に進呈し、一本は優斗への土産にすることにした。

七時半、大友は尾行の準備を始めた。一度顔を合わせているし、向こうは警戒しているだろうから、変装は必須である。といっても、大袈裟にはしない。学生時代の劇団での経験から、外見をほんの少し変えるだけで雰囲気が大きく変化することを知っていた。今回は髪型を変える。普段は緩く七三に分けているのだが、今日は整髪料を使ってオールバックにした。さらに帽子も用意してある。髪型を変えれば帽子は必要ないようなものだが、これは万が一見られた時の用心である。帽子を被れば、髪型を変えたのと同じ効果があるわけだ。

ネクタイを外し、鮮やかな赤色のコートをスーツの上から羽織る。これで、普通の勤め人には見えなくなるはずだ。このコートは一万円ほどの安物なのだが、たった一つ、尾行で役立つ利点がある。リバーシブルで、裏返すと黒に近い濃紺、こちらはいかにもサラリーマン風のコートに見えるのだ。

さらに大友は眼鏡をかけた。伊達眼鏡だが、そろそろ本当に眼鏡が必要な気がする。最近、特に車を運転する時に、標識がぼやけて見えることがあるのだ。この年になって近眼になるものなのか、あるいは老眼が入ってきたのか。

賞味期限切れ。

「どうかな」

「いつもこんなに変装の用意をしてるんですか？」驚いたように美来が訊ねる。

「自分のロッカーに入れてる。いつ必要になるか分からないからね」

「雰囲気、変わりますね」

「これだけやれば十分だと思う。簡単には気づかれないよ」

八時過ぎ、竹谷が店から出て来た。神経質そうに施錠を何度も確認してから歩き出す。都電荒川線に東池袋四丁目で乗り、向原まで行く方法もあるのだが、それは時間と金の無駄だろう。電車を待っている間に歩いてしまった方が早い。

尾行にはあまり適していないルートだ。幹線道路以外の道はみな細く、一方通行。車一台がぎりぎり通れるぐらいの幅しかない。尾行する時の基本の一つに、道路の反対側、斜め後ろから追うというやり方がある。追われていると意識する人間は、真後ろを振り返りがちで、斜め後ろは意外に意識しないものだ。もう一人いれば、道路の反対側でほぼ真横につく。これでまず、見逃すことはない。ただし今日は、美来は車で先回りすることになっているから、大友一人だ。

尾行し始めてすぐに、様子がおかしいと気づいた。何というか……あまりにも何も気にしていない。二度も警察に呼ばれた後だから、監視や尾行を警戒するのが当然なのに。ごく気楽な様子で、ゆったりした足取りで歩いている。体がかすかに揺れているのは、リズムを取っているからか……両耳からは、ヘッドフォンの白いコードが垂れ下がっていた。

結局竹谷は、一度も後ろを振り向くことなく、家に着いた。変わった動きといえば、煙草を一本灰にしただけ。携帯灰皿を使っており、ポイ捨てしないぐらいの常識はあるようだった。

自宅は相当古いマンションで、彼の証言通り、オートロックではなかった。遠目にざっと見た限り、防犯カメラもない。美来はまだ到着していない……車がきたのは、竹谷がマンションに姿を消してから五分後だった。助手席に滑りこむと、美来は盛んに「申し訳ありません」と謝罪を繰り返した。

「しょうがないよ。車には不便な場所だから」

「大回りしてきました。事前に調べておけばよかったです」

「特に問題はないよ」

……なさ過ぎた。八時過ぎから十時まで、まったく動きなし。竹谷の部屋の灯りが灯ったのは確認したが、その後は何も起きない。裏口がないのは確認しており、竹谷が動くとすれば正面から出るしかない……もちろん、竹谷が動き出す保証はないのだが。

十一時、美来が居心地悪そうに腰をもぞもぞさせた。いい加減飽きてきたのだろうと思って、大友は何も言わなかったが、彼女はジャケットのポケットからスマートフォンを取り出したのだった。マナーモードにしてあったので、振動が不快だったのだろう。

「はい、芦原です……え？」

美来の声が一段甲高くなった。大友は彼女の顔を観察した。顔色が悪い。何か、異変が起きたのは間違いないようだった。

「はい、現場は？　分かりました。すぐ行きます」

美来が車のエンジンをかけた。大友が「どうした」と声をかけると、緊張しきった声で「襲撃事件です」と返事をした。

「襲撃？」

「路上で襲われて……この前と同じようなパターンです」

「ちょっと待てよ。同じ犯人ということか？」

「それは分からないんですが、とにかく急ぎましょう」

「現場は？」

「区立の図書館、分かりますか？」

「いや……」

「中学校の近くなんですけど」

「被害者は？」

「それはまだ、情報が入っていません。どうやら重傷みたいです」

クソ、冗談じゃない。もしも連続通り魔事件だったら、警察の失態は明らかである。犯人探しと同時に、周辺の警戒を強化すべきだったのだ。もしも犯人が、現場付近に固執する理由があったとしたら……。

大友はグラブボックスから地図を取り出し、現場の様子を確認した。あの辺に図書館があったかどうかは記憶にないが、事件が少ない場所——閑静な住宅街なのは分かっている。これはまた、目撃者探しで苦労しそうだ。もちろんそれが警察の仕事であり、この段階であれこれ不安がるのは筋違いだが。

嫌な予感が急に膨らんできた。もしもこれが連続通り魔事件だとしたら——竹谷は犯人ではない。部屋に引っこんで以来、一度も外へ出ていないのだから。大友は慌ててて
「ストップだ！」と声を上げた。美来は急ブレーキを踏み、後ろの車が激しくクラクションを鳴らす。

「何ですか！」美来が抗議するように大声で言った。

「一度戻ろう。竹谷が本当に家にいるかどうか、念のために確認しておかないと」

ドアを開けた瞬間、竹谷の怪訝な表情が一瞬でニヤケ顔に変わった。何も言っていないのに、事情を悟ったような……大友が「ずっと部屋にいましたか?」と訊ねると、「行く場所もないからね」とあっさり答えた。その一言で、大友はこの男は嘘をついていないと判断した——まったく慌てていない。もしも人を襲って戻って来たばかりなら、少しは興奮、ないし動揺しているはずだ。

竹谷は完全に通常営業だった。

6

これで十分をロスしてしまった、と悔いたが、どうしても確認しておかねばならないことではあった。もしもこれが連続通り魔事件だったら、竹谷は犯人ではなく、捜査は振り出しに戻ってしまう。車に乗りこんでからそれを説明すると、美来は不機嫌に黙りこんだ。

現場は、既に警察官で溢れ返っていた。制服組中心だが、私服の刑事もいる。署で待機していたのか、永橋の姿も見えた。どうやら彼が立っている場所が、まさに事件の発生現場らしい。小さな公園とマンションに挟まれた細い道路の歩道上。基本的にフラットな地形のこの辺ではあまり見ない、かなり急な坂である。永橋の足元を見ると、血痕が確認でき、大友は事態の深刻さを悟った。

血痕が大きい——出血量が多い。それを確認して、永橋が現場を離れた。まずは現場保存が第一。刑事も邪魔になるだけだ。

永橋が大友に気づき、さっとうなずきかけた。大友は急いで彼の元に駆け寄ったものの、あまりに不機嫌な気配を発しているので、途中で足が止まってしまう。

「まずい状況だ」永橋がぼそりと言った。

「怪我の具合はどうなんですか？」

「意識がない」

「頭ですか？」

「ああ。出血量も多いし、非常に危険だ……そうだ、病院へ行ってくれないか？　容体を確認したいんだ」

警察官が一番嫌う仕事である。被害者が生きるか死ぬか分からない状況で、じっと待つ……これほど辛いことはない。こういう場合、病院にはまず制服警官が行っているはずだ。それを指摘すると、永橋は「意識が戻って事情聴取できるかもしれないだろう。それは、制服組じゃなくてあんたの方がいい」と言った。

「分かりました。事情聴取できる可能性はあるんですか？」

「五パーセント……いや、どうかな……」

相当危険な状態だと覚悟する。しかしこの仕事も、誰かがやらなくてはならない。その後に来るのは、家族との面会だ。身元が分かればすぐに家族に連絡が行く。病院に到着後、その面倒を見るのは、警察官の仕事の中でも、一番ストレスが溜まる。

「身元は分かっているんですか？」

「ああ。現場にバッグが落ちていた。免許証が入っていたから、確認はできると思う」

「被害者支援担当を呼んでおいた方がいいですね」所轄では、刑事課か交通課に犯罪被害者の初期支援員を置いている。被害者本人、あるいは家族に対して初期段階でフォローするのが任務で、専門の研修も受けている。そこから先、事態がもっとややこしくなりそうだったら、本部の犯罪被害者支援課が乗り出してくる。

「うちの支援担当なら、そこにいるよ」永橋が美来を指差した。

それはちょっと……普通、初期支援員は事件慣れしたベテランだ。女性の支援員もいるが、それは性暴行事件の被害者に女性が多いという事情を勘案しているからだ。とはいえ、刑事になってまだ一年の美来ではいかにも頼りない——ただし大友は、そんなことは口にしなかった。もしかしたら、まだ大友が見つけていない特殊能力があるかもしれないし。

しかし、支援員だと指摘された美来は、蒼い顔をしていた。おそらく今まで、支援員としての仕事はほとんどしていなかったのだろう。となるとここは、自分がフォローしなければならない。

「とにかく、病院へ行きます」

「申し訳ない。あんたの仕事とは言えないかもしれないが……」

「とんでもないです」

とにかく命令には従うのが、警察官の基礎の基礎だ。一瞬でも反発したら、時間の勝負である捜査が滞ってしまう。

「行こう」美来に声をかけ、少し離れたところに停めた車に向かって歩き出す。一瞬遅れて再起動した美来が、大友に追いつくために走り出した。

これは……おそらく美来には特殊能力はないな、と判断する。病院では、自分が主体になって動かなくてはならないだろう。


病院は池袋だった。先ほどいた場所の近くで、行ったり来たり……大友は将棋の駒になったような気分だった。

深夜の病院は、どことなく不気味な感じがする。望んで腰を落ち着けたい場所ではないが、この際仕方がない。看護師に話を通し、手術室に近い廊下のベンチで待つことにした。家族はまだ到着しておらず、美来と二人だけ。しかし、被害者の大島宏（おおしまひろし）の家はこの近くなので、家族はほどなく病院へ駆けつけてくるだろう。

手術室の赤いランプは灯ったまま……容体を確認したいが、聞く相手が誰もいない。大友は結局、ベンチに腰を降ろさなかった。美来もそれにならい、無言のまま、二人で廊下の壁に背中を押しつけた状態で立ち尽くす。

ばたばたと足音がした。振り向くと、中年の女性と子ども――たぶん中学生と小学生だ――が二人、こちらに駆けて来る。子どもはどちらも女の子で、既に泣いていた。三人は手術室に突入しそうな勢いだったので、大友は廊下の真ん中に立ちはだかって両手を広げた。

「警察です」

「あの、主人は……」蒼い顔をした女性がすがるような口調で言った。

「まだ手術中です」

「大丈夫なんですか？　助かるんですか？」立て続けに質問をぶつけ、今にも大友の胸ぐらを摑みそうな勢いだった。

「私たちも今来たばかりで、まだ医者から説明を受けていないんです。詳しい容体は分かりません……とにかく、座りませんか？」

大友は三人にベンチを勧めた。しかし三人ともそんな気分にはならないようで、立ったまま――仕方なく大友は、その状態で話を聴くことにした。

「ご主人は、お仕事だったんですか？」

「帰る途中だったと思います」

「お仕事は何を？」

「会社員です」

「どちらにお勤めですか？」

「そんなこと、今言わないと駄目なんですか！」悲鳴を上げるように妻が言った。

「いずれ聴くことになります。今は待つしかできませんから、今のうちに話を聞かせていただけると助かります」

　このまま意識が戻らない——死んでしまったら、妻は完全なパニック状態に陥るだろう。二人の娘にも話が聴けるはずがない。だったら、今聴いてしまうのがベストだ。

「小原（おはら）ネット証券です」

「証券マンですか」聞き覚えのない社名だった。それほど大きな会社ではないのだろう。

「ええ」

「勤務先はどちらですか？」

「日本橋です」

「いつもこんなに遅くなるんですか？」

「日によって違います。今日はたまたま……」

　妻の顔がさらに蒼くなる。ふらりと体が揺れたと見えた瞬間、膝から崩れ落ちる——大友は慌てて腕を掴んで体を支え、ベンチに腰かけさせた。膝の間に頭を突っこむような勢いでうなだれ、言葉が出なくなってしまう。これ以上の事情聴取は、今は無理だろう。

　大友は、娘二人に目を向けた。互いを支え合うように寄り添って立っている。言葉はまったくなく、二人とも目を赤くし、鼻をすり上げていた。しかし、完全な悲しみに突き落とされたようには見えず、目は虚ろだった。何が起きているか、まだ実感できていないのだろう。

そのまま一時間が過ぎる。既に真夜中過ぎ……これだけ処置が長引いているのを、どう捉えたらいいのだろう。助かる可能性に賭けて、必死に治療が続いている、と考えたかった。

こういう場合、どうするのが正解なのだろう。特に子どもたちが気になる。処置が終わるまで待ちたいだろうが、それにも限度はある。ここは一度、家に帰すべきだろう。病院までそんなに遠いわけではないから、出直すにしても手間はかからないはずだ。

また足音。他の刑事が来たのかと思ったら、見慣れた顔だった。刑事ではないが警察官——総務部犯罪被害者支援課の村野秋生。いつものようにかすかに足を引きずっている。同道している若い女性には見覚えがなかった。同僚だろうか。

村野がうなずきかけたので、大友はその場を美来に任せて離れた。村野は大島の妻たちに背中を向け、小声で話し出した。

「お節介かもしれませんが、臨場しました」

「支援課が出てくるような話なのか?」

「所轄から情報提供がありまして」

「永橋課長?」

村野がうなずく。真顔。普段はおっとりした表情を浮かべていることが多いのだが、自分の本来のフィールドである現場に出ると、やはり厳しい顔つきになるようだ。

「永橋課長は、まずいケースを想定しているみたいですよ」

「というと?」

「これ、連続通り魔事件になるかもしれないでしょう? もしもそうなら、被害者への対応は所轄レベルでは難しくなります。最初の事件の犯人を捕まえないからこうなった――被害者家族が警察に敵愾心を抱く可能性もありますよ。いや、その可能性が高いな」

「確かに……」

「で? 今はどんな状況なんですか?」

大友は家族の様子を説明した。村野の眉間の皺が見る間に深くなる。大友が話し終えたところで、同行してきた女性に目で合図した。うなずき返した女性が、大きなバッグからミネラルウォーターのペットボトルを取り出し、三人に近づいて行く。

「彼女は?」

「うちの安藤梓です。次期エース候補で、通称ダブルA」村野が小声で答える。

「ダブルA?」

「イニシャルですけど、要するにまだ一人前じゃないので……メジャーに上がるには、もう少し時間がかかるということですよ」

「君、何でもかんでもメジャーリーグに喩えるの、やめた方がいいんじゃないか? 分からない人も多いだろう」

「そうなんですけど、唯一の趣味なので」

それは言い訳にならないのだが……顔をしかめてみせても、村野は気にする様子もなかった。唐突に仕事モードに入り、批判を始める。

「家族への対応としては、失敗ですね」

「そうか？　できる限り誠意を見せたつもりだけど」

「実質的に事情聴取になってしまっているじゃないですか。このタイミングでそれは駄目ですよ」

「鉄は熱いうちに打たないと」

「多少遅れてもいいんです」村野が真顔になる。「日本の警察の捜査能力は高いんです。多少出遅れても、必ず犯人に辿り着ける。だけど、被害者家族のショックは、初期段階は激しいですからね。余計な刺激を与えない方がいい」

大友は黙ってうなずくだけにした。この辺について、捜査を担当する刑事部と被害者支援課の考えの溝は、永遠に埋まらないのではないだろうか。ただし大友としては、ここで議論する気にはなれなかった。それこそ、被害者家族が目の前にいるのだし。

手術室のドアが開く音がした。振り向くと、ちょうどランプが消えたところだった。大島の妻が慌てて立ち上がり、そちらへ向かう。美来と梓も後を追った。娘二人はその場で固まったまま……村野が大友にうなずきかけ、手術室へ向かう。

医師が出て来ただけだった。それで大友は、最悪の事態を悟った。犠牲者が出てしまったのだ。

大友は、大島の家族を村野たちに任せた。こちらは捜査の本筋を行く——まずは医師に話を聴いて、ある程度死因をはっきりさせなくてはいけない。

二時間近くに及ぶ手術を終えた医師は、明らかに苛ついていた。自分と同じぐらいの年齢だろうか、と大友は想像した。薄(うっす)らと髭が浮いており、疲労感も滲み出ている。それより何より、被害者を助けられなかったことでダメージを受けているようだった。ナースセンターで話を聴こうとしたのだが、呆(ほう)けた感じで座ろうともしない。

「ちょっと外へ出ませんか」唐突に大友に誘いをかけてきた。

「それは構いませんが……」

「じゃあ」素っ気なく言って、医師が白衣の上に短いコートを羽織る。ポケットの部分が小さく膨らんでいるので、煙草が吸いたいのだろうと分かった。病院内では、当然煙草は吸えない。

医師は無言で建物を出て、大股で歩き続けた。裏口へ回ると、控えめに小さな灰皿が置いてあるのが見える。歩道の際(きわ)……ここがぎりぎり、「路上喫煙」にならない場所なのだろう。敷地の中ではあるが、そこまで厳密になる必要もあるまい。大友は自分では煙草は吸わないが、喫煙者に対してそれほど不寛容ではない。

建物の灯りも届かず、街灯だけが頼りの薄暗い空間。医師が点(つ)けたライターの炎が、やけに明るく赤く見えた。医師は煙草に火を移すと、首をがくりと倒して、空に向かって煙を吹き上げた。

「そうなんですか？」

「本当は、煙草はやめてるんですよ」医師が突然打ち明ける。

「ただ、こういう時は……目の前で人が亡くなると、どうしてもね」

「分かります」死体が苦手なベテラン刑事もいるのだし。

「自分の無力さを実感させられると言いますかね」

「ええ……今回はどうだったんですか？　搬送されてきた時点で、相当危険な容体だったと聴いています」

「心肺停止状態でした。頭に一撃」医師が、煙草を持ったまま、右手で後頭部を叩いた。

「相当なダメージでした。頭蓋骨は折れていて、完全に脳挫傷の状態でしたから」

「ということは、相当重くて硬い鈍器が凶器ですね？」

「それは監察医が判断するところですけど、そんな感じでしょうね。あるいはよほどのスピードでぶつかったか」

「バットのフルスウィングのような感じですか？」

「バットかどうかは分かりませんが、イメージはそんな感じでしょう」医師が大きな左手を広げ、顔を擦(こす)った。疲労をこそげ落とそうとしているようだが、上手くいっていない様子である。

「背後から襲われたのは間違いないですよね？」大友は念押しした。

「頭蓋骨の後ろ側が陥没骨折していますから、そう見ていいでしょうね。ただ私には、その辺を確定させる権利はありませんので」

「それは了解しています……お疲れ様でした」

二本目の煙草に火を点けた医師を残して、大友は病院の中に戻った。美来が、さすがに疲れた様子で溜息をつく。

「そろそろダウンか？」

「体は大丈夫ですけど、不安です。殺しの捜査は初めてなんですよ」

「何も考えないことだ」大友はアドバイスした。「駆け出しの頃は、とにかく上の言うことを聞いて、黙って動いていればいい。ベテランが揃っているんだから、まず判断を間違えることはないからね。だいたい、考える暇もなく命令がおりてくるし」

実際には、上層部が判断を間違えることはままある。細かいミスは珍しくなく、その都度修正を余儀なくされる。

「連続通り魔、なんですかね」美来が不安げに言った。

「確かに手口は似てる。背後から一撃……」大友は後頭部を平手で叩いた。「一度成功した犯人は、何度も同じ手を繰り返すものだし。ただ、目撃証言が出てこないと、はっきりしたことは言えないね」

「あの辺は、防犯カメラも少ないはずです」

「住宅地だからね……でも、まずはその辺のチェックから始めるんじゃないかな」

「結構面倒ですよね」

「いや、そういう仕事は楽なんだ。大変は大変だけど、終わりはあるから。周辺の家は無限にあるわけじゃない」

「そうですね……」返事に元気がない。美来は早くも、延々と続く聞き込みを考えてうんざりしているようだった。

　手術室の前に戻ると、村野がベンチから立ち上がった。疲れた表情……彼は被害者家族の扱いには慣れているはずだが、それでも気軽にこなせる仕事ではないはずだ。

「ご家族は？」

「病室で休憩してます。病院側が気を利かせて用意してくれたんですよ。それで、これ――」村野が手帳を開き、ページを破り取って渡してくれた。「家族に関する基本的な情報です。何とか聞き出しておきました」

「助かる」

　メモをちらりと見て確認する。その瞬間、大友は凍りついた。心配した村野が「どうしました？」と訊ねる。

「いや……この事件、もう一段深い意味が出てきた」

「どういうことですか？」

大友は簡単に事情を説明した。大島の娘と、やはり襲われた松宮の娘は同じ学校に通っている——つまり、同じ中学校の保護者が短期間に被害に遭ったことになる。大友は慌てて、病室に飛びこもうとして、村野に腕を摑まれた。

「今は駄目です」村野が低い声で大友を制した。「話はしない方がいい。落ち着くまで待って下さい。うちの次期エースがつき添ってますから」

「こういう時、つき添って何をするんだ？」

「何もしません」村野が肩をすくめた。「ただ、側にいるだけです。向こうが助けを求めてきたら、それに対応するだけで」

「それはきついな」話すわけでもなく、ひたすら被害者家族の悲しみを受け止める……よほどタフでないとできない仕事だと実感した。

「慣れてますよ。それよりもう一つ、気になる話がありました」

「被害者家族からは話を聴かないんじゃないのか？」

「向こうが話し出したら別ですよ」

村野が周囲を見回した。家族がいる病室が近いと話しにくいのだと察し、大友は彼にうなずきかけてその場を離れた。ナースステーションの近くまで来ると、ベンチに腰かける。村野が横に座り、美来は二人の前で立つ。後ろで両手を組み合わせ、体をゆっくりと揺らしていた。

「被害者、仕事でトラブルがあったそうです」

「証券会社で？」

「ええ。顧客がクレームをつけてきて、相当参っていたという話ですよ」

「要するに、儲け損なった、損をした、という話じゃないのか？」

「ご家族は内容までは知らないようですが、この一か月ぐらい、かなりしつこく責められていたようですね」

「粘着的なクレーマーだったのかな」

「その可能性はありますよね。そういう人間が多い時代ですし」

　自分の要求が通らないと、いきなり切れたり、予想もできない行動に出たりする。常識では考えられないような要求を平気で突きつける——そんな人が増えたのは、いつからだっただろう。

「詳しいことはご家族にも話していなかったそうですけど、会社は把握しているんじゃないでしょうか」

「確認するよ。助かった」となると、連続通り魔の可能性は低くなるのだが……同じ学校の保護者が襲われる事件が、偶然に続くものだろうか？

「いいえ……しかし、心配です。反応がだいぶ過敏なので」

「普通の事件に比べて？」

「ええ。取り敢えず、実家の方に連絡を取ることにしました。ご主人の実家は金沢、奥さんの実家は山形……どちらも遠いんですけど、肉親に来てもらわないと収拾がつかないかもしれません」

「分かった。その辺は支援課に任せていいんだね？」

村野がちらりと美来の顔を見た。途端に、美来がうつむいてしまう。村野が短く溜息をついて美来に声をかけた。

「あまり気にしないでいいよ。君は所轄の初期支援員だけど、本来の仕事——捜査もあるんだから、後は本部で引き受ける。ただ、連絡は密にしたい」

「分かりました」美来が真顔でうなずく。緊張しきった表情だった。

「じゃあ、後はそれぞれの仕事ということで」村野が膝を叩いて立ち上がった。

「ご協力、感謝するよ」

村野はまだ何か言いたげだったが、結局無言でうなずいただけでその場を去って行った——例によって、足を少しだけ引きずりながら。

村野には村野の、厳しい過去があるのだ。自らも事故に巻きこまれた被害者。それで捜査一課をやめ、総務部の犯罪被害者支援課に異動した。「一課の次期エース」とも呼ばれた男だったのに……事情は違うにしても、ある意味大友と同じ立場だ。

彼とは一度、じっくり話し合いたいと思った。

7

夜のうちに特捜本部が設置されることが決まって、大友は文京中央署で短い仮眠を取った後、会議室に出向いた。既に刑事たちでごった返している。本部の捜査一課から派遣されてきたのは、柴たちの班だった。会議室に入ると、敦美と柴が目ざとく大友を見つけ、苦笑した。大友は、二人が並んで座っている後ろに腰を下ろした。ほぼ徹夜だったので、頭がくらくらする。

「なに、このタイミング」後ろを向いた敦美が、呆れたように言った。

「君が事件を持って来たんじゃないのか？」

「まさか。私は平和主義者よ」

「それは初耳だな」

柴が口を挟むと、敦美が思い切り睨みつける。それで柴が黙りこむ……いつもの二人のやり取りだった。

「手口から見て、連続通り魔事件の可能性が高い」大友は言った。

「テツがマークしていた男は？」敦美が訊ねる。

「事件が起きた時には、僕のほぼ目の前にいたよ」

「だったら連続事件じゃない……いや、違うか」自分で言っておいて、柴がすぐに訂正した。「要するに、テツたちがマークしていた男は、関係なかったわけだな？」

「そうなるだろうね」これで二日ほどが無駄になったわけだ。捜査は無駄の積み重ねとはよく言われるが、実際に自分が無駄足を踏んだと実感すると、さすがに疲れる。

「別の犯人が犯行を続けた、ということか」柴が腕組みをして唸った。後ろを向いて体を捻ったままなので、ストレッチをしているようになる。

「まだ推理するほど材料がないけど……僕の知らない情報もあると思う」

捜査会議は、情報のすり合わせと指示の場だ。これぐらい、今はメールなどでも十分できるのだが、やはり顔を合わせるのは大事だ。同僚の顔を見て、捜査とは関係ない無駄話をしている時に、ふいにアイディアが浮かぶことも珍しくない。そういう「触媒」は、デジタルの世界にはないのだ。

刑事たちが揃い、最後に捜査一課長が入って来た。現場を仕切る本部の管理官・清川が、「起立！」と号令をかける。この辺り、警察というのは学校生活の延長みたいなものだな、と大友は常々考えていた。「起立、礼、着席」は、小学生時代からお馴染みだった。

捜査一課長が険しい表情で会議室の中を見回し、ゆっくりと一礼する。刑事たちの返礼はぴたりと揃った。「着席！」の声に、一斉に椅子を引く音が続く。

捜査一課長は立ったままだった。この課長は、とにかく「硬い男」という評判である。自分に厳しく他人にも厳しい。特に趣味もなく、人間味がないとも言えるが、こちらが真面目に接すれば、不快な思いをさせられることはないタイプだ。

「重要案件につき、特捜本部を設置する。言わずもがなだが、通り魔事件は市民生活に直接的な脅威を与える悪質な犯罪だ。地元の人たちを安心させるためにも、一刻も早い犯人検挙が必要だ。諸君らの健闘を期待する」

まず一発、気合い入れ。それだけで一課長は着席した。大友は一課長が「通り魔事件」とあっさり断定したことに着目した。幹部は既に、路上強盗や特定個人を狙った恨みによる犯行ではなく、通り魔事件とみなしているのか……昨夜村野が確認してくれた、仕事上のトラブルについてはまだ報告していない。この情報を流せば、状況は一変するかもしれない。

一課長に代わって、横に座った清川が立ち上がり、状況の説明を始めた。発生場所、発生時刻……この辺りは、大友も既に把握している。

「以上、続いて被害者の人定について報告を」

清川の指示に従い、今度は永橋が立ち上がる。さすがにほぼ徹夜でダメージを受けたのか、立ち姿に元気がない。しかし声にはまだ張りがあった。

「被害者、大島宏。住所は文京区小石川」

会社でのトラブルについて切り出すタイミングを、大友は待った。捜査会議の流れが「通り魔」の方向へ行ってしまわないように――永橋が話し終えたら、その後は現場の状況、さらに防犯カメラのチェックについて報告があるはずだが、その前に話してしまおう。

永橋が腰を下ろそうとしたところで、大友は挙手して立ち上がり、発言を求めた。

「よろしいですか」

清川が、助けを求めるように永橋を見る。永橋がうなずき、大友に視線を投げて目を瞬かせた。発言許可、の合図と判断して大友は上着のボタンをとめた。一課長に合わせたつもり……課長も立つときはボタンをとめ、座る時は外していた。男の礼儀としては極めて正しい。

「刑事総務課の大友です」

ざわりとした空気が流れ、前方に座る刑事たちが一斉に振り向いた。何でここに刑事総務課の人間が……自分が時々捜査の手伝いをしていることは、かなり多くの人に知られているはずだが、やはり不自然と感じる人間も少なくないのだろう。

「今回は、特別にお手伝いをさせていただいています」大友は手短に自分の立場を説明した。「昨夜、遺族と接触した被害者支援課の村野警部補と話したんですが、大島さんは会社で顧客トラブルを抱えていたという情報があります」

今度ははっきりとしたざわつき——ある意味、安堵の吐息だ、と大友は思った。通り魔的犯行は、犯人に到達するのが難しい。しかしトラブルがあるなら、その筋を追っていけばいいだけだ。

「詳細はまだ分かりませんが、会社では状況を把握していた可能性があると思います」

「よし、まずはその線を追おう」座ったまま一課長が指示した。「大友、だったな?」

「はい」

「会社の方はお前が当たれ。それと、家族にももう一度話を聴く。今回はこの件を中心に事情を聴け」

　村野が立ちはだかるかもしれないが……一夜明けても、家族のショックが薄れるわけではなく、むしろしっかりした現実として受け止め、悲しみが深くなる可能性が高い。村野が、「後回しにして下さい」と強硬に抵抗して、捜査一課の刑事たちと対立する姿が目に浮かぶ。

「もう一つ——一週間ほど前に、やはり帰宅途中の男性が襲われて負傷する事件が起きています。被害者に共通点があります」

　軽いどよめきが室内に走る。大友は一呼吸置いて続けた。

「被害者二人の子どもが、同じ中学校の生徒でした。関連があるかどうかは分かりませんが……」

「分かった。その辺の背景調査も進めるが、まず大友は会社の方へ当たれ」

　一課長の一言で、当面の捜査の方針が決まった。一時間に及ぶ捜査会議が終わると、大友は一課長に呼ばれた。お褒めの言葉でもいただけるのかと思ったら、いきなり小言をぶつけられる。

「昨夜のうちに分かっていた情報だな？」

「はい」

「だったら昨夜のうちに報告すべきだった。そうすれば、今朝一番から動けた」

「——失礼しました」

「刑事のやり方を忘れたか？」

「そうかもしれません」

「だったらもう一度叩き直せ……会社の方の事情聴取には誰をつける？」

「このまま彼女でお願いします」大友は振り返り、会議室の後ろの方で待機している美来をちらりと見る。

「駆け出しだな……しっかり教育しておけよ」

「分かりました」

一礼して美来のところへ戻る。美来は何だか不安そうだった。重要な聞き込みだから、本当は気の合う柴か敦美を相棒にしたいところだが、一課長の言うように、若手の教育は大事だ。

「何か、まずい話ですか？」美来が遠慮がちに訊ねる。

「報告は早くするように言われただけだよ」大友は肩をすくめた。「じゃあ、行こう。こういう時は事前通告なしで、相手に準備させないやり方がいい」

日本橋にある小原ネット証券は、オフィスビルの七階と八階を占めていた。ここへ来るまでの時間を利用して美来が調べたところによると、戦前からある「小原証券」が二十一世紀になってネット部門を新設し、その後会社として独立したのだという。それで古めかしさと新しさが入り混じった名前になったようだ。

突然の訪問に、小原ネット証券側には小さな動揺が生じたようだ。大島が殺された件についてはもう情報が入っており、総務の担当者が自宅へ向かっているという。それ故、警察に対応する人間がいなくなってしまったというのだ。

そう言われても、黙って引き下がるわけにはいかない。大友は受付で粘り、総務担当役員を引っ張り出すことに成功した。ただし、話を聴く相手としてはよくないかもしれない。今回探りを入れたいのは、仕事上のトラブルである。こういう話なら、直接の上司や同僚の方が把握しているはずだ。話の流れによっては、そういう人たちを紹介してもらうようにしよう。

担当役員の御手洗（みたらい）は、広報部の人間を同席させたうえで、自室で二人に対応した。IT系の会社とあって、インテリアは重厚というよりクールなイメージだった。什器（じゅうき）は黒を基本にしており、その中で椅子やソファに部分的にあしらわれたクロムのパイプがアクセントになっている。ただし御手洗本人は、いかにも古いタイプの叩き上げ、という感じだった。五十絡み。きちんとネクタイを締め、清潔に短く刈り揃えた髪は七三に分けている。体はしっかり絞っているようで、腹はまったく出ていなかった。同席している広報の人間は、いかにも今風の若い男……スーツのパンツがあまりにも細いので、座っているだけで下半身の血流が悪くなるのでは、と心配になった。

まず、お悔やみから入る。御手洗は渋い表情で、軽く頭を下げるだけだった。

「こういう時、総務は大変じゃないですか？」

「フォローがねえ……」ガラス天板のテーブルに置いた御手洗のスマートフォンが振動する。ちらりと見ただけで無視した。

「電話、いいんですか？」大友は訊ねた。

「部下からです。大島の自宅へ行っているので……」

「出た方がいいんじゃないですか」大友が言った途端に振動が止まった。

「急ぎの用件ではありません」御手洗がゆっくりと息を吐いた。「社員の葬儀というのは、嫌なものです」

「分かります。嫌な気分のところ申し訳ないんですが、大島さんについて話を聴かせて下さい」一息おいて、大友は本題を切り出した。「大島さんが、お客さんとトラブルになっていた、という情報を聴きました。間違いありませんか？」

「お恥ずかしい話ですが……」御手洗が一瞬腰を浮かし、ソファに座り直した。「トラブルは多かれ少なかれ、あります。何しろ証券会社は、金を扱っていますからね」

「今回も金のトラブルなんですか？」

「そうです。ただし、こちらとしては免責の範囲内と考えています」

御手洗がペラペラと喋り出した。協力的なのはありがたいが、専門用語が多過ぎて、大友には半分も分からない。まあ、その辺は必ずしも重要ではないわけで……。

「大島さんが、そのお客さんに対応したんですね？」

「そうです。最初に電話で話した時に、ちょっと失敗したようで……向こうにすれば、素っ気なく聞こえたんだと思います。忙しい時は、どうしてもそうなりますが」

「それで、大島さんにつきまとい始めたんですね？」

「ええ。どこで調べたのかは分かりませんが、自宅まで割り出していたようです」御手洗が眉をひそめる。

「家にまで押しかけてはいなかったようですが……」

「その辺は、微妙に塩梅（あんばい）していたようですね。警察沙汰にでもなったらまずいと思ったんでしょう」

「特定はできているんですか？」

「ええ……まさか、その人が犯人だと？」

「まだ分かりません。それを調べたいんです」

役員まで事情を詳しく知っているということは、社内でも相当大きな問題になっていたに違いない。

「会社としては、どう対応していたんですか？」大友は質問を続けた。

「直接的には対応していません。情報を収集して、何かあった時には対応できるように準備を整えていましたが、巧妙でしたね。大島には相当しつこくつきまとっていたようですが、会社には電話一本寄越さないんです」

「つきまとっていたというのは、どういう風にですか？」

「会社の外や自宅の最寄り駅で待ち伏せしたり……大島としては、会社や家には面倒をかけたくないと思っていたようで、基本的には外で対応していたようです。喫茶店で三時間ほども粘られてクレームを受けたとか、聞いたことがありますよ」

「それは悪質ですね……何か、具体的な要求はあったんですか？　損失分を穴埋めしろとか？」

「要するにそういうことなんですが、対応しにくいのは、はっきりした金額などを言わないからなんです」

「損失額はどれぐらいなんですか？」

「一千万円」

「穴埋めの義務はないんですよね？」

「その辺のリスクは、当然分かった上でやるのが証券取引ですし、あくまで免責の範囲内です。その人は具体的な金額を出すわけではなく、『誠意を見せろ』というばかりだったようで……一番対応に困るパターンですよ」

「ヤクザじゃないんですか？　連中はよく、そういうやり方をします。強要したのではなく、被害者側が自発的に金品を出したことにするためですが」

「ヤクザではないですね」言い切った御手洗の顔は蒼褪(あおざ)めていた。「その辺は、弊社でも調べました。基本的に、在宅の……こういう言い方をするのは申し訳ないですが、引き籠っている人です」

「そんな人が株を？」訳が分からない。

「お父さんが亡くなって、結構な額の遺産が手に入ったらしいんです。それを資金にして株取引を始めたと聞いています。正直、一千万円の損失が出ようが、痛くも痒(かゆ)くもなかったと思いますよ。家を見てもらえば分かりますが、運用の才能と運がある人なんでしょうね」

「家、ですか」ある程度年齢を重ねても引き籠っている人の特徴は、親の「持ち家」に住んでいることだという。住む場所の心配さえなければ、後は何とでもなる……。

「古い家を建て替えたぐらいですから、遺産だけではなく相当の運用益を出していたようです」

「それなら確かに、一千万円の損失ぐらい、気にしないかもしれませんよね。それなのにクレームをつけてきたのは、失敗するのが嫌いな人だったからじゃないですか？」

「ええ……対応が遅れたのは申し訳なかったと思います。ただ、大島も『大丈夫だ』と言っていましたから。会社に迷惑をかけないように気を遣っていたんだと思いますが、もう少し突っこんで事情を聴いておけばよかったです」御手洗が唇を嚙む。

「もしかしたら、昨夜も……」

「昨夜は、午後六時過ぎに退勤したのが確認されています。その後どうしていたかは分かりません」

　襲撃は午後十時半頃と見られており、四時間半の空白があるわけだ。この辺を追って行けば足取りは明らかになるはずで、犯人に辿り着けるかもしれない。

大友はその後も事情聴取を続け、一通りの情報を手にした。会社としては、強硬策に出ようとして出られず、痛し痒しといったところだろう。しかし、もう少し大島の苦労を慮るべきだったのではないか。家族にも苦悩を話していたぐらいだし、何時間も摑まるという話を御手洗が聞いていたぐらいだから、相当深刻な状況だったことは把握できていたはずである。それでも、ぎりぎり「顧客」としての関係を保とうとしていたのか。

ビルを出て、十月の涼しい風に体を叩かれるとほっとする。美来も相当緊張していたようで、歩道に立ったまま、肩を何度も上下させた。

「取り敢えず、報告しよう」

大島にクレームをつけ続けていたのは、三島隆俊、四十五歳。住所は世田谷区成城。迅速に周辺の情報を集めて、警察へ呼ぶだけの材料を見つけないと。そのためには、人手をかけて一気に調べる必要がある。背広のポケットからスマートフォンを取り出して確認すると、御手洗に話を聞いている間に、何本も電話がかかってきていた。特捜から……ではなく、菜津子だった。そうか——彼女にしてみれば、同じ学校に通う子どもの父親が二人、短期間に襲われたことになる。特に大島の場合は死亡しているから当然ニュースになっており、今頃保護者の間では噂で持ち切りになっているはずだ。

「特捜に今の情報を入れてくれないか？」

美来に頼んでから、大友は菜津子に電話をかけた。話す義務はないのだが、今回の件に大友を引きこんだのは彼女とも言える。不安になっているだろうし、話を聴くぐらいは何でもない。

「大友さん？」菜津子が勢いこんで言った。

「すみません、ちょっと人と会っていて、電話に出られませんでした」

「大島さんの話、どういうことなんですか」

やはりこの件か……大友としては「ニュースで見てもらったことしか分かっていません」と答えるしかなかった。

「大騒ぎになっているんですよ。ＰＴＡの方で、学校と相談しています」

「ＰＴＡが相談するような話じゃないと思いますよ」やり過ぎだ、というのが大友の感覚だった。

「でも、学校の関係者――保護者が、短期間に二人も続けて襲われたんですよ？　何もないとは考えられないでしょう」

「考え過ぎです」大友は釘を刺した。「何かあったという証拠もないんですから」

「本当にそうなんですか？」菜津子は納得しなかった。「皆、同じ犯人じゃないかって言ってるんです。子どもたちも動揺してるし……」

「とにかく邪推しないこと、騒がないことが一番です」こういう時は、周辺が騒ぐとかえって混乱が広がる。噂は増幅され、いつの間にか単なる仮説が「真相」になってしまうのだ。一度そうなったら、修正も取り消しも極めて難しい。

それにしても、菜津子はこんなに疑り深いタイプだっただろうか。異例の事態にすっかり動転してしまったとか……このまま、嚙みつくような菜津子の話を聞き続けるのは辛いが、大友の方でも確認できることがあると気づいた。

「ところで、大島さんのことはご存じですか？」

「顔を合わせたことはありますけど、話したことは……覚えてないですね」

「どんな人か、分かりますか？」

「話したこともないのに、どんな人かなんて分かりませんよ」

「でも、だいぶ噂が広がっているんでしょう？」大友は突っこんだ。「そういう噂には、被害者がどんな人かも含まれますよね？」

「よく分かりませんけど……証券会社にお勤めなんですよね？」

「ええ」

「子どもさん――娘さんが二人」

「そうです」しっかり知っているではないか。だいたい学校において、「父親」の存在はごく薄いものだ。それ故、無責任な噂や推測が広まったりするものだが……今回もそういうことだろうか。ほんの小さな情報が増幅されて、母親たちが勝手な憶測を深めている可能性もある。もっとも今のところ、菜津子が言っていることは極めて正確だ。

「トラブルがあったという話は聞いていませんか？」

「例えば、ストーカー被害とか？」

この一言に、大友は「まずい」と思った。母親たちの口コミを甘くみてはいけない。

元々噂が大好きなところへ持ってきて、最近はメールやSNSなどで伝搬速度が極めて速くなっている。黙っていると、逆に菜津子が突っこんできた。

「どうなんですか？」

「あまり詳しいことは言えないですね」

「やっぱりあるんですね」

菜津子は完全に、この情報を真実だと信じこんでいる。もちろん、実際にストーカー被害があった可能性が高いのだが、現段階ではあまり詳しくは言えない。捜査の根幹にかかわることだからだ。

「女性問題ですか？」菜津子が声を潜めて訊ねる。

「それも含めて言えないんです」

この辺は、適当な憶測のようだ……実際に女性問題があったかどうかは分からないが、「ストーカー」という言葉だけが一人歩きしているのだろう。確かに「ストーカー」と言えば、まず異性の問題を想像する。

「学校の方はどうなんですか？」大友は逆に訊ねた。「PTAと相談して、何らかの対策を立てるんでしょうか」

「まだ分かりませんけど、少なくとも子どもたちに対しては何かしないといけないでしょうね。状況が分からなくて不安だろうし、特に三年生はすぐに受験シーズンに入りますから……」

「分かります。でも、あまり騒がない方がいいですよ。保護者が騒ぐと、子どもも不安になりますから。どんと構えていて下さい」

「そう言われても、ねえ……」菜津子は不安そうだった。

「何かあったら電話して下さい。学校の方で動きがあるかどうかも教えてもらえますか？　捜査の役にたつかもしれないので」

丁寧に頼みこんで、大友はようやく電話を切った。とっくに特捜本部への報告を終えた美来が、不審気に大友の顔を見ている。

「ママ友」大友はわざと軽い調子で言って、スマートフォンを振ってみせた。

「ママ友？」

「言葉が正しいかどうかは分からないけど、大島さんの娘さんが通っている中学に娘さんが通っていて……その娘さんが昔、うちの息子と同じ小学校にいたんだ」

美来が一瞬、不思議そうな表情を浮かべる。言葉で簡単に説明するのは難しい――子どもが学校に通っている親なら、すぐにピンとくる人間関係なのだが。

「何か指示はあったか？」

「取り敢えず、三島の家をチェックします。所在を確認して、それから方針を決めるそうです」

「僕たちは？」

「直接三島の家に行って欲しいと……向こうで他の人と落ち合え、という指示です」

「分かった。それならさっさと行こうか」

大友は日本橋駅の方へ歩き出した。どうにも落ち着かない……学校そのものが被害を受けたわけではないが、保護者も軽いパニック状態になっているのは簡単に想像できる。そこまで面倒を見る義務は警察にはないのだが、嫌な予感がしていた。

大友は、自らは望まないトラブルに巻きこまれやすいタイプなのだ。それを自覚しているからといって、トラブルを避けられるわけではないが。

8

小田急線成城学園前駅の北口、駅から歩いて五分ほどの場所にある三島の家は、高い塀に囲まれた二階建てだった。その塀が長い……周囲をざっと歩いて回ったところでは、敷地面積は軽く二百平方メートルを超えそうだ。この辺りでこれだけの広さの土地だと、毎年の税金だけでもかなりの額になるだろう。相続税がどれぐらいだったか考えると、大友の頭の中で電卓の数字が明滅した。

「国税に告発しようぜ」先に現場に来ていた柴が、いきなり皮肉っぽく言った。

「脱税の情報でもあるのか？」

「ないけど、こんな家に住んでる奴が、何もやってないわけがないだろう」

柴は基本的に金持ちが嫌いだ。それ故、都内でやたらに大きな家を見ると、必ず一言皮肉を吐く。

「偏見はなしでね、柴」敦美が釘を刺した。

「こんなでかい家に住んでる人間が、まともなはずがない。三島が犯人で決定だな」どうやら今回、柴は皮肉ではなく本気らしい。

「やっぱりそうなんでしょうか」美来が真顔で訊ねる。

「本気にするなよ」大友は忠告した。「柴は金持ちを相手にすると、必ず犯罪に絡んでいると思うんだ」

「実際、犯罪にでも手を染めないと、日本では大金は稼げないんだよ」

柴がぶつぶつつぶやいた。万が一、彼が金持ちの女性と結婚して資産家になったら、どう説明するつもりだろう。

現場に四人……大友たちは、柴が運転してきた覆面パトカーの中で話し合っていた。三島の家をちゃんと視野に入れられる場所である。この辺りは一軒家ばかりで、視界を遮るような建物はほとんどないから、少し離れていても安心だ。

それにしても……成城は間違いなく、都内有数の高級住宅街なのだが、あまりそういう感じはしなかった。これ見よがしの豪邸を見かけるわけではなく、大きな家はだいたい古い。三島の家も、敷地面積は相当広いのだが、よくよく見てみると、豪奢の限りを尽くした感じではなかった。建物自体はコンクリート打ちっ放しで、頑丈そうだが決して豪華ではない。中はまた違うかもしれないが……あとは車に注目だ。塀の一部は幅の広いシャッターになっており、相当大きな車が二台、楽に入りそうだ。ただし、三島は引き籠り気味という話だから――いや、大島をつけ回していたぐらいだから、二十四時間三百六十五日、家に籠りっ放しではないのだろう。

「車は？」大友は敦美に訊ねた。

「今チェック中」

「どうせ馬鹿でかい外車だろうよ」柴がぶつぶつ言った。どうも今回、彼はいつも以上に僻(ひが)みっぽい。「俺は外車に乗るような人間は信用しないんだ」

「僕も外車だけど」大友の愛車は、もう十年も乗っているアルファロメオだ。元々妻の菜緒が好みで選んだ車で、亡くなってからも大友は手放さずに乗り続けている。最近はさすがにだいぶへたってきて、真剣に買い替えを考え始めているが。

「ああ、まあ……お前は例外。あのアルファは軽自動車みたいなものだし」柴が居心地悪そうに言った。

「どうする？　取り敢えずこのまま監視に入るか？」後部座席に座った大友は、前に身を乗り出し、二人に訊ねた。

「まず報告してから決めましょう。本格的に監視するなら、ローテーションを作らないと」

「分かった――僕はもう一度、家を見てくる」

「私も行きます」美来が同調した。「二人で歩いている方が、怪しまれないですよね？」

「おう、頑張ってくれ、若人よ」柴が茶化すように言った。「ただし、カップルとしてはちょっと年が離れ過ぎてるから、気をつけろよ」

美来の耳が赤くなるのが分かった。まあ……確かに十五歳も年が違うと、夫婦や恋人同士には見えないだろう。ただ、二人とも普通に仕事をするような服装なので、怪しまれないはずだ。銀行マンが取り引き先に挨拶に行くとか、デパートの外商がお得意先に超高価な宝石類を勧めに行くとか。ただし、確実にそう見られるためには小道具が足りない。アタッシュケースでもあれば、かなり応用が利く。今後は、いつもロッカーに入れている小道具に、アタッシュケースも加えようか……。

三島の家に、人がいるかどうかは分からなかった。今年七十六歳になる母親と同居しているはずだが、とにかく外からでは様子が見えない。思い切ってインタフォンを鳴らしてみようかと考えたが、今の段階でこちらの顔を晒すのは危険だ。あくまで陰に隠れたまま観察し、顔を出すのは最後の最後——取り調べの段階でいい。

周囲の家をよくよく観察しながら歩いてみると、ほとんどの家に防犯カメラが取りつけられているのが分かった。世田谷区は、都内で侵入窃盗が一番多い区であり、その分防犯意識も高い。周辺の家の防犯カメラをチェックすれば、三島が家を出入りしていたかどうかも分かるはず……犯行時刻ははっきりしているから、これで三島のアリバイを確認できるだろう。

車に戻ろうとすると、背後でシャッターが開く音がする。大友は慌てて車に駆けこみ、ウィンドウを開けて顔だけを突き出して、家の様子を確認した。シャッターが上がりきったところで、エンジン——車ではなくバイクだった——が始動する音が威勢よく響く。すぐに、革ジャンにジーンズ姿のライダーが乗ったバイクが出てきた。フルフェイスのヘルメットを被っているので顔は確認できないが、三島に間違いないだろう。七十六歳の母親が大型バイクに乗るとは思えない。

バイクが、豪快な排気音を残して覆面パトカーの脇を走り去った。こちらに気づいた様子はない。実際、かなりのスピードで、高周波の排気音があっという間に小さくなる。

「ホンダのCBRね」助手席に座る敦美がぽつりと言った。「逆輸入車よ」

三島のイメージが分からなくなってきた。最初は「家に引き籠っている」と聞いていたのだが、バイクに乗るアクティブ派だったとは。逆輸入車というと、馬力などの自主規制もないバケモノ、という印象が強い。それを自在に乗りこなすためには、相応の体力とテクニックが必要だ。引き籠りという情報は、どこから出てきたのだろう。

「逃げたんじゃないか？」柴が言った。「気づかれたかな」

「こっちに気づいてなくても、あれだけニュースになっているんだから、手が回る前に逃走したとか」敦美が応じる。

果たしてそうだろうか……大友はバイクに乗る三島の姿を思い浮かべた。荷物がない。バックパックすら——本当に逃げるつもりなら、多少は荷物を持つだろう。もしかしたら、限度額の大きなクレジットカードだけを持って、身一つで逃げるつもりかもしれないが。

「追わなくていいかな」柴がエンジンを始動させた。

「もう手遅れでしょう。覆面パトカーじゃ、あのCBRは追いきれないわよ。一度、特捜本部に戻って対策を練り直しましょう。ナンバーはチェックしたから、後からでも何とかなるし」敦美が言った。

「いや、今すぐここへ応援をもらおう」大友は提案した。「この辺の防犯カメラを全部チェックして、問題の時間の前後に三島が家を出ていなかったかどうか、確認するんだ。三島の家が映った映像も、間違いなくあるはずだ」

「そうね……こっちから先に動きましょうか」敦美も乗ってきた。

「了解」柴がエンジンを切り、スマートフォンを手に取る。

大友はもう一度外へ出て、三島の家を見に行った。シャッターは開いたまま……近くへ出かけてすぐに戻って来るつもりかもしれない。中には、他にベンツが一台。最新のEクラスだった。これで、三島がやはり本物の金持ちだということが証明された。車もバイクも、購入する時だけではなく、その後も相応の維持費が必要なのだから。

美来が黙ってついて来ていた。

「早く状況が分かるといいんですが」ぽつりと漏らす。

「そうだな……一刻も早く犯人を捕まえるのが、亡くなった人の慰霊になるから」

村野ならまた別のことを言うだろうが、大友はやはり捜査一課の刑事としての発想から離れられなかった。基本は、犯人逮捕が全てに優先される。

三島は三十分後に戻って来た。近所で買い物だったのだろうか……しかし、何も持っていない。

応援の刑事が四人、やって来た。住宅地図を使って担当する家を割り振り、すぐに防犯カメラのチェックに入る。どうにもやりにくい……夕方だが人出は少なく、八人もの刑事がうろうろしていると目立つ。街が急速に暗くなってきているのが救いだった。

何度か三島の家の前を通り過ぎる。その度に、防犯ライトが敏感に反応して点灯するのが心配だった。家の中にいる人は、あのライトに一々気づくだろうか。

午後八時まで聞き込みを続け、映像の提供を受ける。データで引き渡してもらう前に、家で確認させてもらったものもある——その時点で大友は既に、「怪しい」という手応えを得ていた。大島が殺された昨夜、三島は午後九時前に、車で家を出ていたことが分かったのだ。

取り敢えずデータを集め終えて、特捜本部へ引き返す。世田谷から文京区までだと、急いでも一時間近くかかるので、戻った時には既に捜査会議が始まっていた。管理官の指示で、大友たちは捜査会議に参加せず、そのままビデオの確認に入った。

小会議室をチェック部屋にし、用意されていた弁当を急いで食べる。家で食事しながら、ゆったり映画のＤＶＤを観るようなわけにはいかないな……食事はそそくさと済ませるしかなかった。

問題の時間帯の様子は、二つの家の防犯カメラに映っていた。まず、三島宅の正面の家。こちらもかなり大きな家だったなと思い出しながら、大友は小さな画面に意識を集中した。

白黒の画面に、三島の家が小さく映っている。かなりの広角で、あの大きなガレージもごく小さく見えた。画面右上で時を刻む表示が、午後八時五十二分から五十三分に変わった瞬間にシャッターが動き、開き切らないうちに車が出てくる。先ほど見たベンツ……ワゴン車だと分かった。もしかしたら、リアスペースに自転車を積んでいるかもしれない。大島は、最初の事件と同じように、自転車に乗った犯人に背後から襲われたことが分かっているのだ。

もう一つの映像は、右斜め前の角度からのものだった。しかし角度が違うだけで、時間も内容も同じである。

そして、数時間後——日付が変わったばかりの、午前零時五分の映像。今度はベンツが駅方向から走ってきて、ガレージに入るまでのところが録画されていた。

「時間的にはドンピシャだな」柴が言って、両手で顔を擦った。「家を出て、文京区の現場まで行って被害者を襲う——それから真っ直ぐ家に帰って来ると、これぐらいの時間になるだろう」

「まだ大枠が埋まったばかりだよ」大友は忠告した。柴は時に、先走ることがある。

「ま、調べようはあるだろう。どうする？　管理官にチェックしてもらうか」

「ああ。でもそれは、君がやった方がいい。僕はどうも、この特捜では邪魔者扱いされているようだから」

「つまらない遠慮なんかしなくていいのに」敦美がぽつりと言った。「同じ仕事をしてるんだから……」

「僕は元々、控え目な人間だから」

「控え目な人は、お芝居なんかやらないと思うけど」敦美がからかうように言った。

「あれは若気の至りだよ」

「さてさて」柴が両手を打ち合わせる。「そういう話は、酒を呑む時にでもしようぜ。とにかくこの件は、さっさとカタをつけよう。たまには楽な特捜事件にしたいよな」

大友は思わず苦笑してしまった。「楽な特捜事件」は確かにある。そもそも殺人事件における特捜本部は、「犯人が分かっていない」ことが前提で設置されることが多い。ただし時には、ほとんど犯人の目星がついている事件でも特捜本部になることがある。「解決率が上がった」という数字の調整に使うためだ。

柴が、すぐに管理官の清川を連れて戻って来た。映像を見せ、状況を説明する。大友は報告と説明を柴に任せ、狭い会議室の片隅で壁に背中を預けて立っていた。もしも自分が捜査一課の刑事なら……積極的に会話に加わっていただろう。しかし今は、少しだけ腰が引けている。今回は望まれて特捜に加わっている感じではなく、自ら進んで首を突っこんだ、という意識が強い。こういう図々しいやり方が嫌われるのは、長年の警察官としての経験で分かっている。

「分かった。とにかく、三島を急いで追いこもう」清川はさすがに、こういう時の判断が早い。「まず、事件現場付近の防犯カメラのチェック。明日の朝には三島を呼ぶ」

「容疑者として、ですか？」柴が疑わしげに訊ねた。「楽な特捜事件」と言っていた割に、慎重な姿勢である。

「あくまで参考人としてだ。奴が大島さんの顧客だったのは間違いないんだから、最近の仕事の様子を聴く、という名目でいいだろう。明日の朝一番で引っ張るが、その際、ここへは車で来させろ」

強制捜査ではないにしても、車を見ればいろいろなことが分かるものだ。まず、一人か二人が同乗する——それで、車の中に自転車が積んであるかどうかが分かるだろう。上手くいけば、ガレージの中も観察できる。

「大友、三島の取り調べを頼む」清川が話を振ってきた。

「私は構いませんが、よろしいんですか？」大友は結果的に竹谷を落とせなかったわけで、文京中央署の期待を裏切っている。もちろん現在では、竹谷は事件に関与していない可能性の方が高くなっているのだが。

「自分の一番得意なところで勝負しろ。生き残っていく道は、まずそこから始まるんだぞ」

僕は「生き残り」を考えないといけないのだろうか。それほど追いこまれているのだろうかと、大友はにわかに不安になった。

深夜、家に戻ると優斗はもう寝ていた。受験はこれから追いこみシーズン。大友も、深夜まで机にかじりついていた記憶があるが、優斗はあまり遅くまで粘るのを好まない。本当の追いこみシーズンになったらどうなるか分からないが、今のところは日付が変わる前にはベッドに入っている。

夕食は聖子の家で済ませたようで、キッチンには使った形跡がなかった。洗濯は終わっていて、後は乾燥機のついた風呂場で干すばかり。風呂には湯が張ってあり、いつでも入れるようになっていた。優斗がわざわざ用意してくれたのか……。

ありがたく風呂に入る。昨夜もほとんど寝ていない——眠気と疲れが、じんわりとお湯に溶けていくようだった。このまま眠れたらどれだけ楽か……目を瞑り、少しだけでも眠ってみようかと思った。お湯の中に滑り落ちれば、それで目が覚めるだろう。

が、いきなり風呂のドアが開いて、眠りから引き戻された。

「風呂で寝ると危ないよ」

寝巻き代わりにジャージの上下を着た優斗が、右手で目を擦りながら忠告した。

「ああ……悪い。起こしちゃったか？」

「寝たばかりだけどね。何か、食べた？」

「済ませてきた。お前は？」

「聖子さんに食べさせてもらった。明日の朝ごはん用に、白和えとかきんぴらごぼうをもらったけど、食べる？」

「そうだな……」今から夜食の準備をするのは面倒臭い。「まあ、今夜はパスでいいや」

「ご飯はセットしたから。六時でいいよね？」

「あ……ああ」

まさか、息子に面倒を見てもらうことになるとは。しかしここは、素直に好意を受け入れよう。

「じゃあ、僕は寝るけど。バテてない？」

「バテてるよ。昨夜、ほとんど寝てないからね」

「そういうの、お肌によくないよね」

「僕の肌が荒れても、気にする人はいないよ」

優斗が軽く笑って、風呂のドアを閉めた。大友は顎まで湯に浸かって体を温めながら、優斗と二人きりで暮らした長い歳月を思った。もう十年……来年からは高校生で、二人での生活は大きく変わっていくだろう。三年後には大学受験、その後はどうなるのだろう。いつかはこの家を出て行くことになるはずだが、大友は一人きりの生活が想像もできなかった。

翌朝、大友は八時に文京中央署に入った。他の刑事たちは既に、三島の家に向かい、署へ来ることを同意させたという。シナリオ通りに三島は自分の車を運転し、刑事が二人、同乗している。三島の車を違和感なしで署に運ぶために、わざわざ、早朝から電車で出かけたのだ。特捜本部のある文京中央署着は八時半ぐらい、と連絡が入ったので、大友はそれまでに準備を整えておくことにした。

取り敢えず、三島の個人情報——証券会社の方でかなり詳細に摑んでいた——をしっかり頭に叩きこむ。今年四十五歳。大学を卒業後に証券会社で働いていたというが、激務で体を壊して三十二歳で退職し、それ以降は基本的に家で過ごしているようだ。証券会社勤務の経験を活かして自分でも株の取り引きを始め、確実に利益を出しているらしい。父親が亡くなり、家と遺産を引き継いだのは三十六歳の時。相続税を滞納せずに払い、しかも五年前には上屋を建て替えていることから、相当の蓄財があるのは間違いない。

となると、上手く株で儲けて悠々自適の暮らしをしているように思えるが、大島の件が引っかかる。株をやらない大友には、損失が出た時の感覚がよく分からないのだが、三島のストーカー行為は、まるで株初心者のそれではないか？　損をする可能性がある——そういう大原則が分かっておらず、ひたすら証券会社に責任を押しつけるのは、相当エキセントリックな性格だからではないか？　ただ、これまで、近所などでトラブルを起こしたことはなかった——少なくとも現段階で、警察はそういう情報を摑んでいない。

いや、この件もなお調査中だ。警察に届出がないだけで、近所では悪評が出ている可能性もある。

特捜本部の刑事たちは、近所の聞き込み以外にも活発に動いていた。まず、事件現場付近の防犯カメラを再チェック。今やターゲットは三島に決まったわけだから、彼本人なり車なりが映っているかどうかを確認する必要がある。現場での聞き込みでも、三島の写真を見せて回ることになっていた。

大友は、先に小会議室に入った。三島はまだ「参考人」で、取調室を使うわけにはいかないから、今回は会議室が主戦場になる。できるだけ相手にプレッシャーをかける必要があるが、この部屋はそういう用途には適していなかった。窓が大きく、燦々と陽光が入りこむ。観葉植物——造り物だった——が部屋の雰囲気を和らげ、シビアなビジネスの話題さえ似合わない感じなのだ。観葉植物の鉢を隣の会議室に移動し、窓のブラインドを下ろす。これだけでも、だいぶ素っ気ない雰囲気になった。

今回の事情聴取にも同席する美来は、どこか不安そうだった。

「緊張してるのか?」

「犯人の可能性、高いですよね」

「どうかな」大友は首を傾げた。「まだ決定的な材料はない。本当はまだ、直接叩くには早いんだ……一つ、アドバイスするよ」

「はい」立ったままだった美来が、すっと背筋を伸ばす。

「取り調べの時は、こっちが摑んでいる事実を一気に全部当てないことだ。上手く逃げ切ったと思ったところで、予想していなかった新しい質問が出てくれば、相手は動揺する。動揺すれば、嘘で言い抜け続けるのは難しくなる」

「確かにそうですね」

「質問の順番も上手くはまればいいんだけど、事前にそこまでは計算できないな。取り調べは、相手の出方に合わせるアドリブみたいなものだから」

「勉強になります」美来がさっと頭を下げた。

　取り調べ官の育成は、いつでも大きな課題だ。普通は、それなりに年季の入った警部補が取り調べ専門として活躍する。ただし容疑者との相性の問題もあるから、場合によっては途中で担当を交代した方が効果的なこともある。また、女性の容疑者に対する時も問題だ。取り調べ官が男だと反発する女性容疑者もいるので、女性取り調べ官の育成は急務である。美来が、取り調べ担当に向いているかどうかは何とも言えないが。

　八時半。予定通りに、所轄の刑事二人が三島を連れて来た。予想外……大型の逆輸入バイクを操っていたからかなり長身、あるいは筋骨隆々のタイプを想像していたのだが、実際に大友の目の前に現れた三島は、ほっそりとした小柄な男だった。最初に聞いた「引き籠り」というイメージ通りというべきか……髪にはしっかり寝癖が残り、シャツのボタンが一つずつずれている。寝ているところを無理矢理叩き起こされ、そのまま連れて来られた感じだった。

大友は三島の世話を美来に任せ、一度会議室を出た。彼を連れて来た二人の刑事のうち、年上——と言っても大友よりは年下だ——の方に話を聴く。

「どんな感じだった？」

「間違いなく寝てましたね」三十代後半に見える刑事が鼻を鳴らした。「最初、母親が応対してくれたんですけど、本人が出て来るまで十分もかかりましたから」

「事態は把握してるのかな」

「分かってないと思いますよ」

「抵抗はしなかった？」

「ええ。自分の車で来てくれと言っても、素直に従いました」

「で、車の積荷は？」

「自転車はありません。ただ、ガレージに折り畳み式の自転車が一台、置いてありました」

「ワゴン車なら、簡単に積めるね」

「ええ。必要なら、後で押収します」

「そこまでできるように頑張るよ……何か分かったら、事情聴取の途中でもいいから教えてくれ」

「分かりました」

あくまで任意の捜査なので、車の中を徹底して調べるわけにはいかない。もっとも二人は、三島の車に同乗してここまで来ている。何かおかしなことがあれば、とうに見つけ出しているはずだ。

大友は一度刑事課に行き、予め用意しておいたミネラルウォーターを持って来た。会議室に入ると、三本のミネラルウォーターをテーブルに置いて、ゆっくりとドアを閉める。四畳半ほどの広さがある部屋なのに、妙に息苦しい。

「水をどうぞ」

大友はペットボトルを一本、向かいに座る三島に押しやった。三島は手を伸ばさない。抵抗しているわけではなく、本当に水をもらっていいかどうか、分からない様子だった。大友は自分の分として一本摑み、キャップを捻り取って一口だけ飲んだ。それを見て、三島がようやくボトルを摑んだ。ただし、キャップを開けようとはしない。

「朝食はお済みですか？」

「いえ……」

「申し訳ないですが、これからお話を伺わないといけません。少し我慢してもらえますか？」

「ああ、別に……」関心なさそうに三島が言った。「いつも朝飯は食わないんで」

「もしかしたら普段は、まだ寝ている時間ですか？」

「何時？」三島が左腕を持ち上げる。「九時前って……寝たばかりですよ」

「いつも遅いんですか？」

「まあ、四時、五時……朝刊が来るぐらいの時間ですかね」

三島がすっと左腕を引っこめる。手首を飾る時計が、ごついデザインのウブロ、それもいかにも高そうなレッドゴールドのベゼルだと気づいた。最近、芸能人やスポーツ選手に御用達のブランド。あのでかい家にベンツとCBR、それにウブロ——大友は彼の財力を、想像していたよりもワンランクアップさせた。

「今回、どうしてここへ呼ばれたかは分かっていますか?」

「いや……」

「大島宏さんをご存じですね」

三島が唇を引き結ぶ。ほっそりした顔から瞬時に血の気が引いた。当たりだ、と大友は確信した。

「小原ネット証券にお勤めの大島さんです。あなた、ずいぶんしつこく彼につきまとっていたようですね」

「それは——」

「違いますか?」

「いえ、あの……そうです」

予想していたよりも打たれ弱い。これなら、手こずらされることはなさそうだ、と大友は少しだけ体の力を抜いた。相手が強硬に否定しているなら、こちらも緊張したまま対峙しなければならないが、諦めてしまった相手に対しては、あまり強い態度に出るべきではない。弱気になっているところで、頭から怒鳴りつけるようなやり方をしたら、萎縮して何も話せなくなってしまう。

「すみませんでした……」

三島が両手を合わせて腿に挟みこみ、うなだれる。頭のてっぺんが見える——今まで気づかなかったが、年齢なりに少し薄くなっているのが分かった。

「つきまとっていたことは認めますか」

「はい」

「何があったんですか？　取り引きのトラブルですか？」

「いや、あの……あの人は、クレームの電話を入れた時にたまたま対応した人です。でもその時の対応が気に食わなくて」

「嫌がらせのような行為を繰り返した？」

無言で三島がうなずく。一つ溜息をつくと、のろのろと顔を上げた。

「あなたも昔、証券会社に勤めていたんですよね？　損失が出た時、会社側がどういう対応をするかは、よく分かっているんじゃないですか？」

「別に、損はどうでも……とにかく、対応が気に食わなかっただけです。ただ、クレームをつけたら一応まともに対応してきたから、ちょっとからかってやろうと思って」

「それで、三時間も足止めして、ネチネチ文句を言ったりしたんですか？　それだけでも立派に業務妨害になりますよ」実際には「仕事中」ではないから、業務妨害罪が成立するかどうかは微妙なところだが。

「文句と言うか……こっちの話に耳を傾けてもらったのは久しぶりだったんで」

「本気でそんなことを思ったんですか?」大友は思わず確かめてしまった。同時に、これが本当なら、三島の孤独は相当深いものだったと想像する。ベンツに乗り、大型の逆輸入バイクを乗り回し、高級時計を身につける——そういう生活をしていても、母親と二人暮らしで、友だちと呼べる人間がいないのかもしれない。

「とにかく、そういうことです」

「ちょっと待って下さい。一つ、大事な質問があります」

「何でしょうか」三島が背筋を伸ばした。

「あなたが大島さんを殺したんですか?」

「はい?」

「大島さんは一昨日の夜、自宅近くの路上で殺されたんです。あなたが殺したんじゃないんですか?」

「冗談じゃない!」

三島が、椅子を蹴飛ばす勢いで立ち上がった。

9

状況が一変した。

最初大友は、三島がふざけているのかと思った。大島との間にトラブルがあったことは認めながら、殺害については全面否定する。それどころか、大島が殺されたことすら知らなかったという。しばらく話を続けたが、この件については三島が嘘をついている様子はなかった。

大友は、美来に目配せした。取り敢えず、管理官に現状を報告――意図を察した様子の美来は、すぐに部屋を出て行った。大友は「少し休憩します」と宣言して体の力を抜き、水を一口飲んだ。三島は、まだ自分が置かれている状況を理解していない様子で戸惑っている。ペットボトルを開けて水をぐっと長く飲むと、ようやく落ち着いたようだった。

「あなた、新聞やテレビでニュースはチェックしていないんですか？」

「見てないですね」

「ネットも？」

「見ないです。ニュースには興味がないので」

「そうなんですか？　デスクにつきっ放しで、ずっとパソコンの画面を睨んでいるようなイメージなんですけど」

「見るものが違うんですよ。ニュースを見なくても株の売買はできます」

「企業情報なんかは、常にチェックしていないとまずいんじゃないですか？」

「まあ、その辺はその辺で……とにかく、事件や事故なんかには興味がないですから」

「一昨日の夜九時頃に、家を出ましたよね？　どこへ行ったんですか」休憩中なので、本当は事件の本筋に関する話をすべきではない。しかしどうしても聴かざるを得なかった。

「一昨日？　いや、特にどこへというわけでは……」

「車で出たでしょう」

「ああ……走ってただけです」

「ガソリンの無駄遣いですか？」つい皮肉が口を突いて出る。

「そうかもしれませんけど……」三島が不満そうに口を尖らせる。

「バイクではなく車だったんですね？」

「一昨日は寒かったので」

「どこを走ったんですか？」

「首都高を何周か」

「茗荷谷の方へは行ってませんか？」

「行ってません」

ETCカードのチェックで、三島の車が実際に首都高を走ったかどうかは確認可能だ。三島本人が運転していたかどうかは分からないのだが、疑い出すときりがない。

「ワゴン車で首都高ですか……ボディの緩い車で首都高を走っても面白くないでしょ

う」

「緩くはないですよ。AMGなので」

「AMGは安い車じゃないですよね。かなり儲けているんですね」

「まあ、それなりには」

「それでもストレスは溜まりますか」

「金は……別にもうどうでもいいんです。毎日同じような暮らしが続くのに飽き飽きしてるんですよ」

「それに関しては、私には何も言えませんが」

美来が帰って来た。渋い表情……管理官の清川にあれこれ鋭く突っこまれたのだろう。座る前に、大友に折り畳んだメモを手渡した。大友は少し三島と距離を置いてメモを広げた。金釘流の乱暴な文字が踊っている。清川が自分で書いたようだ。

・事件現場付近では、三島の目撃証言なし。
・車の映像も残っていない。

首都高を走っていたという証言は本当だろうか。大友は自分の手帳に素早く文字を書きつけ、ページを破って美来に渡した。ETCの記録が必要——メモを見た美来が、また眉間に皺を寄せて渋い表情に戻る。

「調べてもらってくれ」

「分かりました」

迂闊なことは言えない……大友はしばらく雑談を展開することにした。どうも、一気にこちらの分が悪くなっている。三島はそういう空気の変化に気づいただろうか。自分が有利になると、急に態度が横柄になる人間もいるものだが、三島の様子は変わらなかった。相変わらず恐縮しているというか、怯えている。

話も盛り上がらない。ほどなく美来が戻って来た。先ほどよりもさらに渋い表情……ちょっと突いたら泣き出してしまいそうだった。また大友にメモを差し出す。これも先ほどと同じ文字だった。

・ETCの件調査中。話を引き伸ばせ。

伸ばせと言われても。三島は、大友とはまったく違う人生を歩む人間である。刑事と参考人という立場で相対していなければ、彼の話を聞くのはそれなりに面白いかもしれない。しかしこういう微妙な状況では、三島も気軽に話す気にはなれないだろう。

それでも三十分ほど、何とか話を繋ぐ。ようやくノックの音が聞こえた時には、ほっとしてしまったほどだった。事情聴取の最中にほっとするのは、情けない限りだが。

永橋が顔を突き出し、大友にうなずきかける。久しぶりに立ち上がったせいか、体が固まっていた。肩を上下させながら部屋を出る。ドアは細く開けたままにしておいて、少しだけその場を離れた。永橋が大友に顔を寄せるようにして、小声で話し始める。

「基本的に奴は、白だな」

「首都高の件、裏は取れたんですか？」

「ああ。本当に三島が車を運転していたかどうかは分からないがな。自分はバイクで移動していた可能性もある」

「そうなると、共犯者がいたことになります……すみません、情報に踊らされました」

「いや、二人の間にトラブルがあったのは間違いないんだから、この情報は合っていたんだ」

「詰めが甘かったですね」

「取り敢えず、三島は放そう。今のところ、身柄を押さえておく理由がない」

「今後も監視しますか？」

「それは無理だな」永橋が力なく首を横に振った。「監視する理由もないだろう。新しい材料が出てくれれば別だが」

「今のところは難しいですね……すみません、力及ばず、でした」大友は頭を下げた。

「事実がないのに、力及ばずもクソもないよ」

　事実をでっち上げるわけにはいかない。しかし大友は、自分が失敗した気がしてならなかった。

昼過ぎ、三島を解放すると、大友はかなりのダメージを負ったことを意識した。まったく情けない……一番困るのは、これで捜査が振り出しに戻ってしまったことだ。竹谷も三島も事件には関係ない——今は容疑者がいない状況だ。

昼食の弁当が用意されていたが、食べる気になれなかった。午前中開けたミネラルウォーターをちびちび飲んでいるだけで、空腹も感じない。

被害者の子どもが同じ中学校に通っていることに着目して調べている刑事はいるか……いないだろう。ほとんどの刑事が、昨夜から三島の捜査に専念していたはずだ。

美来が、弁当を持って隣にやって来た。大友の分もある。急に、この場所が弁当を食べるのに相応しくない気がしてくる。普通の所轄の、普通の大会議室——ここが何に似ているかというと、大学の教室だ。長机が整然と並んだ部屋にも、この時間は人は少ない。講義が始まる前の教室でこそこそ弁当を食べるようなものではないか。

今まで、一度もそんなことは感じなかったのに。

「食べないんですか？」弁当を開けながら美来が言った。

「後にするよ。ちょっと気になることがあって」

「三島の関係ですか？」

「三島の関係というより、事件全体について……二つの事件には、手口以外にも共通点がある」

大友は、「同じ中学校」がポイントになっていると説明したが、美来はピンとこないようだった。

「保護者も心配してるんだ。学校でも問題になっていると思う」

「それはそうかもしれませんけど、関係あるとは思えない……あるんですか？」箸を宙に浮かしたまま、美来が言った。

「分からない。ただ、学校側や保護者の方から、何か言ってくる可能性はあるんじゃないかな」

「それ、結構厄介ですよね。捜査の状況を話せるわけでもないし」

「さっさと犯人を逮捕しろって、急かされそうだ」

菜津子の顔が脳裏に浮かぶ。いずれまた、電話してくるだろう。向こうが電話をかけてくる前に、こちらから攻めるか……被害者二人の子どもが同じ学校に通っているという以外の共通点を探すために、学校側や保護者から話を聴くとか。

「ちょっと学校側に話を聴いてみようか」大友は弁当に手をつけぬまま立ち上がった。

「いいんですか？」美来が心配そうに訊ねる。

「今のところ、まだスタートラインから一歩も進んでいない……この状態だったら、何でもやってみるべきなんだ」

大友は、被害者二人の子どもが通う中学校の校長に面会を求めた。若く見えるが、当然五十の大台には乗っているだろう。校長室で面談したが、大友と目を合わせようとしない。視線は落ち着きなく揺らいでいる。

「今回は、大変な迷惑を被りましたね」学校側はあくまで被害者——その筋をはっきりさせるために、大友は最初に言った。

「ええ……あることないこと、いろいろ噂が出ているようです」

「例えば？」

「それは……」校長が口をつぐむ。

「犯人が学校関係者とか？」同行していた柴が、いきなり爆弾を落とした。

「いや、まさか」校長の顔から血の気が引く。

「別に、それが事実だと言ってるわけじゃないですよ」しれっとした口調で柴が続ける。

「そういう噂があるかどうか、という話です」

「あくまで噂ですが」

「その噂は、どこまで信憑性があるんですか？」

校長がまた口をつぐむ。「ない」と言うのは簡単だろう。だが、否定すればしたで、さらに突っこまれるかもしれないと恐れているに違いない。しばしの沈黙の後、ようやく「無責任なことは言いたくないんです」と零す。

「こういう時は、確かにいろいろ噂が流れるものです」大友は校長に同調した。「事実を確認させて下さい。最初の事件と二番目の事件……被害者の二人は、面識はありましたか？」

「ないと思います」校長の声に、わずかに自信が戻った。「松宮さんの娘さんは三年生、大島さんの娘さんは一年生です。部活動も別ですし、普段は交流がないはずですから、保護者同士も直接面識はないと思います。ただ、学校の外で知り合いだったら……その辺までは分かりません」

「ご近所ですからね」大友はうなずいた。「町内会の活動などで一緒だったかもしれません」

「ええ……でも、学校ではそういうことまでは把握していませんから」校長はあくまで、事件は学校には関係ないという方向へ持って行こうとしているようだった。

「この学校に関係している人が二人続けて襲われたとなったら、関係ないとは言えないんですよ」柴がねちっこい口調で言った。「まったく関係ない人が続けて被害者になったら、普通の連続通り魔事件として捜査します。ただ、こういう共通項があるとねえ」

「学校は関係ありません」校長が強硬な口調で言った。

「間違いないですか？　言い切れますか？」

柴がしつこく念押しすると、校長はまた黙ってしまった。どうやら校長は、隠し事はしていないようだと判断し、大友は柴に目配せした。二人で事情聴取する際の常套手段――高飛車に出て圧力をかける役割を負わせてしまったのを申し訳なく思う。ただ、大友は相手に圧力をかけられるような風貌でもないので、こういう役目は苦手なのだ。

「今、生徒さんは何人ですか？」

「三百二十四人です」校長が即座に答える。

「それだけたくさんの生徒さんの保護者の関係……となると、確かに把握しきれませんよね」

「何か問題があるとお考えかもしれませんが、今は特にないですよ」

「モンスターペアレントとか？」

「教育熱心な親御さんは多いですけど、無茶なクレームをつけてくるような人はいませんよ」校長が断言する。

「大きなトラブルはないんですね？」大友は念押しした。

「小さなトラブルもありません」

学校側はよく不祥事を隠す……大友も、優斗を育てる中で、学校の小さな「嘘」を何度も目の当たりにしてきた。大問題になるようなことはなかったものの、一時的には不信感を覚えたものだ。ただし、今の目の前にいる校長の言葉に嘘があるとは思えない。根拠があるわけではなく、単なる勘だが——いつの間にか視線がしっかり大友を捉えているのは、自分の言葉に自信がある証拠だろう。

「少なくとも学校関係では二人に面識もない、学校にはトラブルもない……そういう認識でいいですか？」

「もちろんです」

強硬になってしまった校長の態度を、これ以上和らげるのは難しそうだった。柴はまだ粘りたい様子だったが、大友は目配せして事情聴取を打ち切ることにした。

学校を出た途端、柴が文句を漏らす。

「何だよ、ずいぶんあっさりしてたな。もっと揺さぶれば、何か吐いたはずだぜ」

「いや……もしもトラブルを隠していて、それが後からばれたら問題になる。あの校長は、そういう判断ミスをするタイプじゃないだろう」

「性善説だねえ……これからどうする？」

「保護者から話を聴くよ」大友はスマートフォンを取り出した。菜津子に電話して、学校内に流れる噂を集めるつもりだった。もしかしたらその中に、真実があるかもしれない。

しかし菜津子の自宅を訪れての事情聴取は、ほぼ雑談に終わってしまった。彼女は「被害者の二人が言い争いをしているのを見た人がいる」「大島は借金があったらしい」「松宮には浮気疑惑があった」など様々な噂を教えてくれたが、いずれも真実味に乏しい。三十分も経つと、柴がうんざりした表情を浮かべ始める。

大友としては、むしろ娘の真菜に話を聴きたかった。大人たちは無責任に噂を流すだけだが、子どもたちはもっと純粋に、疑惑を摑んでいるかもしれない。しかし真菜はまだ帰宅しておらず、学校が終わった後は学習塾に直行するので、帰りは夜になるということだった。それに菜津子は、大友が真菜に事情聴取するのを露骨に嫌がった。

結局有益な情報がないまま、家を出ざるを得なかった。柴は非常に不機嫌になった。

「向こうが最初に頼んできたんだろう？　それで、気が向かないとなったら協力しないっていうのは、どういうことだよ」

「独身、子どもなしの人間には分からないと思うけど、あれが普通の親の感覚だよ」

「マジか？」柴が目を見開く。「だったら俺は絶対、親になんかなりたくないな」

「その前にまず、結婚だろう」

「お前、俺に対してだんだん厳しくなってきてないか？」

「ああ――世の中には厳しいことが多過ぎるからね。自分にも他人にも厳しくなるしかないんだ」

10

捜査に進展がないまま、一週間が過ぎた。土日も仕事で潰した大友は、鈍い疲労を感じ始めていた。昔はこんなことはなかったのに、と情けなくなる。これからは、体力も落ちる一方だろう。

優斗は、大友が不在でもまったく平気な様子だった。食事はしばしば聖子の世話になっているが、掃除や洗濯は完璧。しかもまったく文句を言わない。自分のペースで勉強も続けている。自分が優斗の年齢の頃は、こんなにタフだっただろうか、と大友は何度も首を傾げた。優斗は一見ひ弱そうに見えるのだが、その実、ほとんど動揺などしない子に育っている。あまりにも淡々とした日々を過ごしているので、大友は「老成」などという言葉を思い浮かべることもしばしばだった。

水曜日。週の半ばで、一番体力的にきつい時だ。優斗と朝食を摂り、体に鞭打つ感覚で何とか特捜本部に向かう。朝のラッシュよりもほんの少し早いのだけが救いだったが、自宅のある町田から、所轄の最寄り駅である護国寺まではとにかく乗り継ぎが面倒だ。一度池袋まで出て、都心部へ戻る感覚……ちょっと前までは、電車で疲れを感じるようなことはなかったのに。

朝の捜査会議はだらだらと続き、何の進展もないまま終わった。このところの捜査は、とにかく事件現場の聞き込みが中心。二度目の事件も、犯人が背後から自転車を使って襲いかかったという共通点があり、同一犯による犯行だという説が軸になったが、今のところ犯人に結びつく材料は何もない。

会議が終わった後もすぐに出かける気にはならず、大友は敦美と柴を交えてしばらく雑談した。敦美が「話がある」と言い出したのがきっかけだった。ちょうどいい……まだ目が覚めない感じで、濃いコーヒーを体に入れてやる必要もあった。依然としてコンビを組んでいる美来は、一刻も早く外へ出たがっていたが。彼女はまだ、手がかりがないままにひたすら歩き回る聞き込みのきつさを実感していないのだろう。

「昨日、ちょっと引っかかる話を聞いたのよ」敦美が切り出した。

「聞き込みで？　捜査会議では何も言ってなかったじゃないか」コーヒーを一口飲んで大友は指摘した。

「違う、違う。追跡捜査係の沖田(おきた)さんとたまたま一緒になって、話を聞いたのよ」

「どこで」

「新宿のバー……沖田さん、彼女らしき人と一緒だったわよ」

「へえ」沖田とは捜査一課時代からの知り合い——命の恩人と言ってもいい——だが、恋人がいるとは知らなかった。「ずいぶん遅い時間だったんじゃないか？」

「遅くないわよ。十一時ぐらいだったかな？」

　敦美が小首を傾げる。それを見て、大友はひどく心配になった。敦美のイメージと言えば「うわばみ」。よく呑むが、翌日の仕事には影響しない……しかし今は状況が違う。去年の事件できつい思いをした後、彼女にとって酒は、それまでとはまったく違う意味を持つ存在になったのではないだろうか。

　自棄(やけ)酒だ。

　しかし今朝も、彼女はしゃんとしている。肝臓の強さについては驚くばかりで、取り敢えずは忠告する必要もないだろう。

「それで、沖田さんの話って？」

「何だか昔、同じような事件があったって」

「未解決の通り魔事件？」沖田が所属する捜査一課の追跡捜査係は、実質的に迷宮入り

してしまった事件を再捜査するのが仕事だから、古い事件の情報は常に頭に入っている
はずだ。

「そう。手口以外に共通点はないんだけど……十年ぐらい前だって」

「被害者は死んでない？」

「重傷だったけど、生きてるわ」

「管轄は？」

「日暮里署」

隣の区か……犯行現場ということで考えれば、「近接している」と言ってもいい。た
だ、二つの事件の間には、十年の歳月が横たわっている。仮に同一人物の犯行だとして
も、筋が合わない。連続して事件を起こす人間は、それほど間を置かないものだ。

「他に何か、共通点は？」大友は訊ねた。

「おいおい、そんなに引っかかるなよ」柴が忠告した。「十年前だぜ？　関係あるとは
思えない。時間が離れ過ぎてる」

「西川（にしかわ）さんの勘があっても？」敦美が反論した。

「勘って……」柴が顔をしかめる。「そんなもの、当てになるのか？」

「追跡捜査係の人には、独特の勘があるでしょう？　それに柴だって、どちらかという
と勘を大事にするタイプじゃない」

「いや、俺は極めて論理的だぜ」

「そんなの、初耳だけど」

二人のやり取りを聞き流しながら、大友は自分の勘も刺激されるのを感じていた。手口が共通している——それだけを見れば、同じような事件は世の中にいくらでもある。

「その時、学校の先生が疑われたんだって」敦美が話を続けた。

「被害者の子どもが通う学校の先生？」大友は思わず身を乗り出した。「中学校か？」

「そう」

「何でまた……先生が保護者を襲う？　ちょっと考えられないな」

「何かトラブルがあったという情報で、所轄も動いたんだけど、決定的な情報は摑めなかったみたいね」

「気になるな」大友は膝を叩いて立ち上がった。

「大友さん？」美来が心配そうに訊ねる。

「一つ、教えておくよ」大友は人差し指を立てた。「捜査本部で決めた方針は大事だ。それに、刑事たちがどう動くか決めるのは上の役目だ。でも、やるべきことがあると思ったら、堂々と進言すべきだと思う。特に今みたいに、具体的な手がかりがない時には」

「いいんですか？」

「もちろん……ところで高畑、その先生の名前は分かってるのか？」

「さすがに沖田さんも覚えてないって。でも、所轄では確認できるかもしれないわ。それでも無理なら、西川さんに聞いたらいいんじゃない？」

沖田と同じ追跡捜査係に勤務する西川は、極めて優秀なデータマンである。資料が残っていれば、必ず引っ張り出してくれるはずだ。結局記憶力とは、「インデックス」を覚える能力だと思う。どこに何があるか分かれば、必ず情報は引き出せるはずだ。「忘れた」というのは、多くの場合、情報の置き場所を忘れたことを意味する。

大友は管理官の清川に事情を話した後、しばらく四人で情報収集に努めた。十年前に捜査線上に上がった教師の名前はすぐに割れたが、直後に気になる事情が出てきた。

「この先生、今どこにいるんだろう」前田邦夫、四十歳。

「今は、情報はないわね」敦美が肩をすくめる。「テツ、何を考えてるの？」

「いや、ちょっと……」

大友は、立ったまま受話器を取り上げた。茗荷谷中の代表番号を打ちこみ、校長を呼び出してもらう。先日、あまり友好的ではない別れ方をした校長は、今日も渋い反応を示したが、それでも大友の質問には答えてくれた。

前田邦夫は現在、茗荷谷中に在籍している。社会科担当。

刑事の勘は馬鹿にしたものではない。

第二部　疑惑

1

大友は、美来を伴って日暮里署へ向かった。都電荒川区役所前の停留所から署までは歩いて三分ほどのはずだが、大友は早足で二分に短縮した。

この辺りが荒川区の中心のはずだが、見ただけでは賑わいは感じられない。オフィスビルとマンション、飲食店などの店舗が混在する、東京ではよくある街並みだった。

明治通り沿いにある日暮里署は、茶色いレンガ張りの五階建ての庁舎で、こぢんまりとしている。庁舎の前にある駐車スペースには、車は数台しか停められなかった。

事前に話を通していたので、すぐに刑事課へ案内された。刑事課長は大友とそれほど年齢が変わらないように見える――だいぶ出世が早かったのだろう。そして十年前というと、当然彼もこの署にはいなかったわけで、少し困惑しているのが分かった。

「なにぶん、古い話でね」課長は最初に言い訳から入ってきた。「資料は埃(ほこり)を被ってたんだ」

「お手数おかけします」

「取り敢えず、こいつを見てもらうしかないな。当時の捜査員は、ここには一人も残っていないから」

「当然ですよね」警察官には異動がつきものだ。いくらきちんと引き継ぎをしても、仕事の連続性という意味では問題が生じがちだ。

「部屋を用意したから、使ってくれ」

「本当は、事情が分かっている人に話を聴くのが一番早いんですが」

「それだったらむしろ、追跡捜査係に聴いてもらう方がいいんじゃないかな」課長も及び腰だった。

「申し訳ないですね、古い事件で」

「いやあ……」刑事課長は苦笑いしただけでコメントを控えた。自分が捜査を担当したわけでもない事件を、後からひっくり返される——何とも言えない気分だろう。

大友と美来は、刑事課の隣にある小さな会議室を借りて、資料に目を通し始めた。美来がまず、新聞記事を発見する。どれだけ小さな扱いでも、記事になれば残しておくものだ。

「被害者、全治一か月だったんですね」

「重傷じゃないか」

「背後から後頭部を一撃──犯人が自転車に乗っていたのも、今回の事件と一緒です。同じ手口と言っていいと思います」

「続報は？」

「ないですね……」美来が首を横に振った。「各社ベタ記事ばかりで、しかも初報しか書いていないようです」

「そんなものだろうな」

大友は、当時の捜査資料に目を通し始めた。この資料自体を日暮里署から持ち出すわけにはいかないから、必要な情報は詳しくメモし、コピーを取る。

被害者、大木幸男、当時三十八歳。住所は、日暮里署からほど近いマンションだった。勤務先は上野にある映像制作会社。社名に聞き覚えはないが、ＣＭなどを作っているらしい。

事件が起きたのは、十年前の十月七日。仕事で遅くなった大木は、京成町屋駅から歩いて帰宅途中だった。時刻は午後十一時半。暗い裏道を通って帰るコースで、家まであと百メートルほどというところで、いきなり背後から襲いかかられたらしい。鈍器で後頭部を一撃され、その場に倒れこんだ大木は、翌朝まで意識を失ったままで、一時はかなり危険な容体だったようだ。結局、頭蓋骨の亀裂骨折、脳震盪などで全治一か月の重傷と診断された。

家族は、妻と一男一女。娘が通っていた中学の名前を書き留める。そのうち、前田の名前が出てきた。聞き込みで判明した情報らしく、事件が起きる一週間ほど前、自宅近くの路上で被害者と言い争っている様子を、近所の人に目撃されている。目撃者の子どもが、前田が勤める中学校に通っていたということもあり、この情報は信憑性が高かった。

大木は他には特にトラブルを抱えていなかったので、この情報は極めて重視された。すぐに周辺捜査が始まり、話ができるようになった大木も、前田と言い争いをしたことは認めた。ただし大木にすればまったく意味不明の因縁……路上で会って、いきなり「どういうつもりなんですか」と言われたらしい。カチンときた大木は言い返したが、前田は因縁をつけてきた理由を明かそうとはせず、その場で激しい言い争いになった。結局前田は、「学校に通告する」と言って引き下がったというが、大木にすれば何のことかさっぱり分からなかった。そしてその件を忘れかけた一週間後、いきなり襲撃されたのである。

ただし大木は、犯人を前田だとは断定できなかった。背後から殴りかかられ、顔も見ていなかったのだから当然だろう。前田に対する事情聴取も行われたが、前田は否定。犯行当時にはアリバイはなかった――自宅にいたという――ものの、逆に現場に行っていた証拠もなかった。大木とのトラブルについて質すと、「酔っていて別の人と勘違いしてしまった」と証言した。前日、居酒屋で呑んでいて客と口論になったのだが、たまたま出くわした大木がその客だと思いこんでいたのだという。学校では大木とは面識がなく——大木の娘は、前田が担当しているクラスにはいなかった——前田自身、大木の娘のことは知らないと明言した。

その時点で、捜査は暗礁に乗り上げた。大木は前田と言い合いをしたことは間違いないと証言したものの、前田に襲われたかどうかという肝心のポイントになると、話がはっきりしなくなった。調書には「学校の先生がこんなことをするとは思えない……」とある。「……」の部分に、大木と捜査員の自信のなさが滲んでいた。

当時の捜査員は、この証言を全面的に信じたのだろうか。酒の席でのトラブルを、翌日になっていきなり他人に——勘違いして——ぶつける前田は、激しやすいタイプのように思える。かっとしたら、乱暴な手に出る恐れも捨てきれない。

印象はよくない。しかし、前田を積極的に疑うだけの材料もなかった。学校側も、前田に対する処分は検討しなかったようだ。

捜査資料自体、それほど厚いものではなく、途中で美来と交換してクロスチェックを終えるのにも、一時間しかかからなかった。

「どう……ですかね」美来が曖昧な口調で言った。

「何とも言えないな。何となく、切れやすい性格のような気もするけど、今はどうなっているか分からない。切れやすい人も、年齢を重ねると丸くなるからね」

「でも、前田ってまだ四十歳ですよね？　三十歳から四十歳の十年で、そんなに急に性格が変わるとも思えないんですけど」

「結婚して子どもが生まれたりしたら、ずいぶん変わるよ。独身時代のようなわけにはいかないから」

「大友さんもそうだったんですか？」

「僕は元々こういう性格だからね」どんな性格だ？　一言では言い表せない。人間は、自分のことが一番分からないのだ。「それより、何とか前田に接近したいな」

「直接接触するんですか？」

「学校は閉鎖社会だから、周辺に事情聴取していると、噂が広がってしまう。そうでなくても今、茗荷谷中は事件の噂で持ち切りだから……できるだけ話が広がらないようにするには、本人に直接話を聴くのが一番いい」

「どうします？」

「ちょっと手を考える」大友は資料をまとめた。ここは慎重にいかなくては……そう思いながら、大友は大胆な手を検討し始めていた。周辺捜査を飛ばして、前田に直接アプローチする——刑事ではなく、「知り合い」「友人」ならば問題ないだろう。用心させずに話を聴き、相手がどんな人間か見極める。今まで何度もやってきた方法であり、上手くやれる自信があった。

　そのためにはまず、前田の行動パターンを把握しなくてはならない。学校と家の往復しかしないような人間だったら、アプローチの機会が少ないだろう。一番接しやすいのは、毎日帰りに呑み屋に寄るような人だ。あるいは何か仕事以外の活動をしているとか……地域のボランティアや趣味の団体などに参加していれば、そこに入っていく手はある。

この手は使える。自分なら必ず成功させる。

まずは一歩を踏み出せるはずだ、と大友は胸を張った。


文京中央署に戻り、特捜の幹部に相談する。現段階では前田は容疑者とは言えないものの、管理官の清川も永橋もこの情報には食いついてきた——調べてみる価値はある。

「この件は、お前が中心になってやってくれ」永橋が指示した。「必要な人間を使っていい」

「分かりました。取り敢えず、周辺捜査ですね」身分を隠して接近する手は明かさなかった。問題になった時には、自分一人で責任を負った方がいい。

「行動パターンを割り出すのが先決だな」永橋がうなずく。「学校の先生なら、それほど難しくはないだろう。だいたい、決まりきった毎日じゃないか?」

「そうでもないですよ。部活の顧問をしていると毎日遅くなりますし、その後もテストの採点で遅くまで残業というのも、珍しくないそうです」

「何だ、先生っていうのはそんなに大変なのか?」永橋が目を見開く。

「そうです」

永橋には子どもはいないのだろうか……左手の薬指に指輪をはめているから結婚して

いるのは間違いないが、子育ては完全に妻に任せ切りで、学校の事情などまったく知らないタイプかもしれない。子育てに参加する父親も増えてきてはいるが、学校のことまではなかなか分からないものだ。一人で優斗を育ててきて、「ママ友」がたくさんいた自分など、やはり特殊な方だろう。

「慎重に進めないといけないので、時間がかかると思います。あまり噂が広まると、保護者も動揺しますから」

「ややこしいな」永橋が顔をしかめる。

「学校内のネットワークは、恐るべきものですよ。とにかくしばらくは、保護者や他の先生への直接の事情聴取は避けた方がいいと思います」

「分かった。その辺も含めてお前に任せる」

ずいぶん鷹揚（おうよう）……というか放任主義だと大友は呆れた。少しでも手がかりになる情報があれば、すぐに食いついて自分で指揮を執ろうとするのが、普通の上司なのだが。

大友は引き続き美来にヘルプを頼み、柴と敦美にも動いてもらうことにした。デリケートな捜査なので、やはり気心の知れた相手が一緒の方がやりやすい。二人は現場での聞き込みにうんざりしていたようで、大友の話にすぐに乗ってきた。

二人が戻って来るまで、たぶん三十分ぐらいはかかる。この時間を利用して、昼食を摂っておくことにした。とはいえ、特捜本部の弁当にはうんざり――用意してくれる所轄には申し訳ないが、こういうものは三日続くと飽きてしまう。弁当の内容がどれだけ変わろうが、同じことだ。

外で食べることにしたものの、この辺りには飲食店がほとんどない。会社もあるので、飲食店があれば繁盛するはずだが、池袋が近いので、そちらへ出る人が多いのかもしれない。大通りでしばらく探した後、結局ハンバーガー店に入った。優斗が最近ハンバーガーに凝っていて、たまに二人で食べに行くのだが、そういう店は一人当たり千円以上かかる、いわゆる「グルメバーガー」の店だ。分厚いパテに厳選した野菜、フレンチフライも上等で量たっぷり。「食事」としてちゃんと評価できるような店ばかりである。小学生の頃は、チェーンのハンバーガー店でも喜んで食べていたのだが、今は見向きもしない。口は奢るものだ……そういうわけで、この手のチェーン店に入るのは久しぶりだった。とはいっても「絶品」の名前がついたハンバーガーのセットを頼むと千円近くになり、グルメバーガーの店へ行くのとあまり変わらない出費になってしまう。

美来が、嬉々としてハンバーガーに齧りつく。

「これ、好きなんですよ」口をもごもごさせながら嬉しそうに言う。

「結構美味いね。久しぶりに食べたけど……この値段なら美味いのも当然か」

「何か、弁当続きだったからほっとしますよね」

「まあね」

本当は、家できちんと料理を作って食べたい。腕は大したことはないが、優斗は喜んでくれるし、何より手料理の方が栄養バランスもいいはずだ。

黙々と食事を終え、残ったコーヒーを飲む。コーヒーも、記憶にあるよりずっと美味かった。飲食業は日々努力なんだよな、と改めて思う。客を逃したら即売り上げ減につながるから、それこそ死活問題なのだろう。警察の場合は違う。仕事は犯罪の抑止と解決。犯人逮捕は分かりやすい手柄だが、抑止の方はなかなか世間の理解を得られない。

「この件、上手くいきますかね」美来は不安そうだった。

「やってみないと分からないな。本当は、当時担当した人に話を聴きたいんだ。そうすれば、もう少し手触り……ニュアンスが分かる。せっかく調べた人がいるのに、その時の感覚を活かさないのはもったいないよ」

「十年前の担当者に確かめる手もありますよね」

「退職していなければ話も聴けるだろうけど、相手が遠隔地に勤務している可能性もあるよ」

「ああ、島嶼部とかですね」

「あるいは、多摩の奥の方とか」大友はうなずいた。五日市署辺りに行くことになったら、半日仕事では済まないかもしれない。それでも島嶼部よりはましだろうが……都心から一番遠いのは、小笠原署になる。警察署のある父島までは千キロもあり、交通手段は船しかない。行くだけで二十四時間……そんな出張は、とても許されないだろう。

「取り敢えず、どこにいるか確認しておく。話が聴ける相手なら、会いに行くことも検討しよう」

「でも、十年前ですよね」美来が渋い表情を浮かべる。「十年前のことなんて、覚えてますかね？　だいたい、そんなに大した案件でもなかったでしょう？」

確かに。これで大木が死んでいたらもっと大騒ぎになり、未解決事件として、未だに当時の捜査員の心に重くのしかかっていただろう。しかし実際には、大木は無事に回復して社会復帰しているはずで、捜査員には「重大事件」の意識は低いと思われる。

大木本人にも会ってみる価値はあるだろう。捜査員にとっては重大事件でなくても、大木にすれば、危うく命を落としかけた、人生最悪の事件とも言える。もしかしたらその後、何か思い出したかもしれないし。

やることは山積みだ。

スマートフォンが鳴る。柴。もう署に戻っているからさっさと帰って来い、と急かしてきた。

もちろん。戦闘準備は完了だ。

2

大友たちは手分けして、学校の周囲で張り込みをした。運転免許証の写真を入手しているから、前田を見逃すことはないはずだ。しかも免許の更新は二年前、現在の本人とほとんど変わっていないだろう。

張り込みは午後四時過ぎから始まったが、無為に時間が過ぎるだけだった。校庭では、サッカー部と野球部が練習中。しかし前田の姿は見当たらなかった。もしかしたら、体育館を使うバレー部やバスケットボール部の顧問をしているかもしれないが、そこへ入りこんで確認する上手い手が見つからない。誰かに聞くわけにもいかないので、結局は待つしかなかった。

六時。校庭での練習も終わり、部活帰りの子どもたちで学校の周辺が賑わい始める。ほとんどの生徒が正門から出て行く——裏口もあるのだが、ここで張っている方が、前田に出会える確率は高いだろう。

「来ました」美来が短く声を上げる。

目を細めて確認すると、前田が校舎を出て、正門の方へぶらぶらと歩いて来るところだった。中肉中背。茶色い替え上着にグレーのズボンという地味な格好だった。足元は、一見革靴に見えるスニーカー。こういう靴は十年ほど前にずいぶん流行ったが、前田は同じ靴を長い間履き続けているのだろうか。

走って正門へ向かう生徒たちが、前田に挨拶する。前田は一々、軽く手を挙げて応えていた。

「普通の先生っぽいですね」美来が感想を漏らす。

「大抵の犯罪者は、普通っぽく見えるんだよ」指摘して、大友はすっと身を引いた。正門から前田が出て来た場合、尾行の一番手は美来、大友が二番手につくと予め決めていた。柴と敦美は、少し離れてフォローする。

大友は、正門から二十メートルほど離れた。美来が前田の追跡を始めるのを確認してから歩き出し、同時に柴の携帯に連絡を入れる。

「出て来た」

「どっち方向だ？」

「一応、自宅へ向かうみたいだな」

「了解」

美来は、通常の手順通りに尾行を開始していた。道が狭いので十分安全な距離は取れないのだが……大友が少し後ろでフォローしているから、心配はいらないだろう。

前田は巣鴨方面へ向かっていた。事前に調べておいた情報では、自宅は都営三田線の千石（せんごく）駅近く。学校までは歩いて十分ほどで、通勤はちょうどいい運動、という感覚かもしれない。

前田は、それほど急いではいない様子で、淡々と、ゆっくりしたスピードで歩いている。この辺はあまり見どころがない場所……敢えて特徴を言えば「文京地区」で、あちこちに学校がある。途中、小石川植物園の脇を通っていく。ここはかなり急な上り坂で、前田は一歩一歩を踏みしめるように歩いていた。そこを抜けると、低層のマンションが立ち並ぶ一角に出る。いかにも高級住宅地という感じだが、どこか味気ない。

白山通りまで出ると、ようやく賑やかな雰囲気になったが、それはあくまで「車がたくさん走っている」賑やかさだった。千石駅前まで来ても、飲食店の類はあまりない。前田の家は、白山通りを渡った向こう側なのだが、真っ直ぐ家には向かわない様子だった。しばらく白山通り沿いに歩いて、コンビニエンスストアに入る。

大友は歩調を速めて、美来に追いついた。

「変わった様子は？」

「ないですね」

「買い物かな」

「それは分かりませんけど……」

「中に入ってみようか」

「え？」美来が目を見開く。「ばれたらまずいでしょう」

「君も顔は知られていないはずだ。彼が出たら、無理に追いかけないで、尾行の一番手を交代しよう。そうした方がいい。行動パターンを摑むためにも、ちょっと近くで見ておいた方が、怪しまれる確率は低くなる」

「分かりました」

美来が素直に店に入って行く。大友は振り返り、柴と敦美の姿を探したが、見当たらない。それも当然――あの二人はベテランだから、尾行の技も巧みなのだ。まだ連絡を入れる必要はないと判断し、大友はコンビニエンスストアから少し離れて前田が出て来るのを待った。

前田は、夕刊紙を手に出て来た。学校の先生でも夕刊紙など読むのか、と少し驚いたが、先生が全員謹厳実直、クソ真面目な人間とは限らない。特に酒が入ると……公務員の中で、酔っ払うのが一番早いのが警察官、乱れ方がひどいのが教員とよく言われる。それだけ、普段のストレスが溜まっているのだろう。

まだ店の中にいる美来に目配せして、尾行を再開する。今度は短かった。前田はすぐに、一軒の居酒屋の暖簾をくぐる。繁華街でもなく、ビルの一階にぽつりとある店だった。前田は独身……たぶん、ここで一人の夕食を摂るのだろう。侘しい感じはするが、東京に住む多くの独身者にとっては普通の行動パターンだ。

一人で呑んでいる時は、接近するチャンスだ。その際は、こちらも一人の方がいい。女性——敦美や美来に行ってもらった方が前田は油断するかもしれないが、敦美は体が大きいので圧が強く、相手を怯ませてしまうし、美来では頼りない。

ここはやはり、自分が行くしかないだろう。

ほどなく、三人が追いついて来た。

「そこの店に入った」

「ちょうどいいや。俺たちもそこで飯にしようぜ。どうせしばらく出て来ないだろうし」

柴が店に入ろうと暖簾に手をかけたので、大友は慌てて肩に手をかけ、引き戻した。

「ここは僕が一人で行く。目立ちたくないんだ」

「何だよ、俺たちに飯を食わせない気かよ」柴が抗議する。「白山通り沿いにファミレスがあっただろう？　食事なら、待機ついでにそこで食べてくれないか」

「ああいう店には、いい加減うんざりしてるんだよな」柴がぶつぶつと文句を言った。

「まあまあ……それよりテッ、一人で大丈夫なの？」敦美が助けに入ってくれた。

「一人の方が怪しまれないと思う」

「呑み過ぎるなよ」柴が忠告する。

「分かってるよ」

　三人と別れ、大友は店に入った。途端に紫煙が襲いかかってくる。この店はまだ、禁煙や分煙とは無縁らしい。かなり流行っている……まだ午後六時半だというのに、店内のテーブルはほぼ埋まっていた。見ると、壁一面に短冊のメニューが貼ってある。どれだけあるのか、パッと見ただけでは把握できないほどだった。メニューは豊富で安い。いわしフライ三百三十円、げそ焼き三百十円、中トロの刺身で六百五十円だ。千円でほろ酔い、二千円使ったら泥酔するだろう。人気なのも分かる。

　前田はカウンターについて、夕刊紙を広げながらビールを呑んでいる。カウンターの客は一人だけ。これはいい具合だ。

　大友は店員に向かって人差し指を立てて見せ、さっさとカウンターに向かった。一人客なら、テーブルで相席よりもカウンターを選ぶのは自然だ。

酔っ払うわけにはいかないので、飲み物は薄めのレモンサワーにする。つまみには塩の焼き鳥を三本、それにポテトサラダを頼んだ。先に出てきたポテトサラダにウスターソースを垂らし、味が濃くなったところを食べてレモンサワーを流しこむ。味は上々――ポテトサラダはマヨネーズが控え目な味つけで、芋の食感がしっかり残っている。家でポテトサラダを作る時には、ついマヨネーズの味に頼りがちだが、ソースをかけて食べる前提にすれば、もう少し薄味の方がいい。胡椒を効かせるのもありだろう。

ちびちびとレモンサワーを呑みながら、横に座る前田の様子を観察する。結構なペースでビールを呑んでいた。小さなグラスに注いでは一気に干し、すぐにまたビールで満たす。かなりせっかちな呑み方で、じっくり味わうより早く酔いたいタイプなのだろう。

買ってきた夕刊紙はすぐに読み終えてしまったようで、前田はカウンターの向こうにいる店員の女性と話し始めた。とはいえ、向こうは料理や酒を運んだり、レジに行ったりしているから、会話は切れ切れになる。喧騒はそれほどひどくはなく、大友が座っている場所からも、二人のやり取りは聞こえるのだが……そのうちようやく、手がかりを摑んだ。店員の女性の娘が、茗荷谷中の卒業生らしい。前田に教わったことはないようだが、ほかの先生の話題などで会話が弾んでいる。

ワンクッション置く作戦に出るか。

焼き鳥が運ばれて来たタイミングで、大友は店員の女性に話しかけた。愛想のいい女性なので、すぐに大友の話に乗ってくる。

「すみません、茗荷谷中のこと、ご存じなんですか？」

「ええ、知ってますよ。娘が茗荷谷中でしたから」

「実は今度、こっちへ引っ越して来るんです。先に単身赴任で……来年の四月には家族も来て、今六年生の息子が、茗荷谷中に入るんです」

「あら、じゃあ、ご近所さんになるんですね」

「そうですね」

「会社、どこなんですか」

「会社というか、公務員です……国家の方で」大友は咄嗟に話をでっち上げた。適当な会社の名前が思い浮かばなかったし、国家公務員と言っておけば、向こうも突っこむのを遠慮するだろう、と読んだ。

「あら、偉い人なんですか」

「違いますよ。あちこち転勤ばかりで、面倒臭いだけです」大友は苦笑してみせた。これは「芝居だ」と自分に言い聞かせながら。引っ越しばかりの苦労を素早く想像する。

「息子も小学校を二度替わって……中学校からは落ち着きたいんですけど、今後の受験のこともありますから、これからはずっと単身赴任になるかもしれませんね」

「転勤のある仕事は大変ですよねえ」店員の女性が本当に同情している様子で言った。

「茗荷谷中、どんな感じなんですか？　高校受験のことを考えると、どんな中学かは大事ですよね」

「うちの娘の話は、受験勉強にはあまり役にたたないけど……そっちの方に聞いてみたら？　あそこの先生なのよ」

「本当ですか」大友は目を見開いて見せた。「ラッキーだな」

話はスムーズに進んだ。店員の女性が前田を紹介してくれ、前田も特に警戒する様子を見せなかった。さほど酔いは回っておらず、話をする分には支障がなさそうだった。

大友は、大袈裟に上着のあちこちを両手で叩いた。

「すみません、今日は名刺を忘れたみたいで……大友と言います」

「前田です」

自己紹介を交わす間に、大友は素早く前田を観察した。耳が半分隠れる程度の長さの髪、丸い鼻とぽってりした唇が相まって、愛嬌のある顔つきになっている。害がなさそう……最近の生意気な中学生には馬鹿にされそうな感じでもあった。

「茗荷谷中は、進学実績はどうなんですか？」

「公立中としては、普通でしょうね。文京区は教育熱心な親御さんが多いんですけど、そもそもそういう人たちは、子どもを私立の学校に通わせることが多いので」

「確かに文京区には、そういうイメージがありますよね」

「公立は地味ですよ」前田が苦笑する。

「学校の雰囲気はどんな感じなんですか」

「これも普通、としか言いようがないですね。今まで何か所も回ってきましたけど、平均値を取ると茗荷谷中になる、という感じですか」

これは皮肉だろうか、と大友は一瞬疑った。何だか自分の勤める学校を馬鹿にしている感じがしないでもない。

「ちょっと心配していることがありましてね」大友は声を潜め、前田の方へ体を傾けた。

「息子が、何というか……ちょっと鈍いところがありまして。勉強も運動も普通なんですけど、人間関係で苦労するタイプで。転校した後は、毎回友だちが作れなくて悩んだんですよ」

「転校が多い子どもさんは、二つのタイプに分かれるみたいですね」前田がVサインを作った。「積極的になって、新しい友だちとすぐに打ち解けるタイプか、自分の殻に閉じこもって、なかなか友だちができないタイプか」

「うちは後者ですね。今度は中学校というまったく新しい環境ですから、どうしたものか……すみません、変なことを聞きますけど、いじめなんかはないんですか」

「三年ぐらい前――私がここへ来る前に、ちょっと問題になったそうですよ」

ずいぶん率直に話す人だな、と大友はむしろ警戒した。今、学校関係者が一番気にするのがいじめである。もちろんいじめは昔からあったが、最近は陰湿で、被害を受けた子どもが自殺に走ることも珍しくない。その際の対応を誤り――スタンダードな正解などないのだが――保護者や世間の非難を浴びて頭を下げる校長たちの姿を、大友も何度もテレビなどで見てきた。学校側が無神経というか、何が起きるか想像もできないからああいう羽目に陥るのだが、かすかに同情せざるを得ない。

「そうなんですか？」

「大したことではなかったようですが……詳しい話は私も知りませんけど、とにかくそれで犠牲になった子はいません。いじめというより、問題児のグループがいた、という感じだったようですね」前田が顔をしかめる。

「じゃあ、特定の子が犠牲になるいじめではなくて、少数の子が暴れまわっていた感じですか？」

「らしいですね。だから、学校側も何とか上手く対応できたようです。被害者と加害者の関係がはっきりしていましたし、問題児のグループの親御さんも、状況が分かって詫びを入れてきたそうですから」

皮肉っぽく言って、前田がビールを一気に呑んだ。注ごうかとビール瓶に手を伸ばしかけたが、前田はゆっくりと首を振って断る。

「無礼ですけど、手酌が好きなんですよ」

「前田先生、いつも一人でしみじみ呑むもんねえ」店員の女性が口を挟んできた。

「放っておいて下さいよ」前田が抗議したが、本心からではないようだった。常連客と店員の、じゃれ合いのような会話なのだろう。

「家に帰っても、待ってる人もいないもんね」

「そこは秘密にしておいて欲しかったな」

彼の口ぶりからすると、今まで一度も結婚はしなかったのだろう。昔だったら、四十歳になって結婚していなかったら周りは本格的に心配したはずだが、今はそんなこともない。四十代前半の男性の場合、未婚率は三割近い——この統計に僕は入っているのだろうか、と大友はいつも疑問に思っていた。配偶者と死別したら、やはり独身者として扱われる？

「前田先生、おいくつなんですか？」大友はつい訊ねた。

「四十です」

「四十？　ずいぶん若く見えますね」

「いやいや……」前田が困ったように首を横に振った。「何というか、この仕事をするのに、童顔は不利なんですよ。もっと若い頃は、子どもたちに舐められましたね」

「高校生みたいに見えたんですかね」

「そうでしょうね。まあ、今はそれなりに老けましたけど」前田が右手を広げ、顔を擦った。

「いやあ、でもお若いですよ。生徒さんには人気があるんじゃないですか？」

「そういうのはよく分かりませんけどね」

「担当は何なんですか？」

「社会です」

「部活は何か？」

「今は、顧問はやってません。あれはきついですからね」

「中学校の先生が大変なのはよく聞きます」

「自分ではやったこともないスポーツの顧問をやらされると、本当に大変ですよ。私はたまたまラッキーで……息子さんは、何かスポーツはやっているんですか？」

「サッカーをやっていますけど、中学校でやれるようなレベルじゃないですね。三年間、ずっと補欠で試合に出られなかったら、辛いでしょう」

「うちのサッカー部はそんなにレベルが高くないですから、大丈夫かもしれませんよ。やってみたらいいんじゃないですか」

「本人の希望を聞いてみますよ……部活動は、そんなに盛んじゃないんですか？」

「そうですね。そもそも生徒数が三百人ほどですから、選手のリソースも限られているというか」

「確かに、人数が多いほど、裾野が広い感じですよね」

「都心の学校は、どこもこんな感じですよ。私立はまた違うでしょうけど……公立は、いろいろとバランスが大変なんです。高校になるとまた別で、進学に極端に力を入れることもできますけどね」

　前田がグラスにビールを注いだ。それで瓶が空になり、ハイボールに切り替える。大友はレモンサワーをまだ半分ほどしか呑んでいない。話は上手く転がっているから、このペースを崩さないようにしないと。酔っ払うと話の流れが危うくなる。

ハイボールを一口呑んで、前田が大友の顔をちらりと見る。柔らかい笑みが浮かんでいた。

「でも、うちに来るなら、そこそこ楽しいと思いますよ。本当に、あまり特徴はない学校ですけど、今はいじめもないし、雰囲気は悪くないです」

「中学校なんて、普通で十分ですよね。東京は、私立が多くて大変だ。選択肢が多いと、子どもも迷いますからね。私なんか、長野の田舎だったから、中学校も高校も迷うことはなかったですね」

「私はちょっと状況が違いましたけど」

「ご出身、どちらなんですか？」

「愛知です」

「名古屋ですか？」

「いや、春日井です。名古屋への通勤圏内だから、名古屋みたいなものですけどね」

愛知か……大友にはほとんど馴染みのない県だ。通勤圏内と言われても、名古屋と春日井の位置関係も分からない。正直にそう言うと、前田が「隣同士ですよ」と教えてくれた。

「名古屋は、やっぱり受験も大変なんですか？」

「東京ほどではないにしろ、選択肢は多いですからねえ……私は地元の公立中でしたけど、小学校の同級生は何人も中学受験してましたよ」

「なかなか大変でしょうね」

「団地——ニュータウンだったんですよ。それこそ馬鹿みたいに大きなニュータウンで、同級生もたくさんいました。小学校までは、結構均質な感じだったんですけど、中学校で急に進路が分かれるというか……ああいうのは、ニュータウンならではかもしれません」

「なるほど。人が多ければ、それだけ進路も様々ですよね」

世間話をだらだらと続け、大友は前田の人間像を次第に頭の中で確立していった。子どもたちのことや授業について話し出すと熱が入る……しかし、実は孤独な人間ではないか、という印象も受けた。

それはたぶん、彼の出自故である。学校の先生というのは、地域に密着した職業である。教員希望者は、大学卒業と同時に、出身地の学校での就職を目指すのが普通ではないだろうか。やはり地元のことがよく分かっていないと、やりにくいはずだ。東京暮らしが長くなっても、根っ子は名古屋、という感覚があるのではないか。

酔いが回ってきたのか、前田は不満をぼそぼそと零し始めた。

「東京には、未だに馴染めない感じですね」

「そうですか？」

「大友さんは転勤が多いんでしょう？　東京にはどれぐらい住んでいるんですか？」

「そう言えば、結婚してからは都合六年ぐらい……地方暮らしの方が長くなってます

す
ね」
「それも大変ですよね。でも、地方出身者が東京に馴染むのも、なかなか大変なんです
よ」
「いや、そもそも東京なんて、地方出身者の集まりじゃないですか」大友はつい反論し
てしまった。「三代続いた江戸っ子なんて、数えるほどしかいないでしょう」
「でも、そういう人は確実にいるんですよ」前田の表情は何故か暗かった。「それこそ
明治の頃からずっと住んでいて、地元の主みたいになっている人が……必ずしも社会的
地位が高いわけじゃないんですけど、微妙に影響力があるんですよね。やっぱり東京で
も、地縁っていうんですか？　地元出身かどうかは大きなポイントになるんですね」
「そういう人が、PTAの中でもボス格になっているとか？」
「いやいや、そういう人に限って、目立つことは絶対にしないんです。PTAの役員な
んかも上手く避ける……何なんでしょうね、あの感じ」
「私もよく分かりませんよ。地方出身ですからね」町田では、そんな風に感じたことは
なかった。都心部ならではの感覚なのだろうか。
「東京の人のことは分かりませんね……それにしても東京って、基本的に孤独な街です
よね。逆に言えば、孤独でも生きていけるというか。気楽ではあるんですけど、時々妙
に先行きが不安になりますよ」
「そんなものですかねえ」

実は大友も、同じような不安を感じている。自分には家族がいるといっても、優斗はいずれは独立して家を出て行く。大友自身は、警察官人生の半分を折り返していて、これからはゴールを意識しなければならなくなるだろう。普段つき合っている相手といえば、警察の同僚ばかり。優斗の関係で他の保護者と会うことはあるが、そういうつき合いは、優斗が学校を卒業したら切れてしまいそうだ。

何だか寂しい中年の生活、それに老後が待っているような気がしてならない。そんなことを考えるのはずっと先でいい気もするのだが、人間、四十歳を超えると心境も様々に変化するものだ。

あまり突っこみ過ぎても疑われる——結局大友は、一時間ほどで話を切り上げることにした。携帯電話の番号を交換することに成功したのが大きい。調べれば、前田の携帯の番号などすぐに分かるのだが、向こうが自らの意思で明かしたことが大事なのだ。

これで一歩、彼の内心に踏みこめた感じはする。

しかし、前田が襲撃事件の犯人かどうかは——大友の中ではまだ白紙だった。

前田より先に店を出て、ファミレスに向かう。柴たちは既に食事を終えた様子で、三人の前には飲み物のグラスしかない。

美来の横に滑りこむと、柴が間髪入れず「どうだった」と訊ねた。

「取り敢えず、接触には成功した。きちんと話もできたよ」

「で、手ごたえは？」

「何とも言えないな。さすがにまだ、事件の話はできなかった」

「おいおい、のんびりし過ぎじゃないか？」柴が非難するように言った。

「こういうのは、焦るとろくなことにならないんだ。ゆっくり攻めるつもりだよ」

「今日は、どういうシナリオでいったの？」敦美が訊ねる。

「シナリオ？」美来が首を傾げる。

「ああ、テツは昔――学生の頃にお芝居をやってたから。自分でシナリオを書いたこともあったわよね？」

「古い話だよ」大友は首を横に振った。しかしちらりと横を見ると、美来は目を見開いている。

「大友さん、引き出しが多いんですね」びっくりしたように美来が言った。

「もう全部出し切ったよ……とにかく、転勤で田舎から東京へ戻って来て、息子が来年四月から茗荷谷中に通う、という設定にしてある」

「あなたの職業は？」と敦美。

「国家公務員。それなら、全国転勤があってもおかしくないだろう？　でも、詳しくは話さないでおいた」

「検事だと思われたかもね」敦美が面白そうに言った。

「公安調査庁とかな」柴が追随する。「どうも、捜査関係しか頭に浮かばないのが俺たちの問題だ」

「そうだね……とにかく、ちょっと食事をしていいかな。軽く食べただけだから、この後持ちそうにない」

「どうぞ」

美来がメニューを渡してくれた。早く食べられそうなものということで、オムライスにする。三人はコーヒーのお代わりを頼んだ。

「何か……あの、こんなにのんびりしていていいんですか？」美来が心配そうに訊ねた。課長の永橋の機嫌を損ねると心配しているのかもしれない。

「いいんだよ」柴が気楽な調子で言った。「この件はテツに任されたんだから、テツの判断で動いていいんだ。なあ、キャップ？」

「キャップはやめてくれよ」大友は顔をしかめた。「誰がキャップとか、関係ないだろう」

「このチーム、バランスがいいんだか、悪いんだかね」柴が溜息をつく。敦美を意識しての発言だろうが、敦美は完全に無視していた。

オムライスは、「卵とろとろ系」だった。チキンライスの上に緩く焼いた卵を載せ、デミグラスソースをかけたもの。大友が子どもの頃に食べていたオムライスは、しっかり焼いた卵でチキンライスを巻いたものだったが、最近はこういうのが多い。これはこれで悪くないのだが、オムライスには安っぽい味のケチャップの方が合う気がする。

そそくさと、それこそ五分で食べ終えてしまう。外回りをする刑事の食事など、こんなものだ。味気ないが、取り敢えず腹が膨れればいい。

「行こうか」大友は伝票を摑んで立ち上がった。「署へ戻って、もう一度作戦会議だ。これからじっくり追いこもう」

3

前田の周辺捜査は、予想した通り難航した。人となりを知るためには、学校の関係者に当たるのが一番手っ取り早いのだが、そうするとあっという間に噂が広まってしまう。

結局、本人を監視して普段の行動を見極める方法を取るしかなかった。

数日間尾行と監視を続けると、だいたい彼の生活ぶりが分かってきた。学校を出る時間はまちまち。五時ぐらいに帰る時もあれば、八時まで出て来ない時もある。吞みに出かけたのは一度だけ。毎晩、居酒屋を食堂代わりに夕飯を済ませているわけではないようだった。基本的には、学校と家の往復だ。

大友は思い切った作戦に出ることにした。朝の捜査会議が終わった後の、四人での小さな捜査会議。特捜本部の置かれた会議室の片隅に集まり、コーヒー片手の打ち合わせになった。

「学校関係者に話を聴こう」大友は思い切って切り出した。

「いいの？」敦美が心配そうに懸念を表明した。

「構わない。前田には、学校以外に社交生活がない。近所づきあいがあるわけでもないし……彼のことを知ろうとしたら、学校関係者に話を聴くしかないんだよ」

「絶対に噂が広がるわよ」

「そこはテクニックで上手く誤魔化してくれないか？　今回の事件とは関係ないということで……特に保護者には、知られたくない」

「たぶん、勘ぐられるわよ」

「勘ぐられないように、事件との関係は否定してくれ」

「なかなか難問ね」敦美が肩をすくめる。

「とにかく、情報を仕入れないと前へ進めない」

「今のところの、最低限の情報を確認しておこうぜ」柴が話を引き取った。

「教育委員会で聞いてきた話だね？」大友は言った。

「ああ。出身は愛知県春日井市、これは間違いない。地元の高校を卒業後、大学進学のために上京して以来、ずっと一人暮らしらしい。少なくとも、結婚した形跡はない。教員免許を取得して、二十五歳の時から都内の中学校で先生をやっている。茗荷谷中は、四つ目の勤務先だな」

「十年前は……」

「二つ目――つまり、日暮里の学校にいた」

「これぐらいの間隔での異動は普通なんだろうか」

「そうだな。東京都の教員の異動は、俺たちとは比べ物にならないぐらい複雑だけど……ごく平均的だそうだ」

「これまでに問題は？」

「なし」

「十年前の件は、結局表沙汰にはならなかったわけだ」

「いや、表沙汰にならなかったというのはおかしいか……問題にならなかったというのが正確だな」

「学校や教育委員会側は、警察に事情聴取された事実を知っていたけど、問題視しなかった、ということだね」

「そう。容疑はなかった——というか、立件できなかったわけだから。当時、話がどれだけ広がっていたかは分からないけど」

　ポンポンと進むやり取りが心地好い。やはり気心の知れた同期と組んでの捜査は、精神的にも楽だ——まだスタートラインからほとんど進んでいないという現状は別にして。

「テツ、そろそろもう一度本人に接触したら？」敦美が切り出した。

「そうだね。あれから一週間近く経っているし……何か上手い言い訳を考えるよ。連絡先は交換しているから、つながると思う。ただし、もう少し情報を入手してからだ。突っこむ材料が一つでも多く欲しい」

「了解。じゃあ、ほじくり返しにかかりましょうか」敦美がうなずき、立ち上がった。

捜査が長引くと、どうしても「だれる」時期がくる。まだそのタイミングではないと大友は思っていたが、何となくじれったい感覚があった。十年前に、同様の事件で疑われた――この事実だけで、前田をいつまでも追いかけ回すわけにはいかない。

多少噂が広がっても、ここは一気に勝負に出るべきだ。


とはいっても、大友は細心の注意を払った。最初に、菜津子に話を聴くことを考えたが、彼女は話し好き、噂好きである。情報の拡散を防ぐためには、接近したくない――そこで選んだ事情聴取の相手は、娘の真菜だった。

その日の午後、大友は美来と一緒に学校の外で待ち構えた。真菜は毎日学習塾に通っているから、そう簡単には時間を作れないはずだ。何とか空き時間を確認して、しっかりと話を聴きたい――しかし学校を出て来た真菜は、大友の話を聞くなり、「塾は少しサボってもいいです」とあっさり言った。

「大丈夫なのか？」

「今日の早い時間の授業は、どうでもいいですから」真菜が舌を出した。

「よし、家には内緒にしておこう」大友は彼女の悪戯心に賭けた。「何か美味しいものでも奢るよ。三十分ぐらい、話を聴かせてくれないか」

「いいですよ……でも、この辺って、美味しいお店があまりないんですけど」

「スイーツとかは？」

「あー、それは……一番期待できないです」

小学生の頃のイメージしかなかったのに、真菜はいつの間にかひどく大人っぽくなっていた。先日家で会った時には、家族がいたから遠慮してあまり口を開かなかったのだろう。中学生というのは、子どもと大人の狭間にいる年代だが、真菜の場合は大人の色合いを強く持っているようだった。

結局、駅前にあるチェーンのカフェに入った。ここならデザートメニューもたくさんあるので、真菜の口を緩くすることもできるだろう。真菜はフレンチトーストとカフェラテを選び、大友と美来はブレンドコーヒーにした。

フレンチトーストが運ばれてくると、真菜は喜び勇んでフォークとナイフを取り上げたが、ふと手の動きを止めて大友の顔を見詰める。

「一人だけって、何か食べにくいんですけど」

「気にしないでくれ。僕はもう、おやつを食べるような年じゃないんだ」

「私も……ダイエット中だから」ダイエットにまったく縁のなさそうな美来も同調する。

「自由に食べていいのは中学生までよ。遠慮しないで」美来が優しく言った。

「高校生になると、駄目ですか？」

「あなたは太りそうにないタイプだけどね」

「いやー」真菜がフォークでフレンチトーストを突いた。「それが、なかなか」

「でも、せっかく注文したんだから食べてくれよ」大友はコーヒーカップを取り上げた。

「じゃあ」

真菜がフレンチトーストの角を切り取り、口に運んだ。ゆっくり嚙み締めると、満足そうな笑みを浮かべる。

大友はコーヒーを一口飲み、美来と視線を交わした。取り敢えず美来が話を切り出すことは、事前の打ち合わせで決めていた。大友は昔からの知り合いで話はしやすいとはいえ、できるだけ柔らかい雰囲気を作るために、女性に任せる狙いである。美来にとってはトレーニングの意味もあった。刑事の仕事の大部分は、人と話すことだからだ。いい刑事は、イコールコミュニケーションの達人である。

「茗荷谷中に、前田先生っているでしょう？」美来が訊ねる。

「マエクニですか？」真菜が皿から顔を上げたが、早くも不審気な表情を浮かべていた。

「社会の先生ですけど……」

「どんな先生？」

「どんなって……」真菜がフォークをそっと置いた。何か聴かれることは予想していたはずだが、こんな話だとは想像もしていなかったに違いない。

「どういう人？」美来が微妙に質問を変えた。

「いい先生ですよ」真菜が当たり障りのない答えを返した。

「性格とかは？」

「あー、それは……難しい人です」

「難しいって、どういう意味で？」

「一言では言い表せない感じ？」真菜が首を傾げた。

「複雑？」同調して美来も首を傾げる。「簡単に説明できない性格っていうこと？」

「そうですね。あ、でも、一言で言うと暗いんですけど」

　ああいう感じの人は、中学生から見ると「暗い」になるのか……呑み屋で一緒になった時、大友は「静かな人だ」という印象を抱いた。どんな話になってもあまりトーンが変わらず、淡々と話し続ける。ただし、少し皮肉っぽい。大人としてはごく普通な感じなのだが、中学生から見ると、テンションの上がり下がりがない感じは暗く見えるのかもしれない。

「授業とか、どんな感じ？」

「普通ですよ。普通の授業です」

「暗い」ではなく「普通」になった。この修正の意味は何だろうと大友は訝った。先生の悪口を言ったことを後悔したのか。

「教わってるんでしょう？」

「社会を教わってますけど、私は授業で会うだけですよ」真菜がまたフォークを取り上げ、フレンチトーストを突く。何だか、急に汚い物に感じ始めたようだった。

「暗いってさっき言ったけど……」

「暗いけど熱心？」

「それって、真逆じゃない」美来が笑いかけた。

「授業は普通なんですよ。あ、あと、相談にはよく乗ってくれるみたいです。私は相談したことないけど」

「それは、個人的な相談？」

「中学生だと、いろいろあるじゃないですか」まるで自分はとうに成人して、中学校時代が遠い過去になったような口ぶりだった。

「あるわねえ」急に、美来の口調が緩む。「何だか、いろんなことが気に食わないし」

「あー、そういう子どもっぽい悩みもありますよね」

「あなたは？」

「ないですよ。気に食わないって言って騒いでも、何にもならないし」

「大人ねえ」

真菜の肩がすっと落ちた。ここまで、やはり緊張していたのだと分かる。

「子どもっぽいのって、馬鹿みたいじゃないですか」

「中学生でそれが分かるのって、なかなか凄いわよ」

「パパとママには『つまらない子どもだ』って言われてますけど」

「まだ子どもでいて欲しいんじゃない？」

「そんなこと言われても、ですよねえ」

急に雰囲気が柔らかくなり、二人の会話が上手く転がり出した。そう言えば、小学生の頃の真菜は、話し好きだった——話し好きというか、とにかく「自分を見て」というタイプ。小学校の低学年ぐらいまではよくあるのだが、大人の目を引こうと、ひたすら話し続ける。結局、そのまま中学生になってしまった感じなのだろう。

「マエクニのこと、『駆け込み寺』って呼んでる子もいますよ」真菜が打ち明ける。

「悩み相談室みたいな？」

「あ、そんな感じです」真菜がうなずく。「話しやすいのは話しやすいんで……それに、秘密厳守みたいですね」

「そうなんだ」感心したように美来がうなずく。「信頼できる先生なのね」

「私は関係ないですけどね」真菜は「私は」を強調する。前田とは、微妙に距離を置こうとしているようだった。

「前田先生に相談したことはないのね？」美来が念押しした。

「相談するような悩みなんかないですから」

「他の人は、どんなことを相談してたの？」

「いろいろです。家のこととか、友だちのこととか。もちろん、勉強のことも」

「そういう意味では人気の先生なのね？」

「相談は無料ですし」

真菜の台詞に、美来が軽く声を上げて笑った。この二人は何となく気が合いそうだ、と大友は頼もしく思った。これまでの感じだと、大友が口を挟む必要はまったくない。このまま美来に任せよう。

「授業は普通なんですけど、相談されるとむきになるっていうか……授業よりも、相談を受ける方を大事にしているっていうか」

「じゃあ、生徒さんには好かれてるでしょう」

「悩んでる子には、評判いいですよ」真菜がうなずく。しばらく放置していたフレンチトーストにまた手をつけた。「話したいって言うと、ずっと学校に残って話を聴いてますから。休みの日でも、会いたいって言われると出て来るみたいですよ」

「それは熱心ね」

「ちょっと行き過ぎ？　みたいな感じもしますけど。そこまで話を聴いてくれなくてもっていう感じですよね」

「でも、そういう先生がいると、何かと安心じゃない？」

「そうかなあ」真菜が首を捻る。「そこまでやる先生って、いないでしょう？　逆に怖いですよ。親だって、そんなにちゃんと相談には乗ってくれませんよ」

教育熱心、というのとは少し違うようだ。授業はまあまあ普通なのに対して、その他の部分——人間教育と言うか生徒指導と言うか——に全力投球の感じだろうか。少し変わったタイプの教師かもしれない、と大友は頭の中で前田のイメージを微妙に修正した。やはり、呑み屋で一時間ぐらい話しただけでは、人間の本質は分からないものだ。そういうのを見抜く能力には長けていると自負していたのだが。

「誰か、前田先生に相談してた人、知ってる?」美来が一歩踏みこんだ。

「いますけど……何なんですか?　マエクニ、何かしたんですか?」

「そういうわけじゃないのよ」前のめり気味に、美来が否定した。「ちょっと捜査の関係で……いろいろな人に話を聴かなくちゃいけないのよ。前田先生にもね。いきなり話を聴くよりも、どんな人か分かってから話を聴いた方がいいでしょう?　初対面だと上手くいかないし」

「そう、ですね」納得した様子ではなかったが、真菜が話を合わせる。

「だから、誰かそういう人——前田先生に相談していた人を知ってたら、紹介してくれない?」

　真菜が助けを求めるように大友を見た。この子にとって僕は、刑事ではなく未だに「優斗君パパ」なのだろうか……ずっとその「顔」で押し通すこともできるが、ここはやはり「刑事の顔」を見せることにした。

「真菜ちゃん、警察の仕事はいろいろ難しいんだ。僕が一番嫌いなのは、無駄に人を傷つけることでね……だから、とにかく気を遣うんだよ」

「よく分からないです」

「説明もできないんだけど、警察の仕事ってそういうものなんだ」

「何だか心配なんですけど……」

「君が心配する必要はない。迷惑をかけるようなことは絶対にないから」

「はい……」

「それと、この件はお母さんには絶対に内緒で」大友は唇の前で人差し指を立てた。

「お母さんが知ったら、皆に話が広がりそうだから」

「ああ……そうですね」真菜が薄い笑みを浮かべる。母親の話し好き、噂好きに、普段からうんざりしているのかもしれない。

「変に話が広がると、前田先生にも迷惑がかかるかもしれないから。僕たちとしては、そういうことは絶対に避けたいんだ」


「私、どうでした?」店を出て真菜と別れた後、美来が心配そうに訊ねた。

「上出来だよ。相手を上手くリラックスさせて、必要な情報は手に入れられたし。中学生の相手は、さすがに年齢が近い君の方がいいみたいだね」

「でも、中学生に話を聴く機会なんか、あまりないですよ」

「できるだけ経験した方がいい。これから少年関係の部署に行くかもしれないだろう?何でもやっておいて損はないよ。さて……」大友は腕時計を見た。午後四時半。真菜とは結構長く話しこんでしまった。真菜は母親の話し好きに迷惑しているようだが、その実、しっかり母親の血を引いているのは間違いない。「次のターゲットを狙おうか」

「でも、驚きました。こんなにたくさんの人に頼られているって、前田は人望が厚いんですね」

「生徒から見ればね……とにかく、上手く話を聴く方法を考えないと」

家を直接訪ねるのはまずい。家族を不安にさせてしまうだろう。真菜を待ち伏せしたように、学校の外で待っているのが一番いいのだが、それでは事情聴取が明日回しになってしまう。できるだけ、今日のうちに話を聴きたい……大友はスマートフォンを取り出し、別れたばかりの真菜に電話をかけた。

勝手な頼み事だが、真菜は快く引き受けてくれた。これは刑事としての能力か、あるいは昔懐いてくれていた「優斗君パパ」への愛想なのか。

大人になりかけの中学生の気持ちを推測するのは難しい。


午後七時過ぎ、大友と美来は茗荷谷駅に近い学習塾の前にいた。問題の子――真菜の同級生の青山麗奈(あおやまれいな)の授業が終わるのがこの時間なのだ。真菜も一緒に出て来て、大友に引き渡すという。引き渡す、というと犯罪者のようだが。

駅前のビルにある学習塾から、子どもたちがぞろぞろと出て来る。停めてあった自転車に乗ってすぐに走り去る者、友だちとだらだら話しながら近くのコンビニエンスストアへ歩いて行く者……いかにも塾終わりの、少し緩んだ雰囲気だ。大友も何度か、優斗の塾が終わるのを待って待ち合わせたことがあるので、こういう雰囲気はよく知っている。がやがやと騒がしいのも同じ。中学生というのは、三人集まるととんでもない騒音源になる。

　真菜が大友に気づき、さっと頭を下げた。一緒にいるのは、中三にしては背の高い――真菜よりも大きい――女子だった。顔つきも少し大人びていて――化粧でもしたら大学生ぐらいに見えるだろう――不機嫌な表情を浮かべている。警察官と引き合わされて、機嫌よくいるのは難しいだろうが。

「麗奈です」真菜がごく自然な調子で麗奈を紹介した。「あの、私は……」

「ああ、早く帰った方がいいんじゃないかな」大友は笑みを浮かべた。「菜津子さん、遅くなると煩いんじゃないか？」

「そうなんですよ」真菜が苦笑する。すぐに麗奈に顔を向け、「じゃあ……」と申し訳なさそうに言った。

「真菜、貸しだからね」麗奈がぶっきら棒に言う。

「分かってるよ。何かで返すから」

「高いよ」

「分かってるって」

　ようやく麗奈が笑った。そうすると、さすがに子どもっぽい表情になる。

　真菜が手を振って、麗奈から離れた。残された麗奈は、一瞬大友の顔を見て、すぐに視線を外してしまった。ちょっと壁がある……本当はどこかで落ち着いて話したいところだが、この時間だとそれも難しい。家までの道のりを利用して話すしかないが、どれぐらいの猶予があるのだろう。取り敢えず今日をきっかけにして、今後の事情聴取につなげるか。

「あの……ご飯食べていいですか？」麗奈が突然言った。

「帰らなくて大丈夫なのかな？」突然の図々しい申し出に、大友は内心驚いた。

「今日は……夜は一人で食べなくちゃいけない日なんです」

「ご両親は？」

「二人とも仕事で」

「ああ、そういう時は、家で一人で食べるんだ」こういう子もいる、と大友は納得した。

「お金を貰っているんで……コンビニでいろいろ買って適当に」

今の短い会話でも、麗奈に関する情報が多少は手に入った。両親は共働き。二人とも夜遅くなることがある。しかしそれで悩んでいるわけではない——毎日コンビニ飯でも問題ない、という感じだった。

「じゃあ、今日は僕たちが食事を奢るよ。一食分浮けば、貰ったお金はそのままお小遣いになるだろう」

「それ、まずくないですか？」麗奈が眉間に皺を寄せる。

「大丈夫。これは仕事なんだから。それに、そんなに遅くはならないよ。もしも何か言われたら、ご両親にはきちんと説明するし」

「あー、でも……うちの親、煩いですよ」

「大丈夫。煩い人の相手は得意だから」

「父親、弁護士なんですけど」麗奈が急に声を低くした。

「弁護士さんとのやり取りにも慣れてるよ」実際はそれほどでもないのだが——刑事が弁護士と直接話をする機会はあまり多くない——大友は笑みを浮かべて麗奈を安心させようとした。「とにかく、我々も食事の時間なんだ。一緒にどうかな」

「いいですけど……」乗り気ではない。しかし拒否したわけではないのだから、任意の事情聴取はこれで成立だ。

茗荷谷駅前、春日通り沿いには飲食店が少ない。結局、チェーンのイタリア料理店に落ち着いた。話を聴くのにあまりいい環境ではない……店内は混み合っていて、テーブル席はファミレス風に独立しているが、隣の人に話を聴かれてしまいそうだ。とはいえ、ざわついているから、誰かが聞き耳を立てても聞こえないだろうと判断する。

この店はとにかく安く、小遣いに乏しい中学生でも、しっかり食事ができるような値段だ。何しろパスタが三百円台から……大友は席について、まず周囲を見回した。この値段に引かれて、茗荷谷中の生徒たちがたむろしているかもしれない……幸い、近くの席に、中学生らしき姿は見当たらなかった。

麗奈は、つまらなそうにメニューを眺めていた。コンビニエンスストアで弁当を仕入れて、一人自宅で食べるよりはましなはずだが、特に嬉しそうではない。警察官二人を前にした緊張の方が強いのだろう。

「ここにはたまに来るんだ」大友は気楽な調子で話し出した。「うちの子も中学生でね。安くていいよね。その割に美味いし」

「まあ……そうですね」

「何にする？　ピザでも、パスタでも」

「ああ……あの、ちゃんと食べていいですか」

麗奈の中では、ピザやパスタは「ちゃんとした食事」のうちに入らないのかもしれない。

「もちろん」

「ハンバーグとか」

「いいね」大友はまた笑みを浮かべた。我ながら刑事らしくないと思うこの笑顔で油断する人もいるのだが、中学生には通用しないようだ。美来に顔を向け、「僕たちもハンバーグにしようか」と持ちかける。

「そうですね」

結局麗奈と美来はチーズがたっぷりかかったイタリアンハンバーグ、大友は普通のハンバーグにした。ざわつく店内では声が通りにくいのだが、大友はテーブルの上に身を乗り出すようにして話し始めた。

「前田先生のことを教えて欲しいんだ」

「教えるって……何をですか」

「どんな人なのか、知りたいんだ。よく、生徒の相談に乗る人みたいだね」

「ああ、まあ……」麗奈が曖昧に答える。「そうですね」

「君も？」

「そういうこと、あまり言いたくないんですけど」

「分かるけど、君の事情が知りたいわけじゃない。知りたいのは前田先生のことなんだ」

「でも、ちょっと話しにくいです」

「それは分かるけどね」大友は粘り強く説得した。「大事なことなんだ。前田先生の一番近くにいるのは君たちじゃないか。前田先生をよく知っているのは、まさに君たちだと思うんだよ。違うかな？」

「マエクニは……駆け込み寺なんで」

「そういう話は聞いてるよ」大友はうなずいた。「話しやすい人なのかな」

「まあ……そうですね」

「今の先生って、生徒たちから見たら、なかなかつき合いにくいんじゃないかな」

「えー？　でも、普通ですよ」

　彼女の「普通」の感覚がよく分からない。時代や地域によっても違うわけだし……少なくとも大友が子どもの頃は、先生はやはり先生で、気軽に話しかけられなかった。しかし優斗は、先生たちのことを、友だちのことを話題にする時のような口調で話す。

「マエクニって、何か暗いんですよ。話し方とか……」

「でも、生徒には信頼されてるんだろう？　だから皆相談に行くんだろうし」

「そう、ですね」麗奈が口を濁す。「友だちから、そういう話は聞いてました」

「で、君も相談に行った？」

「あの……自分のことは喋りたくないんですけど」この件については、麗奈は頑なだった。

「もちろん、相談内容は教えてくれなくていい。その時、前田先生がどんな風に対応してくれたか、それだけでいいんだ」

「神、ですね」

急に麗奈が顔を上げる。最近、「神」という言葉が気楽に使われ過ぎている感じはするが……彼女は真剣な表情だった。

「そんなに？」大友は目を見開いた。

「内容は言いたくないですけど……半年ぐらい前、放課後にたまたまマエクニと会って、ちょっと愚痴を零したんです。マエクニ、黙って聞いてたんですけど、次の日に会ったら、いきなり『その後はどうかな』って。覚えてたんだな、ってびっくりしました。本当に、ちょっと愚痴を零しただけだったのに」

「それぐらい、気にかけてたんだね……それで？」

「それから一週間ぐらいして、本当にヤバくなって、日曜日に公園で落ちこんでたんですよ。部活に行かなくちゃいけなかったのに」

「部活は、何を？」

「バスケットボールです。もう引退しましたけど」

「あ、私も高校までバスケットをやってたのよ」美来が突然言った。

「本当ですか？」麗奈が話を合わせたが、あまり熱心な様子ではなかった。

「一応、インターハイも出たのよ」

「マジですか」今度は大きく目を見開く。「インターハイ」が魔法の言葉になったようだった。

「二回戦で負けたけどね」美来がちょっと舌を出した。「私は二年生だったから、五分出ただけだし」

「でも、すごいですよね。インターハイ……」

「高校でも続けるの？」

「もうちょっと身長が伸びないと」麗奈が頭の上で掌をひらひらさせた。

「私は高校時代から全然伸びてないわよ。百五十五センチのまま。でも、スリーポイントっていう武器があったから。それに、大きい選手は足元が弱いから、ドリブルで抜くのが快感よね」

二人の間で、急にバスケットボール話が盛り上がった。それは料理が運ばれてきてからも続く。無駄と言えば無駄で、かすかに苛ついてきたが、それでも麗奈の心を解（ほぐ）すには必要な時間だ、と大友は自分に言い聞かせた。

料理をあらかた食べ終えたところで、麗奈がぽつりと漏らす。

「部活のことで困ってたんですよね……」

「それ、本来は部活の顧問の先生に相談することじゃないの？」美来が突っこんだ。

「何だか、逆に監督には言い辛くて」

ぽつぽつと続く麗奈の説明を聞いているうちに、事情が分かってきた。よくある運動部の内紛——大友の感覚では内紛とも言えないようなことだが、中学生にとっては重大な問題だったのだろう。

麗奈は二年生の途中から、副キャプテンを務めていた。ところが三年生になった頃から、キャプテンとの関係がぎくしゃくし出し、チームが二つに割れてしまったのだという。麗奈はキャプテンに積極的に話しかけて、何とか関係を改善しようとしたのだが、キャプテンの方ではまったく受け入れようとしなかった。麗奈の感覚では、一方的に毛嫌いされている感じ……チーム内の分断は深刻になり、練習すらまともにできないようになった。結果、試合でもまったく勝てなくなり——麗奈はつい、前田に愚痴を零してしまった。というより、実際には「何だか最近、元気がないな」と向こうから話しかけてきた。

「その日曜日に練習をサボった時に、ついマエクニに電話してまた愚痴を零しちゃって。そうしたら次の日、マエクニに呼び出されたんですよ」

「それで？」今や美来が話の流れをコントロールしている。

「キャプテンがいたんでびっくりして。マエクニがいきなり、『誤解だよ』って言い出したんです。それで話してみたら、本当にただ誤解していただけだって分かったんです」

試合の時に、麗奈がキャプテンの指示を聞き逃した——揉めたきっかけはそれだけだったらしい。麗奈は本当に聞き逃しただけで、試合後に謝罪したのだが、キャプテンは無視されたと一方的に思いこんでいたようだ。それが去年の十二月。キャプテンは思いこみが激しいタイプのようで、しかも麗奈の悪口を言ったら他の選手たちが焚きつけて、亀裂が広がってしまった。大友の感覚では非常に下らない理由だが、中学生の部活など、この程度のトラブルで崩壊してしまうだろう。

「それで結局、マエクニが仲介してくれて……」

「仲直りした？」美来が先を促す。

「馬鹿みたいでした」麗奈が肩をすくめる。「二人でわんわん泣いて。その時も、マエクニは黙って見ていてくれたんですけどね。それで、ちょっと落ち着いたら、『じゃあ、頑張って』って、それだけ言って」

「あっさりしてたのね」

「そうですね。でも、私たちの最後の試合……今年の七月の試合は観に来てくれたんですよ。顧問でも何でもないし、別にバスケットも好きじゃないはずなのに。試合の途中で気づいたんで、終わってから挨拶に行こうとしたんですけど、もういなくなっていて。次の日に学校で挨拶したんですけど、『行ってないよ』って恍けられました」

「不思議な感じの人みたいね」

「そう、ですね。いろいろしてくれるんですけど、一段落したら、自分は全然関係ない、みたいな顔をして。たぶん、忙しいんだと思いますけど」

「他の子の相談に乗ったりして？」

「人生相談に関しては、マエクニは売れっ子ですよ」麗奈が皮肉っぽく言った。「でも、何か暗いんです」

「そんなに親身になって相談に乗ってくれる人だったら、生徒たちには人気だと思うけど……どうして暗いって言われるんだろう」大友は思わず聞いてしまった。

「分からないけど……暗いんですよ」麗奈が少しむきになって繰り返した。「たぶん、他の先生たちとは全然つき合いがなくて。普通、先生同士ってよくつるむじゃないですか。でも、一緒に呑みに行ったりもしないみたいです。いつも一人で帰るし」

「じゃあ、自由な時間は、全部生徒のために使っていたわけか」

「そんな感じじゃないですか？　マエクニに相談に乗ってもらってる子、多いと思いますよ。他の先生だったら首を突っこまないようなことでも、聞いてくれますから」

「例えば？」

「家のこととか……」言ってから、麗奈が右手ではっと口を押さえた。「噂です、噂」

「学校の先生は、なかなか家の事情にまで口を挟まないけどね」

この件は、「教育の範囲はどこまで及ぶか」という問題に辿り着く。理想は、学校と家庭が一体になって子どもを育てることだが、現代においてはそういうやり方は難しくなっている。昔――それこそ、地域のコミュニティが機能していた頃は、学校と家庭が一緒になって問題を解決していただろう。しかし今は、個人情報を守ることが優先される時代である。家庭内でどんなに大変なことがあっても、教師は首を突っこみにくい。単に相談に乗っただけでも「余計なことをするな」と言われるのだ。

「まあ……すみません、今のは忘れて下さい」

そう言われるとむしろ気になる。子どもたちには子どもたちで独自の情報網があり、家の事情も丸わかりになってしまっている。

「家がどうしたんだ?」大友はなおも突っこんだ。

「あの、マエクニって、本当は怖い人なんじゃないかと思うんです」麗奈が唐突に言った。

「怖い? 今までの話だと、そんな感じは全然しないけど」

「ちょっとだけ……最後の試合が終わってしばらくしてから、改めてお礼を言ったんです。その時マエクニは『大したことはないよ』って言って。『本当に怖いのは家族の問題だから』って……そう言った時の顔と声が怖かったんです。見たことない顔でした。何か裏があって、それがたまたま表に出ちゃったみたいな」

やはり「家」の問題か……果たして前田は、何を懸念していたのだろう。

大友はなおも、麗奈に突っこみ続けた。最終的には喋らせることに成功した――中学生相手に少し厳しくしてしまったが、この際しょうがない。少なくともこれでもう一人、会うべき生徒ができた。

4

麗奈と会った日の夜、打ち合わせをした時に、柴と敦美は揃って同じような印象を口にした。

「俺は、暗いっていう話しか聴かなかったよ」

「私も」敦美が同調する。

「暗いという印象は、僕も聴いた」大友も認めた。もう一つ、麗奈が言った「本当は怖い人」が引っかかっている。

「四十歳独身、他の先生たちともつき合いがない。趣味の活動をするわけでもない――そりゃあ、生徒から見たら暗い感じだろうよ」柴が皮肉っぽく言った。四十を過ぎて独身は柴も同じなのだが、彼の場合は大友も含めて仲間がいくらでもいる。

「もっと開けっ広げに生徒たちと接していたら、『暗い』とは思われないはずだよね」

「そう」柴がうなずく。「生徒の相談を受けるのも、何だか隠れてこそこそやってる感じ——いや、別に悪いことじゃないと思うよ？　生徒をよく観察していて、ちょっとした異変にもすぐに気づいてるわけだから。そういう先生がいたら、俺ももうちょっとましな中学時代を送ってたと思うな」

「何だ、そんなにひどかったのか」

「あの三年間は、暗黒時代だったねえ」柴が真顔でうなずく。「とにかく親と上手くいってなくてさ。学校にいる時が楽で、家に帰ると地獄だった。テツの場合は、そんなことはなかっただろう？　そう言えば、親父さんも学校の先生だったよな」

「ああ。でも高校だから、前田とはちょっと状況が違う——中学生と高校生は別の存在と言っていいからね。それに長野だから、のんびりしてたと思うよ」

「東京の中学生の方が、何かとストレスが溜まるんだろうな。この中に東京出身者は……いないか」柴が他の三人の顔を見回した。「芦原、出身は？」

「栃木です」

「じゃあ、テツ以上にのんびりした中学校時代だっただろう」

「そうですね。スカートの下にジャージを穿いて自転車通学、みたいな感じでした」

柴が声を上げて笑う。今のは、単なる寒さ対策の話だったと思うが、柴は「のんびりした中学生」のイメージと捉えたのだろう。

さっと立ち上がると、柴が大きく両手を上げて背伸びした。

「さてさて、後は明日にするか。今日はどうする？　ちょっと中締めで呑みに行くか？」柴は酒が強いわけではないが、酒の席は大好きだ。基本的に寂しがり屋で、皆でわいわいやるのが好きなのである。一方敦美は、好きな酒を一人でとことん呑むタイプである。

「今日はやめておくよ」大友は立ち上がった。「洗濯物が溜まってるんだ」

「相変わらず所帯じみてるねえ」柴が短く笑う。「洗濯ぐらい、優斗にやってもらえばいいじゃないか。洗濯機に放りこんで、スウィッチを押すだけだろう？　面倒なのは干す時だけだ」

「受験生に、そんなことさせられないよ……とにかく、まだ捜査が進んでいるとは言えないんだから、今日はもう解散して明日に備えよう」

　大友は鈍い疲れを感じていた。何とも回りくどい——周辺からじりじり攻めていかねばならないので、最短距離で捜査が進んでいる感じがしないのだ。もちろん、こういう風に搦め手から攻めていかねばならない時もあるが、どうにももどかしくてならなかった。

　学校関係者が絡んでいるかもしれない事件には、細心の注意を払わなければならないのだが。

　町田駅に着いて十一時過ぎ。十月も終わりに近づき、この時間帯になると街はぐっと冷えこむ。都心に比べて、八王子辺りは最低気温が二度は低いとよく言われるが、町田も同じようなものだろう。そろそろコートを用意すること、と大友は頭の中でメモした。

小田急町田駅の北口は、小さなロータリーになっている。ここから北へ続く細い道路を歩いて行くと、十分ほどで大友が借りているマンションに辿り着く。あまり色気はない街……この通りにも飲食店がぽつぽつと並んでいるだけで、歩いているのは、明らかに残業帰りのサラリーマンばかりだ。もう閉まっているが、北口のすぐ外にある立ち食い蕎麦屋は、閉店時刻近くになっても、いつも賑わっている。遅くなったサラリーマンたちが、ここで小腹を満たしていこうと立ち寄るのだ。

今日は、ハンバーグがまだ胃の中に残っていたし、蕎麦屋も閉まっている。取り敢えず風呂、洗濯、それにビールだな……ささやかな家事に、ささやかな喜び。何だか自分が、ひどく矮小な人間になってしまったように感じる。

一方通行の道路を二分ほど歩くと、一戸建ての家がちらほらと見えてくる。この辺が町田の特徴で、ありとあらゆる形式の住宅が街中に詰めこまれた感じなのだ。今やどこの街でも見られるようになったタワーマンションがまだないのは、そのせいだろうか。巨大なマンションを建てるための敷地が確保できないのかもしれない。

ホテルの手前で右折し、毛細血管のような細い道路を歩いて行く。ほどなく、小田急線の踏切を越えて駅の南北をつなぐ、そこそこ広い道路に出た。ここが北口のメーンストリートなのだが、やはり色気はない……別に風俗店や派手な呑み屋が必要だとは思わないが。

元々大友は、この街にはまったく縁がなかった。いや、ある意味濃い縁はあった——菜緒が生まれ育った実家のある街なのだ。彼女が交通事故で亡くなった後、義母の聖子に頼るためにこの街に引っ越してきてから、ほぼ十年。優斗はここで小学校、中学校に通い、大友にも地元の知り合いがたくさんできたのだが、今でも「仮住まい」という感じがしてならない。地方出身者はずっとこんなものか。都内でマンションを買うか、家を建てない限り、なかなか「自分の街はここだ」と胸を張りにくいのかもしれない。大友の場合、これから家の問題をどうしていくかは、まったく決めていなかった。気楽な賃貸暮らしだから、もっと都心部に近い街に住む手もある。その辺もほとんど優斗次第——優斗の進学先に合わせて決めるべきだ。金はないでもない。父子二人暮らし、そんなに金を使うこともないし、警察官の給料は悪くないのだ。新しい街へ引っ越し、生活を一から立て直す準備はできている。優斗も高校生になれば、もう聖子の手助けもいらないだろうから……いやいや、それはまだ無理か。自分が好きに仕事をしている間、優斗に一人で家を任せる訳にはいかない。高校生になれば、勉強以外でやりたいことも出てくるだろうし。

東京に住むのは面倒なものだ。

ふと、前田のことを思う。前田も自分と同じ、地方出身の東京在住者である。しかも教員の場合も転勤があるから、彼自身、何度も引っ越してきたはずだ。独身だから気軽とはいえ、数年に一度引っ越しを繰り返す生活は、落ち着かないものだろう。

スマートフォンが鳴った。こんな時間に誰だろう……と取り出すと、実家の母だった。父に何かあったのでは、とまずそれが心配になる。両親は二人とも健康とはいえ、もう七十歳をとうに超えているのだ。いつ何があってもおかしくはない。

「何度か電話したんだけど」

「ああ……気がつかなかった。今、仕事が忙しいんだ」

「忙しいのはいいけど、優斗は大丈夫なの？」

「今や僕より主夫だよ」母親の口調が呑気だったので、大した用ではないと判断する。

「それより、こんな遅くにどうしたの？」

「優斗の進路のことだけど、ちゃんと話してるの？」

「時々は」答えながら首を捻った。いきなり何を言い出すのだ？

「優斗、どうするつもりだって？」

「まだ志望校を絞り切れてないみたいだけど」

「そろそろ決めないと、準備が間に合わないんじゃない？」

「東京は高校の選択肢が多いから、絞りこむにも時間がかかるんだよ。願書を出すぎりぎりまで悩む子もいるぐらいだから」

「そう……あの子、ちょっとのんびりしているところがあるから、少し急かすぐらいでちょうどいいんじゃないかしら」

「母さんは、田舎での優斗しか知らないから、そんな風に思うんだよ。ちゃんと毎日、受験勉強はしてるよ」

　優斗は去年、今年と夏休みの間はほとんど、大友の出身地である佐久に行っていた。大友はお盆のタイミングで帰省しただけなのだが、優斗は向こうの暮らしをすっかり気に入っている様子である。というより、基本的に暑さに弱いので、夏の東京が嫌いなのだ。「やっぱり涼しい方が勉強がはかどる」と嬉しそうに言ったものだが、大友に言わせれば、冬の辛さを知らずに「佐久の方がいい」と言うなど笑止千万だ。一月、二月には最低気温がマイナス五度以下に落ちこむこともしばしばである。

「とにかく、ちゃんと話しなさいね。もう十一月なんだから」

「……そうだね。確かにそろそろ、はっきりさせた方がいいと思う」

　今さら志望校について真面目に話すのも何だか照れ臭いのだが……それでも、今夜は帰ったら少し話そうと決めた。高校から大学への進学は、優斗の人生を大きく左右することになるだろうから。よし、洗濯を後回しにしても、今夜は親子の会話を優先だ。

　優斗はちょうど、寝ついたところだった。


　翌日、大友は久々に前田と会うことにした。優斗と話さなければならないのだが、捜査も進めなければならない。今度は偶然を装うのではなく、前田の携帯電話にショートメッセージを送る。

今日、東京へ出て来ているんですが、会えませんか?

午前中に送ったメッセージに返事がきたのは、午後遅くになってからだった。授業のある時間帯は、携帯にも反応できないのだろう。

こちらは大丈夫です。この前の店にしますか?

すぐに飛びついて返信するのも何なので——がつがつしていると思われたくない——大友は五分ほど待ってから「六時半でどうでしょう」とメッセージを送った。今度はすぐに「了解です」と返事がきた。

今回は、敦美にヘルプを頼むことにした。近くに座ってもらい、前田の様子を観察する。敦美は瞬時躊躇った。

「私、目立つわよ」

実際、彼女は目立つ。身長は大友と同じぐらい。しかも学生時代に女子ラグビーの選手として活躍していた名残りで、体はまだがっしりしている。それに反して可愛げのある顔つきなので、「アイドル系女子プロレスラー」と揶揄されているのだ。そんな彼女が一人であの居酒屋にいたら、確かに目立つだろう。前田の記憶にインプットされてしまう恐れもある。大友はもう顔を晒してしまっているし、できるだけ警察側の顔は覚えられたくない。

「じゃあ、芦原と一緒なら?」

「居酒屋で女子会ねえ……」敦美が首を捻る。「私、焼酎や日本酒は好きじゃないのよ」

「ハイボールがあるよ」

「ウイスキーを薄めるなんて、邪道もいいところだわ」

奇妙な拒絶反応も、一種のじゃれ合いだと分かっている。やる、やらないであれこれ屁理屈を飛ばし合う――まだ捜査が行き詰っていない証拠だ。本当に追いこまれたら、こんな話は出ない。

「何だよ、じゃあ、今夜は俺は一人飯か」話を聞いていた柴が、唇を尖らせる。

「一人飯は慣れてるでしょう」敦美がからかうように言った。

「寂しがり屋なんだよ、俺は」

「そろそろ、そういう寂しさが死ぬまで続くって覚悟した方がいいわよ」

柴がぐっと唇を引き結ぶ。しばらく前までだったら、柴は必ず言い返し、二人の間で小競り合いが起きていただろう。四十を過ぎても結婚しない――できない同士の、間の抜けた言い争いだ。しかし去年、敦美が結婚詐欺の被害に遭っていることが分かって以来、柴は妙に気を遣っている。敦美の方はいつも通りで、むしろ以前と同様の刺々しいやり取りを望んでいるような気配もあるのだが、柴はすっと引いてしまう。

「とにかく、六時半に店で会う」大友は話に割って入った。「君は少し先に行って、席を確保してくれないかな」

「隣同士のテーブルになるかどうかは分からないわよ」

「そこは何とか……君の座り位置を見て、こっちがどこに座るか決めるから」

「じゃあ、六時半に現地集合で」

うなずき合って、大友たちは別れた。柴と敦美は学校へ。生徒たちへの慎重な事情聴取は続いているのだ。大友と美来は、永橋たち幹部にこれまでの状況を報告した。

「そろそろ、呼ぶタイミングじゃないか」一通り報告を終えると、管理官の清川が切り出した。

「まだ早いと思います」大友は反論した。「今のところ、動機もありません」

「実は、一つ情報があるんだ。映像分析班からだが」

清川が、数葉の写真を大友の前に置いた。取り上げて見ると、防犯カメラの映像から切り出したものだとすぐに分かる。写っているのは……前田と見えなくもない。映像が斜め上からなので、顔がはっきりしないのだ。

「殺しの現場近くで撮影されていたものだ。映像分析班が、ひたすら前田の写真と映像を見比べて見つけた」

「大変な作業ですね」最近は、防犯カメラの映像から容疑者に辿り着くケースも少なくない。それ故、特捜本部ができると、そのうち何人かは映像分析班に回され、一日中、暗い画面と睨めっこすることになる。これはかなりしんどい作業で、「十二時間の連続張り込みの方がまし」と断言する刑事もいるほどだ。どこまで効果があるかは分からないが、分析班にはブルーベリーのサプリメントが差し入れられることもある。

「似てるだろう？」

「断定はできません」大友は写真を下ろした。

「自転車はどうだ？　前田は自転車を持ってるよな」

「ええ」

それも、似ていないでもない。前田が持っている自転車は、いかにも軽量そうなクロスバイクだ。ブランドを調べたところ、それほど高価なわけではなく、三万円ほどで買えると分かったが。自転車は趣味というわけではなく、近所へ出かける時の足のようだ。いずれにせよ、斜め上の角度から撮影されたものなので、断定はできない。自転車の特徴――フレームに書かれたモデル名などは、体に隠れてはっきりとは見えなかった。

「自転車の写真、確保できるか」

「大丈夫です」前田のマンションはオートロックでもなく、簡単に出入りできる。自転車置き場も確認していた。昼間は管理人が常駐しているのだが、文句を言われたらバッジを示せば済むだろう。「夕方、前田と会う前に写真は確保しておきます……でもこの写真だけでは、呼ぶにはまだ早いですよ」

「少し揺さぶって反応を見る手はあるだろう」清川も引かなかった。

「とにかく、今晩話をして、何か情報が出てくるかどうか……それから判断していただけますか？」

「呼ぶだけの材料が出てくることを祈ってるぞ」

清川も相当焦っているのだな、と分かった。事件発生から既に二週間ほど。まったく進展がないと言っていい状況で、上からも厳しく言われているのかもしれない。管理職というのも大変なものだ——普通の刑事だったら、自分の足で稼いでいる実感がある。しかし報告を待つだけの仕事は、何ともどかしいだろう。自分はやはり現場——いやいや、今はそれは考えられない。こういう日々が日常になるとは、まだ思えなかったのだ。

約束の時間より少し早い六時二十五分、大友は居酒屋に入った。先日よりは空いている。前田はまだ来ていない。一方、敦美と美来は既にテーブルについていた。大友は先日話した女性店員——向こうも大友を覚えていた——に「後から連れが来ますから」と告げて、勝手に敦美たちの横のテーブルに座った。結果的には何も言われない。

見ると、敦美の前に置かれたビールの大ジョッキは、ほとんど空になっている。来たばかりのはずなのに、ペースが早過ぎる。眉を吊り上げて見せると、敦美は素っ気なく肩をすくめた。

大友は先日と同じレモンサワーを頼んだ。この前はほとんど酔わなかった……どうも、アルコール分少な目で調合しているようだ。今回のような場合にはありがたい話だが。

約束の時間ちょうどに前田が入って来た。大友は軽く右手を上げて、笑みを浮かべる。

前田は真面目な表情のまま、ひょこりと頭を下げるだけだった。それを見た瞬間、大友の脳裏に「暗い」という言葉が浮かぶ。周辺の人間は、揃って前田をそう評していた……。

「どうも、急にすみません」大友は軽く一礼した。

「いや、今日辺りちょうど呑みたいと思っていたので」

「本当は、一人呑みでじっくりが好きなんじゃないですか?」

「そんなこともないですよ」前田が苦笑する。「一緒に呑む相手がいないだけです」

「そうですか?」

「いやあ、まあ……」

苦い表情を浮かべたまま、前田が右手をさっと挙げる。店員を呼ぶと、この前と同じように瓶のビールを頼んだ。例によって手酌で注いで、グラスを顔の高さに掲げて見せる。大友もレモンサワーのグラスを上げて、グラスを合わせずに乾杯した。この前に比べると少し濃い……どうも、店員によってアルコール濃度がかなり変わるようだ。気を抜くと酔っ払ってしまう。

「東京へはよく来るんですか?」

「ええ。今は、仕事の都合で、二週間に一回ぐらいのペースで来ますね。だいたい一泊して帰ります」

「大変ですね」

「でも、引っ越しに比べれば……やっぱり、引っ越しの方がいろいろ面倒ですよ。先生も異動と引っ越しがあるから大変ですよね？」

「数年に一度ですけどね。私は独身ですから、気楽なものです」自嘲気味に前田が言った。

「あ、そうなんですね」しれっとして、大友は話を合わせた。

「お恥ずかしい話ですけど、四十になってもまだ独身なんですよ」

「でも今は、珍しくもないでしょう。私の同期でも、まだ独身の人間は何人もいますよ。お忙しいからですか？」

「何だかんだで、教員が忙しいのは間違いありません」前田がうなずく。「私は部活は見ていませんけど、顧問になると土日も潰れて大変ですよ。公立でも、スポーツが強いところはありますからね」

「部活の指導には、授業とはまた違う大変さがあるでしょうね」先日もこんな話をした、と思い出す。

「今は、部活が大きな負担ですからね……こんなこと言っちゃいけないかもしれないけど」

「分かりますよ。過労死ラインを超えて残業している先生も多いんですよね？　ニュースで見ました」大友は話を合わせた。

「部活を指導している同僚は、毎日蒼い顔をしてますよ」

「そうなると、部活も考えものですよね。先生方に負担をかけるのも……そもそも息子には、そんな余裕がないかもしれません。中学校に入るタイミングで転校ですから……転校ばかりで、息子には迷惑をかけてますよ」

「でも、転校が多いと、子どもは強くなりますよ」前田がまたうなずき、ビールを一気に呑み干した。「初めての場所に溶けこむ能力が鍛えられます」

「そうですか？ なかなか馴染めなくて、いじめに遭ったり仲間外れになったり……そういう話も聞きますけど」

「息子さんはどうでしたか？」

「人づき合いが苦手で……中学ではどうですかね」大友は溜息をついて見せた。「基本的には、のんびりした田舎の子ですから。中学校から東京になると、結構カルチャーショックというかギャップがあると思います」

「まあ、困ったらいつでも相談に乗りますよ」

「それは助かりますけど、担任にならなかったら……」

「関係ないです」少し強い口調で言って、前田がビールをグラスに注いだ。先日のせっかちな注ぎ方と違い、今日は実に上手く注ぐ……薄い泡の膜ができて、ビールの旨味を閉じこめているようだった。「もちろん、学校は基本的に学年、それにクラス分けされていますけど、だからといって、自分が直接見ている子どもたちの面倒だけみていればいいっていうものでもないでしょう」

「それは理想じゃないですか？」大友は少し挑発してみた。「学校の先生が忙しいのはよく知ってます。それこそ、自分のクラスの面倒を見るだけで一杯一杯じゃないですか」

「それは怠慢ですよ」前田が鼻で笑った。「子どもたちのことを考えたら、二十四時間三百六十五日、教師であるべきなんです。どんな時間でも、休みの日でも、子どもに相談されたら真摯に応えないと」

「前田先生はそういう風にしているんですか？」

「ええ」

「それじゃ、気が休まらないでしょう」

「のんびりゆったり……いかにも公務員的な仕事をするために教員になったわけじゃないですから」

「えらいなあ」大友は大きくうなずいて見せた。「我々公務員は、とかく楽な商売だと思われがちなんですけど……」

「ああ、失礼しました」前田が苦笑する。

「でも、真面目にやったら大変なのは、当たり前ですよね」

酒が入るに連れ、前田はいかに自分が子どもたちの面倒を見て、相談に乗っているかを説明しだした。時には、休日に子どもたちが自宅にまで遊びに来ることもあるという。

「そういうの、今は問題になりませんか？」

「そうですね」前田が認めた。「昔だったら、先生の家へ遊びに行くのも普通だったんですけど、最近はね……だからうちへ来る時は、必ず二人か三人で、と言ってあります。それで、一緒に食事を作って食べたりします。私、料理にはちょっと自信がありますから」

「それはいいですね」

「独身で四十歳になると、さすがに料理も一通りこなせるようになりますよ」前田が真顔でうなずく。「あまり自慢できる話じゃないですけど」

「でも、プライベートな時間まで犠牲にしている感じなんですよね？　そんなに一生懸命やっていれば、子どもたちには慕われているでしょう」

「どうかなあ」前田が右手で壁をそっと撫でた。「その辺はよく分かりませんけど……でも、子どもたちが無事に卒業してくれれば、それでいいんです。中学時代に嫌なことがあっても、それがちゃんと解決すれば、私のことなんか忘れてしまっても構わないんですよ」

「立派ですねえ」彼の説明に嘘はない――これまでの周辺捜査から、前田が本当に親身になって子どもたちの相談に乗っていたことは分かっていた。とても自分にはできない――優斗の顔がふと脳裏に浮かんでしまう。仕事か優斗かと迫られたら、当然「優斗」と答える。

「立派でも何でもないですよ」前田が苦笑した。

「私だったら、とてもできませんねえ」

「大友さんは先生じゃないでしょう？」

「まあ、そうですけど……」

「でも……こんなこと言うと生意気かもしれませんけど、保護者にもしっかりして欲しいんですよね。子どもたちの悩みなんて、家族で話せば解決することがほとんどなんです。中学生は親に対しては反抗期ですけど、親がきちんと向き合わないから、子どもも反発するんですよ」

「耳が痛いです」大友は肩をすぼめた。

「まあ……」前田が急に声のトーンを落とす。「家庭のことは家庭で解決するのが本当なんでしょうけどね」

「私たちが子どもの頃は、先生は家のことにも結構首を突っこんできましたよね」

「それはケースバイケースでしょうね」突然、前田の口調が硬くなる。「先生が家の事情も詳しく知って、対処するように努力すれば、防げる悲劇もあるんです」

「悲劇……ちょっと怖い言葉ですね」前田の言葉に、大友はかすかな闇を感じた。本質的な怖さ……。

「失礼しました」前田が照れ笑いを浮かべて、一つ咳払いをした。「こういう話だと、ついむきになりますね」

「それは、前田さんが熱心だからでしょう」

褒めながら、大友はかすかな違和感を覚えていた。やり過ぎではないか？　今時、生徒を家に呼んでまで相談に乗るというのは……しかし、それは必ずしも問題ではないだろう。もしも前田の家で何か問題があれば、生徒たちの間ではとっくに噂になっているはずだ。

一つだけ、はっきりしたことがある。

前田は、子どもたちの「家庭」にこだわっているようだ。在校生の父親でもない大友にも、家族の無責任さを訴え、自分としてはできるだけフォローしていきたい、と力強く言った。

時に朗々とした演説になりそうな話が一段落した時、大友はつい、「どうしてそこまで一生懸命になれるんですか」と訊ねた。

前田は答えなかった。無言……しばらく続いた後で、「子ども時代は、誰でも辛いものですから」とぽつりと言った。

どういう意味だ？　大友は彼の目をじっと見て、その意味を説明してくれるよう、無言で促したが、前田はそっと目を伏せてしまった。

5

初めて任意の事情聴取で特捜本部に呼ばれた前田と対峙する役目は、柴に任された。

柴は取り調べが得意な方ではないのだが、大友もおそらく敦美も前田に顔を知られているので仕方がない。

無理はするな、というのが管理官の清川の指示だった。じっくり追いこめばいい。取り敢えずボロを出すのを待ちながら、供述の内容に沿って周辺捜査を進め、追いこむ。

「柴か……どうかしらね」敦美がぽつりと言った。監視カメラからの映像と音声で取り調べの様子を見守ることになっており、大友たちは別室で待機している。「あいつ、取り調べは頼りないから」

「そんなにシビアな話じゃない。何とかなるだろう」

「本当はテツがやるべきだけどね」

「顔バレしてるから、今回はしょうがない」大友は肩をすくめた。「今事情聴取をしたら、気まずい雰囲気を一掃するのに、半日ぐらいかかるだろうね」

「そうかな？ 私はもうちょっとかかると思うけど。きっと恨まれるわよ」腕組みしながらモニターを睨み、敦美が言った。

「どうして？」

「前田って、深いところに相当面倒なものを抱えてる感じがするから」

「何か問題を？」

「そう」敦美が大友をちらりと見て答える。「テツは、そんな風に感じなかった？」

「多少ね」大友はうなずいた。「そういう風に言う生徒もいたし」

「あなたはどう思った？」敦美が、美来に話を振った。

「そう、ですね」美来が顎に手を当て、首を傾げる。「子ども時代に何かあったのかな、と思いました」

「ああ」合点して大友はうなずいた。「確かに、そんなことを言っていたね」

「子ども時代は、誰でも辛いものですから」という台詞――あれは、自分の過去を振り返ったものではなかったのか。

「とにかく、柴のお手並み拝見といこうか」大友は画面に意識を集中した。

事情聴取に用意されたのは、小さな会議室だった。授業が終わってから出頭要請をしたので、もう夕方……十月末の夕日が、ブラインドの隙間から射しこんで、狭い部屋を赤く染めている。それが気になるのか、柴が立ち上がって部屋の灯りを点けた。素早く息を吐いてから、前田の正面に座る。

前田は、生気を失ったようだった。顔色は蒼く、目が死んでいる。肩は落ちて、背中も丸まっていた。薄いコートを隣の椅子の背に引っかけていて、今はジャケット姿。

「お忙しいところ、ありがとうございます」柴が丁寧に切り出した。「少しお時間をいただきますが、大丈夫ですか？」

「取り敢えず、大丈夫です」前田が左腕を持ち上げ、腕時計をちらりと見た。

「では……今警察は、区内で起きた二件の襲撃事件に関して捜査をしています」

前田が顔を上げた。戸惑い……用件は言わずにここまで連れて来てしまったのだが、聴かれることは予想していなかったのだろうか。

「松宮光一さんが襲われて軽傷を負った事件、それに、大島宏さんが同じように襲われて死亡した事件です。二つの事件は、同一犯による犯行と見られています」

「はあ」前田が気のない返事をした。

「二つの事件の共通点は、襲われた二人が、ともに茗荷谷中に通う生徒さんの父親ということです。現場も学校の近くでした」

「ああ……そうですね」

「この事件の関係で、学校の関係者にも話を聴いています。その一環ですので、楽に話して下さい」

そう言われても楽にはならないのだが、と大友は思った。それでも、一応相手をリラックスさせようとしているのは、狙いとしては正しい。今のところ柴は、無難に話を進めている。

「亡くなった大島さんですが……ご存じでしたか？」

「いえ、お会いしたことはないですね」

「娘さんを教えていたんじゃないですか？」

「ああ、それは……社会の授業では教えましたよ」

「その関係で会ったりとか？」

「それはないです」前田が首を横に振った。「単に授業で教えているだけの子ですから」

「松宮さんの方はどうですか？」

「面識はないですね」

「そうですか……学校の中は、どんな様子ですか？」

「どんなと言われましても」モニターでも分かるほどはっきり、前田の顔が歪む。

「父親が二人も襲われたんですから、かなり動揺が広がっているんじゃないですか」

「そうでもないですよ」

「そうですか？　いろいろ噂が広がっているとも聞いてますけどねえ」

「私は聞いてませんが、どこから出た話でしょうか」前田が言った……とぼけた台詞だが、とぼけた口調ではなかった。

「噂は、いろいろなところから出ますよ」

柴もとぼける。こんなに早く神経戦に持ちこむのか、と大友は心配になった。序盤戦はできるだけ真摯に、真面目に進めるべきなのだが。

「そういう噂は聞いていません」前田が改めて否定した。

「しかし、いわば学校の関係者が二人も続けて襲われたんですから、何かあったと考えるのが自然ですよね」

「よく分かりません……私はお二人を存じ上げていないんですが、何か共通点でもあるんですか？　うちの学校の生徒は、三百人以上います。家族も同じ数だけ――偶然じゃないんですか」

「襲われる共通点があったとは考えられませんか？」

「さあ」前田が首を捻る。「少なくとも私は、何も知りません」

いきなり手詰まり状態……柴は、同じ質問を何度も繰り返した。しつこく念押しする調べ——こういうやり方は一般的だが、前田にはまったく通用していないようだった。というより、前田は呆れている。どうして自分がこんなことを聞かれるのか分からない、といった様子だ。

普通の人は、こういう状態が長く続くと切れる。だが前田は、表情にこそ苛立ちが表れているものの、態度は落ち着いていた。ずっと背中を軽く丸めたまま、柴の顔を真っ直ぐ見詰めている。視線を逸らさないのは、極端に自信があるかないか、どちらかの場合が多い。

三十分ほどが過ぎ、ブラインドの隙間からオレンジ色の夕日が射しこまなくなった。すっかり夜——あまり長い時間引っ張るわけにはいかない。今日の限界はあと三十分だろう。

それを意識したのか、柴がいきなり爆弾を落とした。

「大島さんが襲われた時、現場近くであなたが目撃されています」

「私が、ですか？」前田が体を揺らす。動きがあったのは、ほとんど初めてという感じだった。

「この写真を見て下さい」

柴が後ろを振り向き、若い刑事に目配せした。若い刑事がすぐに、防犯カメラの映像から切り出した写真をテーブルに置く。柴が、写真をゆっくりと前田の方に押し出した。

「これはあなたじゃないですかね」

前田がぎこちなく体を揺らす。背中をいっそう丸めるようにして、写真に視線を落とす。しばらく写真を凝視していたが、顔を上げた時には戸惑いの表情が浮かんでいた。

「いや……どうなんですか？」

「どうなのか聴いているのは、こちらですよ」柴が少しむっとした口調で言った。はぐらかされたと思ったらしい。

「私じゃないと思いますけどね」

「そうですか？」

「警察は、私だと思っているんですか？」

「判断できないから、あなたにお聴きしてるんです。この自転車……あなたの自転車じゃないんですか？」

「どうなんでしょう」

「自転車、持ってますよね」

「持ってますけど、自転車なんか誰でも持ってるでしょう」

押し問答が続いたが、結局前田の結論は「私ではない」。柴が日にちをはっきり告げると、前田は上着のポケットから手帳を取り出した。

「夜に出かけていたかどうか分からない……覚えてないんですか？」

「覚えてないですね。何もなかったわけですから」前田がパタンと手帳を閉じて、ジャケットの内ポケットにしまった。

「自宅にいたんですか？」

「いたと思いますよ。手帳には何も書いてませんしね」

「見せていただけますか？」

一瞬、前田の表情が苦しそうに歪む。困ったことになったと思っているわけではなく、柴の強引なやり方にむっとしているのだろう。しかし、警察に本気で逆らうわけにもいかず……仕方なく、といった感じで再度手帳を取り出した。柴には直接渡さず、テーブルに置くと指先で押しやる。いかにも汚いものを遠ざけるような感じだった。

柴が手帳を開き、当該のページをすぐに見つけ出す。

「確かに……この日は何も書いてないですね。予定は記号で書いてあるんですか？」

「書くスペースが狭いので」前田がうなずく。

「時間とアルファベットだけですか……このアルファベットは、頭文字ですか？」

「ええ、生徒の頭文字です」

「個人面談の予定とか？」

「まあ……そんな感じです」

前田がはっきりと視線を逸らす。初めてのことで、大友は柴が痛いポイントを突いたことを確信した。

「こんなにしょっちゅう、個人面談があるんですか？」

「公式なものもありますし、非公式なものもあります」

「非公式？」

柴が前田の顔を凝視したまま、手帳を持った手を後ろに伸ばした。若い刑事が素早く受け取り、メモし始める。それを見た前田が、嫌そうな表情を浮かべた。ここまで表情が崩れるのも初めてだった。

「何ですか？　私の手帳を見ても何にもならないでしょう」

「念のために見せていただいているだけですよ。見られて困るようなことは書いてないでしょう？」

「それはそうですが……」

若い刑事が立ち上がり、前田に直接手帳を渡した。おそらく、スケジュールの一部を書き写したのだろう。調べてすぐに分かるものでもないが、後々役にたつかもしれない、と考えたのではないか……柴とこの若い刑事のコンビネーションは、上手くいっている。

スタートから一時間。この辺が限界だ……柴も攻め手をなくしたようで、会話が途切れがちになる。前田はいつの間にか腕組みをしていた。表情は硬い。

「あの……そろそろいいでしょうか」前田が丁寧に言った。

「お忙しいですか？」

「今日は、テスト問題を作らないといけないので」

「学校に戻るんですか？」

「それは自宅でやります」

「ご自宅で仕事をすることも多いんですね？」

「教員の仕事はそんなものです。いつでもどこでも仕事ですよ」

「そうですか……長々とお引き止めして、どうも失礼しました」

柴がさっと頭を下げて立ち上がる。それに合わせて、前田も椅子を引いた。ゆっくりと立ち上がると、汚れを落とすように、両手で上着を上から下へと払う。

「ここは、空気が悪いですね」

「申し訳ない。窓を開けてもいいんですけど、寒いですからね」

「こういう悪い空気の中にいると、犯人は自然に自供するものなんですか？」前田の言い方には、かすかな皮肉が感じられた。

「いや、正式な取り調べは、ちゃんと取調室を使います。あの部屋にいると、この会議室とはプレッシャーが違いますよ」

「そうですか……私には関係ないですね」

柴の目に、一瞬鋭い眼光が宿った。お前には関係ある。近いうちに取調室で再会しよう、とでも言いたげだった。

「感触はどうだった？」前田を帰した後、大友はすぐに柴に訊ねた。

「そっちからはどう見えた？」柴が逆に訊ねる。

「君のお気に入りにはならなかったみたいだね」

「ああ、気に食わないね」柴が両手を合わせてこねくり回した。「で？　画面ではどう見えたんだ？」

「君だけが苛ついてるように見えた。上手くすかされた感じだね」

「苛ついてた、なんてもんじゃないよ」柴が鼻を鳴らした。「爆発寸前だった。あの目……モニターだと、顔を正面から見られないから、分からないだろうな」

「目が何だって？」大友は一度、前田と正面から向き合って、それなりに長い時間を過ごしている。ただ、あれは酒の席でのことであり、前田にも警察官を相手にしている意識はなかったはずだが。

「暗いんだよ。何か隠しているというか……それが何なのかは分からないけど」

「やっぱり、過去かな」

「過去？」

「前田自身、過去に何かあるようなニュアンスで話していたんだ。東京へ来る前のことも、調べてみる必要があるんじゃないかな」

「確かに、その辺にはまだ手をつけていないな……ちょっと提案してみるか」

「ああ。何だったら明日にでも名古屋へ行ってみるよ。十分日帰りできるだろう」

「名古屋じゃなくて、春日井だ」柴が訂正した。

「隣じゃないか。すぐだよ」

「お前が行くか？」

「そうだな……」行く気は膨らんでいたが、取り敢えず永橋や清川に相談しないと。前田に関しては任されているとはいえ、出張となると許可が必要だ。

許可はすぐ出た。

翌朝、大友は午前七時半発ののぞみで名古屋に向かった。

6

大友は名古屋初上陸だった。新幹線の中で調べた限り、鉄道網はかなり複雑……前田の出身地であるニュータウンへ行くには、名古屋から中央本線で東へ戻るのが一番早いようだ。快速で二十五分ほど。新宿から町田へ行くよりも近く、まさに名古屋のベッドタウンという感じだろう。

美来は、都外への出張は初めてということで、明らかに緊張していた。名古屋駅で乗り換えた中央本線の中でもその緊張が解れることはなく、口数が少ない。

「そんなに緊張しなくても大丈夫だよ」大友は苦笑した。「やることは、どこでも同じだから」

「そう……ですよね」美来が同調する。

「僕たちの仕事は全国共通だから」バッジがあれば、どこでも通用する。

さて、前田の故郷はどんなところなのだろう。大友が知っているニュータウンといえば、多摩ニュータウンだけだ。あそこはとにかくだだっ広い——稲城、多摩、八王子、町田の四市にまたがり、ニュータウン内に駅がいくつあることか……事前に調べたところでは、春日井にあるニュータウンの最寄駅は一つだけだった。建物群は駅からかなり離れた丘陵地帯に広がっているので、駅までは自転車かバスで通うのだろう。

最寄駅は、あまり見たことのない造りだった。駅北側の地下に長く通路が広がり、複数の出口がバス乗り場に繋がっている。整然としているとも言えるが、通勤ラッシュが一段落したせいか、がらんとしていてどこか不気味だった。飲食店が何軒か……自宅の最寄駅まで帰って来たサラリーマンが、ちょっと一杯やっていくのにいい感じだろう。階段を上がってバス乗り場に出ると、強い日差しに迎えられる。晴天とはいえ十月末なのに——東京よりも少し気温が高いようだ。

駅前にはニュータウンらしい雰囲気がなく、ごく普通のマンションや一戸建ての家が建ち並んでいる。ニュータウン行きのバスに乗ってすぐに、自転車で駅まで出るのは不可能ではないか、と大友は想像した。行きはともかく、ずっと登りになる帰りは地獄だろう。

バスに数分揺られると、ニュータウンの中心地らしき場所に出る。道路を跨いだ通路でつながるショッピングセンター、郊外型の大型書店、ハンバーガーショップにファミレス……生活に必要なものが、一通り揃った感じである。建物がかなり古びていることから、開設当時からずっと街の人たちの生活を支えているのではないか、と想像できた。

後は……大友も、多摩ニュータウンでよく知っている光景である。同じ形の団地が延々と建ち並び、初めて訪れた人は、少し歩いただけで自分の居場所が分からなくなってしまうだろう。大友も、あまり方向感覚がいい方ではないので、道に迷わないか心配になった。

「何か、すごいですね」本気で感心したように美来がつぶやいた。

「ニュータウンは、だいたいどこもこんな感じだと思うよ」

二人は、広い道路を延々と歩いて行った。緩い上り坂が続き、やはり丘の上にあるニュータウンなのだと意識させられる。団地の建物は四階建て、ないし五階建て。エレベーターはあるのだろうか。

自動車販売店を通り過ぎたところで右折する。しばらく歩くと、幼稚園、小学校が見えてきた。小学校の校庭では、子どもたちが体育の授業中……この小学校には、何人ぐらいの児童がいるのだろう。多摩ニュータウンは、老朽化と人口減で子どもの数が減っているのだが、ここは今でも「若い人向け」の団地なのだろうか。

「普通の一戸建てもあるんですね」美来が言った。

確かに……左を見ると、団地ではなく、かなり大きな一戸建てが建ち並んでいる。ここは当然、ニュータウンとは関係ない、昔ながらの一角なのだろう。あるいは後から開発されたのか——後者かもしれない。それほど古い家は見当たらない。

これまで調べた限りでは、前田の実家は団地ではなく、一戸建ての家のようだった。しばらく迷った末に、かなり年季の入った家に辿りつく。人の気配がしない……ノックしてみたが、反応なし。その後でインタフォンがあるのに気づいて押してみたが、鳴った様子はなかった。不在というわけではなく、そもそも誰も住んでいないような……。

「いないんですかね」美来が玄関周りを見回した。

「そんな感じだね」自転車が一台置いてあるが、サドルもフレームも埃を被っていて、長年使われた形跡がない。鉢が三つほど……完全に枯れて土だけが見えており、何が植えてあったかまったく分からない。

「家族構成は、どうなってるんでしたっけ？」

「それが、はっきりしないんだよ。そこまで確認している余裕もなかった」

「じゃあ、聞き込みですね」

「そうだな。東京と同じペースでやってくれればいいから」

美来が、少しだけほっとしたような表情を浮かべた。簡単な聞き込みなので、二手に分かれてやることにする。

聞き込みを始めてすぐ、大友は意外な事実にぶち当たった。

前田の父親は行方不明になっている。

この情報を教えてくれた隣家の主婦は、すぐに「しまった」というような表情を浮かべた。つい軽い調子で漏らしてしまった、と後悔したのだろう。

「そもそも、誰が住んでいたんですか？　家族構成はご存じないですか？」

「うち、二年前にここへ引っ越してきたばかりなんです」

「その頃は、隣には誰が住んでいたんですか？」

「おじいちゃん……おじいちゃんと言ったら失礼ですけど、かなり高齢の方でしたよ」

「その人が行方不明なんですね？」大友は念押しした。

「行方不明というか、いつのまにか姿を見かけなくなって……すみません、よく分からないです」

これ以上は話したくない様子だったので、大友はこの辺りの情報に詳しい人を紹介してもらった。一戸建てが建ち並ぶ一角の町内会の会長——もう何十年もここに住んでいるので、大抵のことは分かるはずだ、という。

大友はすぐに、町内会長の家に向かった。塀が長い、大きな家で、門構えも立派である。何十年も住んでいるというのは間違いないようだ。もしかしたら、元々この辺り一帯の地主で、土地を処分して大金持ちになったのかもしれない。多摩ニュータウンにも、そういう「土地長者」がいると聞いたことがある。

ガレージにはベンツのセダンが収まっていた。トヨタ王国の愛知県でベンツというのは……いや、そもそも愛知県におけるトヨタ車のシェアが分かっているわけではないから、これは大友の勝手な想像に過ぎない。表札で「浅野」の名字を確認してからインタフォンを鳴らす。門は閉まっていて、玄関までは少し距離がある……こういう大きな家は、威圧感を与えるものだな、と思う。

「はい」すぐに、渋みのある声で返事があった。

「浅野さんですか？　お忙しいところ、すみません……東京の警視庁から来ました、大友と言います」念のために「警察です」とつけ加える。

「東京？　何か事件ですか？」

「東京の事件の関係で捜査をしています。ちょっとお時間をいただけますか」

「ちょっと待って……中に入って下さい」

言われるまま、門の引き戸を開けて敷地に入る。庭の飛び石の数を数えながら玄関にたどり着いた時に、ちょうどドアが開く。

「どうぞ」顔を覗かせたのは、小柄な男性だった。短く刈り上げた髪はすっかり白くなっているが、背筋はピンと伸びて姿勢がいい。

「失礼します」

玄関に入って、大友はまずバッジを示した。

「東京からわざわざねえ……上がりますか？」

「いや、ここで結構です」玄関先なら手早く話ができる。

「そうですか……で、どういうご用件ですか」

「この近くの前田さんのことなんですが」

「ああ」浅野の表情が暗くなった。次の瞬間には、はっとしたように目を見開く。「まさか、その件を調べに、わざわざ東京から来たんですか？」

「その件？　何があったんですか？」大友は一瞬混乱したが、前田の父が何か事件に巻きこまれたのだ、と推測した。この情報は初耳だったが……。

「あれ？　違うんですか？」浅野が不思議そうな表情を浮かべる。

「すみません。何の件か、よく分からないんですが……」

「行方不明ですよ」

「行方不明？」噂は本当だったのか……大友は一歩前に出た。大きな玄関なので、それでも浅野との間にはまだ距離がある。

「半年ほど前にね」

「何か、事件だったんですか？」

「いや、認知症なんですよ。そんなに重い症状とは思わなかったけど、一人暮らしだと、進行も速いんですかねえ」

「そういう話は聞いたことがあります……認知症で徘徊して、行方が分からなくなった、ということですか？」話は思わぬ方向へ折れ曲がっていく。

「そうなんです。警察にも届けましたよ」

「誰がですか？」

「息子さんが」

「息子さん――前田邦夫さんですか？」

「ええ」

「東京に住んでいるはずですが……」

「そうですよ」何かおかしいのか、とでも言いたげな表情で浅野が認める。

「すみません、時系列を整理させていただけますか」大友は手帳を取り出した。普段、人に話を聴く時にはできるだけメモを取らないようにしているのだが――手帳を出しただけで警戒してしまう人もいる――こういう時は別だ。「まず、行方不明だと分かったのはどうしてですか」

「息子さんが騒ぎ出したんですよ」

「息子さんは東京に住んでいるんですよね？」

「たまたま帰って来て気づいたらしい……体調がよくないのに家にいないって言い出して、調べてみたら、たまたま前の日の夜にこの辺をうろついていたのを見た人がいましてね」

「徘徊、ですね」大友は念押しした。

「そうですね。それまでにも、たまにそういうことがあったんです。気がついた人が声をかけて、家まで連れて帰るようなこともありましたよ」

「この辺は、そういうご近所感覚が未だに生きているんですね」

「このニュータウンも、街としてはずいぶん歴史が長くなりましたからね。最初の団地ができたのは昭和四十三年ですよ」浅野がうなずく。「前田さんとも、ずいぶん昔から知り合いなんです」

　これは、いい人に当たった。前田の昔の様子も知っているに違いない……しかしそれは後で聴くことにして、まずは失踪の状況を確認する。

「息子さんも、こっちにはほとんど帰ってこないので、慌てましてね。行先に心当たりもないし、急いで警察に届け出たんです」

「まだ見つかっていないんですね？」大友は確認した。

「見つかった、という話は聞いてませんね」

「嫌な感じですね」

「他人事じゃないですけどねえ」浅野が顔をしかめる。「年をとったら、誰にでも起こり得る話ですから」

「いったいどうしたんでしょうか」

「いや、それはさっぱり分かりません」浅野が首を傾げる。

　確かに……高齢者が徘徊して行方不明になるケースは珍しくないが、大抵すぐに発見される。高齢者故に行動範囲は狭く、遠くへ行けないからだ。自宅周辺を捜せば、見つけるのは難しくない。例外は都心部ではなく田舎の方で、川に落ちたり山に迷いこむなど、「遭難」して亡くなることもある。都心部なら、仮に交通事故で亡くなっても遺体が見つからないということはないはずだが、田舎の場合、山の中で長期間遺体が発見されないこともあり得る。

「この件、どこの警察署が担当しているかは分かりますか」

「春日井署だね」浅野がすぐに答える。「中央線の春日井駅が一番近いかな？　駅から歩いて行けるような距離じゃないけど」

「それは何とかします。後で確認しますよ……今はちょっと、昔の話を聞かせてもらえますか？」

「だったら、上がりなさいよ。こういう話は長くなりがちだから」

　浅野が話好きなことはすぐに分かった。しかも今日は家族がいないので、暇を持て余していたらしい。

「長男夫婦が同居してるんだけど、共働きでね。孫たちは学校。女房は名古屋にいる娘のところへ行ってるんです」

「じゃあ、今日は一人寂しく留守番ですね」大友は軽く応じた。

「まあ、たまには寂しいぐらいがいいんだけど……孫が三人いるから、普段は賑やか過ぎていけない」

「疲れますよね」

「年を取ると、子どもの相手は、ねえ」

浅野が苦笑する。まだ確認していないが、浅野は大友の両親と同じぐらいの年齢だろう。七十代——今の七十代は、一昔前に比べるとはるかに元気なはずだが。

「今は、お仕事はしていないんですか?」

「さすがにもう、引退しましたよ。今は孫の世話が仕事のようなものです」

「現役時代に、お仕事は何を?」

「トヨタの関連企業でね……愛知県では、一番普通の職業ですよ」浅野が声を上げて笑った。

「もともと、こちらに住んでいたんですか?」

「大昔は、父親が農業をやっていて……農地はかなり広かったんですよ」

「この家が広いのも、その名残りですか」

「そういうことです」

「地主さん、ということですか?」

「まあ、そういう感じかな」

一番当てにできるタイプだ。子どもの頃からこの街に住み、近所の人たちとも濃くつき合ってきた……記憶さえはっきりしていれば、かなりいい情報が得られるだろう。

予想は半分当たった。

「前田さんは、確か三十年ぐらい前にここに引っ越して来たんじゃなかったかな」

「元々はここじゃないんですね？」

「その前は、団地に住んでいたんですよ。そこから一戸建てに引っ越したんですね」

「そもそも、ご出身はこちらではないんですか？」団地住まいというと、地方から出てきて都会で就職した人、というイメージがある。

「確か、富山の方ですよ。就職で名古屋に出て来て、結婚してここに居を構えた、ということでしょう」

「現役時代、お仕事は何をしていたんですか？」

「自動車修理の工場に勤めていたはずですよ。ここへ越して来た時は、奥さんが亡くなったばかりで大変だったと思いますけどねえ」

「奥さん、亡くなったんですか？」大友は目を見開いた。三十年前というと、前田はまだ十歳。優斗と同じで、男手一つで育てられたということか——何だか急に、喉が詰まるような感じがした。

「病気でね。男手一つでの子育てだったから、いろいろ大変だったでしょうね。下に女の子もいたし」

「そうですか」妹がいたことも、初耳の情報だった。今まで、前田に関する情報収集がなっていなかったと反省する。

「親子関係は、どんな感じだったんですか？」

「まあ、簡単ではないよね」浅野が渋い表情を浮かべ、両手で顔を擦る。「父親一人で育てるんだったら、こういうニュータウンじゃなくて、もっと街中の方がいいと思うんですよね。いろいろ便利でしょう？」

「分かります」自分の事情をどこで話そうか、と大友は頭の中で計算した。時にはプライベートを晒した方が、相手の話を引き出せることがある。しかし今のところ、浅野は淀みなく話しているから、無理に打ち明けなくてもいいだろう。何となく、優斗を出汁に使っているようで気が引けるし。

「元々近くの団地で暮らしていたから、この辺に愛着があったのかもしれないし、一戸建ての家を建てることにこだわっていたんじゃないですかね」

「なるほど……。親子関係、いろいろ難しかったんですか？」

「奥さんが亡くなった頃、上の子——邦夫君はちょうど難しい年になる頃だったしね。前田さんも、母親がいない分、厳しくしないといけないと思っていたんでしょう。邦夫君は怒られて、よく泣きながら一人で歩いていましたよ」

「三十年前だと、そういう厳しい家も珍しくなかったですよね」

「今だったら、虐待だ何だと問題になるだろうけど……」浅野が言葉を濁した。「まあ、人の家のことに首を突っこむにも限界があるからね。田舎だから、東京なんかに比べればお節介な人も多いし、それも当たり前だと思ってるけど」

「そんなものですかね」

「まあ、前田さんが相当厳しく躾していたのは分かったけど、それはあくまで家の中でのことだから、他人が口出しすべきことじゃないでしょう」

「前田さんは、近所の人とは普通につき合っていたんですか？」

「それはそう——普通ですね。町内会の活動もきちんとやってくれていたし」

「息子さんは、どんな人でした？」

「優秀でしたよ。でも、結局前田さんとの折り合いがよくなくてね……高校を卒業して、家出じゃないけど、それに近い形で東京へ出て行ったはずです」

「そういうことまでご存じなんですね」

浅野が、困ったように顔をしかめた。

「それは、まあ、息子経由の情報なんですけどね」

「もしかしたら、息子さんは同級生ですか？」それなら当たりだ、と大友は内心期待した。

「そう、小学校の途中から高校まで、ずっと同級ですよ。高校の時には進路にだいぶ悩んでいて、結局東京へ出ることにしたようだけど、こっちがねえ」浅野が親指と人差し指で丸を作った。金。

「前田さん——お父さんは、進学費用を出してくれなかったんですか？」

「その辺の事情はよく分からないけど……」

「着の身着のまま、という感じですか」

「そうだろうねえ。でも、それが今は東京で学校の先生をやっているんだから、立派なものですよ。半年前に久しぶりに会いましたけど、びっくりするほど逞しくなっていたね」

「大学へ通う費用はどうしたんでしょう」大友は繰り返し聴いた。

「さあ……息子は知ってるかもしれないけど、私は聞いてないな」

後で息子につないでもらおう、と思った。高校まで同級生だったのだから、前田の子ども時代のことはよく知っているだろう——この段階で既に、厳しい父親と折り合いがよくなかった、という情報は分かっていたが。

「親戚の援助とか？　あるいはバイトで稼いだんですかね」

「どうですかね」浅野が首を捻る。「二十年前だと、もうバブルは弾けていたね」

「そうですね」

前田が卒業した私大では、彼の在籍時でも、最初の一年間で百万円以上は必要だっただろう。例えば一年間必死でバイトしても、それだけの金額を貯められたかどうか……今の前田を見ると、それほど経済的に苦労してきた感じは見えないのだが。

「どんな子どもだったんですか？　浅野さんの印象で構わないので、教えて下さい」

「いつも下を向いている……小学生の時はそんな感じだったなあ」

「暗い子ども、ですか？」今も前田に対する周囲の評価は「暗い」。人間の根源的なところは、年齢を重ねても変わらないのだろうか。

「親が厳しい子どもは、そういう風になりがちだけどね……上目遣いに人を見る感じ？」

「卑屈な感じですね」

「まあ……そういう風に見えた、ということです」浅野が言い訳するように言った。

話を続けていくうちに、前田の父親に対するネガティブな印象がさらに強くなった。問題を起こしたわけではないが、近所の人が声をかけてもろくに挨拶を返さない、よく一人でぶつぶつ言いながら自宅近くをうろついていたなど、印象はよくなかったらしい。

「結局、家族のことで悩んでいたんでしょうか」

「そうなんだろうねえ。前田さんとは、そういう話をしたことはないんだけど。聞くと嫌がったんですよ」

「何となく分かります。一人で子育てしていて、いろいろ上手くいかなくても、他人には打ち明けにくいものですよ」

「そうかもしれませんねえ」

「音信不通——高校を出てからは、ここへは戻って来なかったんですか？」

「ずっと監視していたわけじゃないけど、見なかったね。だから、半年前に急に顔を出した時にはびっくりしましたよ。当時の面影はちゃんと残っていたから、すぐに分かりましたけど」

少し状況がおかしい。高校を出てからずっと帰郷しなかったほど親との折り合いが悪かったとしたら、半年前はどうして戻って来たのだろう。認知症の父親を心配して？

半年前に、急に帰郷しなければならないほど、容体に変化があったのだろうか。その辺の事情については、浅野は何も知らなかった。

思いがけず長居してしまった。辞去しようとした瞬間、一つ聞き忘れていたことを思い出す。

「妹さんは、今はこちらに住んでいないんですか？」

「ええ。息子さんとは確か三歳違いなんだけど、やっぱり家を出てますよ」

「いつ頃ですか？」

「どうだったかなあ」浅野が額に手を当てる。「高校を出てからだったと思うけど……いや、違うかな？　まだ高校生だった頃に、一人で出て行ったのかもしれない」

「家出じゃないんですか？」

「家出……ではないと思うけどね。前田さんも、そんなに焦っていた感じじゃなかったし。あまり話したがらなかったけど」

「妹さんの同級生、ご存じないですか？」

「それは、息子にでも聞いてみないと分からないな」

こうなったら、一刻も早く浅野の息子に会うのが肝心だ。大友はまた手帳を広げた。

「息子さんの携帯の番号、教えてもらえますか？」

それぞれ聞き込みを終えて、大友は昼過ぎに美来と落ち合った。昼食の時間だが、取り敢えず調べられることは調べてしまおう。

「次は春日井署ですね？」

「ああ。所轄に行方不明者届が出ているはずだから、それを確認したい」

「じゃあ、移動しますか……あの、お昼はどうします？」

「春日井まで出てもいいけど、そこのショッピングセンターで済ませるか？」

「すみません、ちょっとエネルギーが切れて……」美来が平手で胃の辺りを摩った。

「朝を抜いちゃったんですよ」

「今日は早かったからな。でも、新幹線の中でも食べられたのに」

「迂闊でした」

「一つ、アドバイスしておく」大友は人差し指を立てた。「君は、昼食は一番大事って言ってたけど、どちらかというと朝飯を抜かないことの方が大事だ。昼食や夕食は抜いても何とかなるけど、朝食は一日のエネルギー源だから」

「分かりました。ちゃんと食べる気はあるんですけど、時間が……」

「今回はしょうがないよ。ここで早めに済ませておこうか」

大通りに出て、先ほどずっと上って来た坂を、今度は下り始める。バス停の前にあるショッピングセンターに入ると、すぐにフードコートがあった。その奥がスーパー。大友としてはスーパーに並ぶ食材の値段が気になるのだが、今は調査している場合ではない。

フードコートは、幼い子ども連れの若い母親、それに買い物用のカートを押している高齢者でそこそこ賑わっていた。真っ先に、「鉄板オムライス」の看板がかかった店が目に入る。これが売りなのだろうと判断し、大友は鉄板オムライスにした。美来は隣の店で味噌カツ丼を選ぶ。

中央の席に陣取り、黙々と食べ始める。人が多いので、事件の話もできない。

鉄板オムライスは、要するに「鉄板に乗ったオムライス」だった。チキンライスと卵がじりじりと焼けていくが、味に変わりがあるわけではない。美来は、淡々と味噌カツ丼を食べている。

「味の感想がないね」

「思ったより普通です。味噌味もそんなに強くないですよ……というより、とにかく甘いです」

「名古屋の食文化は独特みたいだね。日本の他の地域では食べられないような物が多い」

「他の食べ物も、癖がありそうですよね」

「食べてみれば、美味いんだろうけどね」

そそくさと食事を終え、美来が帰りのバスの時間を確認する。

「本数はありますから、すぐに駅へ戻れますよ」

「春日井までの中央線も心配いらないだろうな……その後はタクシーにしよう。この際、時間優先だ」

「分かりました」

　ずっと下りになる帰りのバスは、ここへ来る時よりも時間がかからない感じがした。二つ名古屋寄りの春日井駅は、市名を冠しているだけあって、周囲もそこそこ賑やか……北口でタクシーを拾い、すぐに春日井署を目指す。署に着くと、大友はまず駐車場の広さに驚いた。愛知県が、典型的な車社会だと実感する。

「取り敢えず、警務課に挨拶しておこう」広い駐車場を抜けて庁舎に向かいながら、大友は切り出した。

「刑事課じゃなくていいんですか？」

「扱いは刑事課になるんだけど、まず然るべき人に話を通しておかないと。署長にまで会う必要はないけど、副署長と警務課長には挨拶した方がいい。署長は管内巡視や会議で署を空ける時もあるけど、その二人は大抵席にいるからね」

「これって、地方出張の時のお約束ですか？」

「ああ。仁義を切るって言うんだけど……古い表現だね」

　一階の警務課に顔を出し、副署長につないでもらう。外から捜査に来る人間も多いのか、副署長はすっかり慣れた様子で、大友たちを鷹揚に受け入れた。

「行方不明者ね……何か、問題でも？」

「その人が問題というわけじゃないですけど、息子の方に容疑がかかっていまして」

「容疑者の関係者ということか」

「そうなります。ただ、行方不明になる前も認知症だったそうですから、見つかっても話が聴けるとは思えませんが」

「行方不明になったのは、いつ？」

「半年前と聞いています」

「ああ……」副署長の顔がかすかに歪む。「それはちょっと、ねえ。時間が経ち過ぎている」

「期待は……できませんよね」

「詳しいことは刑事課で聞いて下さい」副署長が人差し指を天井に向けた。「一応、それなりに調べていたはずだよ」

「ありがとうございます」

これで許可は得た——さっと頭を下げ、大友は階段へ向かった。一段飛ばしで二階へ上がる。美来は半分駆け足でついてきた。

刑事課へ入ると、既に副署長から連絡が入っていたのか、課長の菅原が自ら応対してくれた。なかなかハードな雰囲気……鍛え上げた胸筋でワイシャツが盛り上がり、長袖をまくり上げてむき出しになった腕にもしっかり筋肉がついている。目つきも鋭い。

「ニュータウンの件だね」大友たちが一階から二階へ上がる短い間に用意したのか、菅原の手元にはもう書類があった。

「あの辺では、失踪は多いんですか？」

「認知症の高齢者は増えてるからね。そういう話はたまにあるよ。日本全国、各地と事情は変わらないですよ」

「でも、だいたいすぐに見つかるんじゃないんですか？」

「実際には、届けを出す人はあまりいないよ。徘徊だから、家族が探して見つかるケースがほとんどだ。こっちは後から、防犯情報として知るぐらいだね」

「あまり遠くへは行けないですよね」

「そういう意味では、これは特異なケースかもしれない」菅原が眼鏡をかけ、書類に視線を落とした。「認知症が入っているといっても、それほど酷くはなかったようだ。まだらボケの感じ……分かるかな？」

「意識がはっきりしている時としていない時が、交互に来る感じですね？」

「そう。届け出たのは息子さんだけど、一緒に暮らしてはいなかった——いろいろな事情は近所の人たちに聴いたんだけど、一人暮らしで、特にトラブルもなく、普通に生活していたらしい。もっとも、近所づき合いはあまりなかったようだが」

「意識がはっきりしている時だったら、家出と言った方がいいかもしれませんね」

「ただし、家出するような動機もない——分からなかったんだけどね。何しろ一人暮らしだから」

「結局、行方は分からないままなんですね？」

「ああ。事件・事故に巻きこまれた可能性も想定して、ビラは配った。ただし、それ以上のことはできない……そちらも分かってると思うが、行方不明者の捜索は、明確に事件や事故だと分からない限りは手をつけにくいんだ」

大友は、今度は無言でうなずいた。警視庁には、失踪人捜査課という専門部署があるが、あれは全国的に見ても特殊な存在だ。他県警では、菅原が言った通りに、明らかな問題がなければ熱心に捜索はしない。なにしろ日本全国では、年間に八万人もの人が行方不明になっているのだ。その多くが、一日、二日で帰って来るにしても、警察としては全てには対応しきれない。

「息子さんが届け出をしたんですよね」

「ああ」

「どんな様子でした？」

「おい、岩佐、ちょっと！」菅原が声を張り上げると、席に着いていた若い刑事が弾かれたように立ち上がる。「お前、前田さんの行方不明者届を受理したな？」

「はい、そうです」岩佐と呼ばれた若い刑事が、課長席の前まで飛んで来て直立不動になる。

「届け出てきた息子さんは、どんな様子だった？」

「はい、それは……」岩佐がちらちらと大友と美来を見る。

「いいから話してやれ。せっかく東京から来たんだから」

大友は岩佐にうなずきかけた。岩佐がわずかに緊張を解いた様子で、肩がすっと下がる。

「淡々としてました」

「淡々？」大友は繰り返した。

「はい。そんなに心配した様子でもなくて……事務的に、仕方なく、という感じですか？」

「きちんと話は聞きましたか？　親子関係についてとか」

「疎遠になっていた、とはっきり言っていました。大学入学で東京に出てからはほとんど会っていないと」

「疎遠というか……今の話だと、仲が悪かったようにも聞こえますが」

「特に嫌悪感を抱いている様子はなかったんですけどねえ……」岩佐が自信なげに言った。

「岩佐、今は事実関係を聴かれてるんじゃない。お前の印象だ。感じたままに喋れ」菅原が言葉を叩きつけるように言った。やはり、見た目通りにハードな男のようだ。

「はい、あの、あまり興味がないというか。親子だから仕方なく届け出た感じ？」

「そういう語尾上げの喋り方はするな！　いつも言ってるだろうが！」

菅原が鋭く忠告を飛ばし、岩佐の肩がまた数センチ上がる。大友は岩佐にそっと目配せし、普通に話せばいいから、と暗黙のメッセージを送った。彼がそれを受け取った様子はなかったが。

「こちらは型通りに話を聞いたんですが、どうも熱が入らない感じでした。東京で仕事があるので、そう何度もこっちに来られないと……認知症の症状が心配で様子を見に来たら、いなくなっていたという話でした」

「課長、ちょっと書類を見せていただけますか？」

菅原が無言で行方不明者届を差し出す。受け取った大友は、見た瞬間に違和感を覚えた。

「岩佐さん、家族の欄は……」

「もちろん、本人が書きましたよ」岩佐が目を瞬かせた。

前田の母親はずっと昔に亡くなっている。しかし——妹については記載がない。

7

「書き忘れただけじゃないですか？」

春日井署を出ると、美来がすぐに言った。大友は、どういうことなのか岩佐を問い詰めたのだが、岩佐は「向こうが書いただけなので」と困惑気味に繰り返すだけだった。

それはそうだ……少なくとも前田がこれを書いた時点では、警察としては何の情報も持っていなかったわけで、突っこみようもない。

「だけど普通、家族のことを書き忘れるかな」歩き出しながら大友は首を捻った。「立ち寄り先や連絡先にもなるはずだし」

「それほど熱心に捜していないとしたら……本当に、どうでもいいと思ったのかもしれません。アリバイ的に届けを出しただけとか」

「その辺は、前田に聴いてみないと分からないな」

「容疑には直接関係ないと思いますけど」美来が遠慮がちに反論する。

「何でもいいんだ。自分は調べられている——そんな風に感じると、追い詰められて、言うつもりがなかったことを言ってしまったりするから」

「そんなものですか？」

「本筋の取り調べだけが取り調べじゃないんだよ。さて、タクシーを摑まえようか」

「向かいにバス停がありますよ」

目ざとく見つけた美来が、道路の反対側を指さす。確かに……簡単な屋根のついたバス停があった。歩道橋を渡ってバスの時刻を確認すると、三時過ぎの春日井駅行きに乗ることができそうだ。この後は、浅野の息子に話を聴きたい。名古屋市内に本社を置く精密機器メーカーに勤めているという彼に話を聴くには、仕事が終わるまで待つべきだろうか。

バスが見えてきた瞬間、スマートフォンが鳴った。090から始まる、見慣れぬ番号——バスに乗りはぐれるのを覚悟で出ると、「大友さんですか」と暗い声が耳に飛びこんできた。

「大友です」

「浅野です。浅野貴志……オヤジから話を聞いたんですが」

大友は美来に合図して、バスを見送るように指示した。既にステップに片足をかけていた美来が、慌てて後ずさる。

「すみません、わざわざ電話していただいて」

「待っているのは嫌いなんで……私に話を聴きたいんですか？」

「是非。お時間をいただけると助かります」

「じゃあ、今から会社に来ていただけますか？」

「いいんですか？　今、仕事中じゃないんですか？」

「構いません。嫌なこと——言い方は悪いかもしれませんけど、嫌なことは早く済ませたいんです」

「分かりました。そちらに伺いますが、どこへ行けばいいですか？」

「名古屋は分かります？」

「いや、ほとんど分かりません」

「そうですか」浅野がかすかに苦笑したように聞こえた。「初めての人には分かりにくいんですよね。今、どちらに？」

「春日井駅に向かっています」

「それなら、中央本線の千種で降りて、地下鉄の東山線に乗り換えて下さい。会社の最寄り駅は伏見です」

「会社の住所を教えて下さい。それが分かれば何とか行けます」

「そこまで難しくありませんよ。伏見駅の十番出口を出て、すぐ目の前のビルですから。一階の受付のところでお待ちしています」

「お手数おかけします」

通話を終え、大友はすぐに、美来にタクシーを摑まえるよう指示した。急に話が回り出した時に特有の快感——いつもは気分が高揚するのだが、今回は何故か、それがない。どうも調子が出ない。


伏見駅までは、三十分もかからなかった。浅野は春日井よりも少し遠い駅から通っているのだが、それでも自宅から会社まで一時間はかからないだろう。十分通勤圏内だ。十番出口を出るとすぐ、巨大なビルがそびえたっている。この辺りは名古屋のビジネス街らしく、オフィスビルが建ち並んでいた。やはり大きな街なのだと、ようやく実感する。

「名古屋って、ぺたっとした街ですね」美来が零した。

「何だい、その表現は」

「フラットっていうか。道路も広いし、マラソンではいいタイムが出そうですよね」

「確かにな……行くぞ」

浅野が勤める精密機器メーカー、「中部インスツルメンツ」は、このビルの七階から上に本社を置いているようだ。自社ビルで、六階まではテナント。大友は中部インスツルメンツという名前に聞き覚えがなかったが、かなり大きな会社なのは間違いない。

天井の高い一階のホールには、共通の受付が並んでいる。その向こうがエレベーターホール。人が忙しく行き来し、ベンチで打ち合わせしている人も多いので、どこに浅野がいるか分からない。しかし浅野の方で、すぐに大友を見つけた。

「大友さんですか？」

「浅野さんですね？」

小柄な父親とは正反対の、すらりとした長身だった。しかし顔には、父親の面影がある。長身の人間にありがちだが、少し背中を丸めていた。

「こちらは、同僚の芦原です」

紹介すると、無言で浅野がうなずき、周囲を見回した。表情は険しい。空いているベンチはあるのだが、ここでは話しにくいのだろう。

「ちょっと中へ入りませんか」

「いいんですか？」警察官を会社に入れたがる人間はいない。大友としては、外で話すつもりで来たのだが。

「空いている会議室を取ります。そこなら、人目につきませんから」

「分かりました。そちらでお願いします」

エレベーターに乗ると、浅野は急に無言になった。重苦しい沈黙……腕組みしたまま、ドアを凝視している。大友は、彼の背中に異様に力が入っているのを見て取った。それはそうだろう。彼自身が問題になっているわけではないとはいえ、警察の事情聴取を喜んで受ける訳がない。日常に急に亀裂が入り、異世界が侵入してきた感じだろう。

小さな会議室は、白を基調にした清潔なイメージだった。窓からは午後の陽射しが遠慮なく射しこんでくる。浅野は大友たちに座るよう勧めると、ブラインドを調整して陽光を遮った。次いで、部屋の隅に置いてある電話に向かい、受話器を取り上げてから振り返る。

「何か、飲み物はいりませんか？」

「どうぞ、お気遣いなく」

大友が頭を下げると、浅野が壊れ物でも扱うようにゆっくりと受話器を置いた。緊張は一向に解れる気配がない。

向き合って座ると、浅野が両手を握り合わせた。筋肉が浮かび上がるような強さで、明らかに緊張している。このまま事情聴取を始めても、いい結果は出そうにない。

「最初にお伝えしますが、あなたとは直接関係ないことです」

「それは分かっていますけど、いい気分じゃないですよ」浅野が表情を強張らせる。

「分かります。しかし、大事な捜査なので、ご協力をお願いします」

「クニが何かやったんですか？」

「クニと呼んでいるんですか？」そう言えば、生徒たちの呼び名は「マエクニ」だった……。

「呼んでいた、です。正確には」浅野が微妙に訂正した。「もう何年も——二十年以上も会ってなかったですからね」

「つまり、前田さんがこちらを出てからずっと、ということですか？　久しぶりに会ったのが、前田さんがお父さんの行方不明者届を出した時、だったんですね」大友は最近の話から始めることにした。この件も、微妙に引っかかっている。

「そうです。いきなり電話してきたんで、びっくりしたんですよ」

「すぐに分かったんですか？」

「分かりましたよ。声はまったく変わってなかったので」

「どういう話だったんですか？」

「オヤジさんの様子がおかしいけど、何か知らないかって聞いてきたんです」

「どういうことですか？」音信不通、関係は断絶していたはずなのに、どうして父親の様子が分かったのだろう。

「電話で話した時に、どうも感じが変だったと……もしかしたら認知症なんじゃないかって」

「実際にそうだったんですか？」

「まあ……」話しにくそうに、浅野が両手の指をこねくり回した。「そんな感じはありました。挨拶してもこっちが誰か分かっていない感じだったし、外を歩いている様子も徘徊というか……そういう感じ、ありますよね？」

「分かります」

「それを正直に話して、しばらくしてから、あいつがいきなり顔を出したんです。それで突然、オヤジさんがいなくなったって言い出したから、驚いて」

「前田さんのお父さんも、よく知っていたんですよね？　ご近所ですし」

「昔はね」浅野は慎重だった。ふっと息を吐き、体の力を抜く。背中が丸まり、表情が少しだけ緩んだ。ワイシャツの袖のボタンを外すと、乱暴にまくりあげる。

「前田さんのお父さんが行方不明という話は、その時初めて聞いたんですか？」

「そうです。後で、近所の人が徘徊しているのを見た、という話を聞きましたけどね」

「前田さんと久しぶりに会って、どんな話をしたんですか？」

「話すも何も、いきなり大騒ぎでしたから。まずあいつの家を見に行って、それから一緒に警察に行って……土曜日が丸々、それで潰れました」

「前田さんは、どんな様子でしたか？」

「怒ってました」

「怒っていた？」意外な答えに、大友は首を傾げた。「お父さんに対して、ですか？」

「たぶん……要するに、迷惑かけやがって、という感じですね」

「そもそもどうして、家に来たんでしょうね。お父さんと前田さんは、ずっと疎遠だったと聞いています」

「電話で話した時に様子がおかしかったから、さすがに心配になったんじゃないですか。受け答えがちぐはぐで、もしかしたら認知症じゃないかって疑って、私に電話してきたぐらいですから。それで家に来たら、行方不明……それは怒るでしょう。あいつの気持ちも分かりますよ」

「お父さんを心配して実家に帰って来たわけですね？　普通ならおかしくない話ですけど、前田さんの場合はどうなんでしょうか」大友は話を誘導した。

「それは確かに、私もおかしいと思ったんですよ」浅野がまた両手を組み合わせ、声を潜めた。「あいつ、本当にお父さんと折り合いが悪かったですからね。小学校の頃からずっとです」

「長いですよね。何があったんでしょうか」

「具体的なことは知りませんけど、とにかくよく悪口は言ってました」

「暴力沙汰でもあったんでしょうか？」

「それはない——少なくとも私は、あいつが怪我して学校へ来たのを見たことはないですよ」

親子の折り合いが悪いのは、世間では珍しくもない。永遠に折り合えないまま、どちらかが死ぬまで険悪な関係が続くこともあるだろう。数十年ぶりに親の顔を見るのが葬式、ということすらあるはずだ。電話をかけたり、心配して実家に戻って来た前田の場合、結局はそれほど親と断絶していたわけではないのだろうか。

「前田さんは、高校を卒業してすぐに家を出たんですよね？　普通に進学や就職で独立したわけではなくて、まさに家を飛び出した感じだと聞いています」

「飛び出したわけじゃなくて——周到な計画だったみたいですよ」

「ご存じだったんですか？」

「まあ……事前にちょっと話は聞いていました」浅野が落ち着きなく体を揺らした。「この件は、誰にも言わないように言われていたんですけどね。情報が漏れるとまずいと思っていたんでしょう」

「もう時効じゃないですか？」大友は薄く笑みを浮かべて話を進めた。「二十年以上前の話ですよ。今さら困る人がいるとは思えません」

「前田は、高校二年の頃からずっとバイトしてたんですよ。金になりそうなことなら何でも……二年の途中までは陸上部にいて、結構有望な短距離の選手だったんですけど、いきなりやめちゃって。その後で、『バイトを始めた』って打ち明けてくれたんです」

「高校は、バイトはＯＫだったんですか？」

「禁止ですけど、うちの高校は監視が緩かったから、バイトしている人間はいましたよ。あいつの場合、結構マジなバイトだったかな」

「時給が高いバイト、という意味ですか」

「最初は、ファストフードだったんです。でも、ああいうところはそんなに時給が高くないから、そのうち普通の飲食店の厨房に入って……皿洗い専門ですけどね。あとはガソリンスタンドとか、少しでも金になりそうなバイトに、次々と手を出していました。三年生になった頃なんか、学校が終わってから夜中までバイトしてたこともあるみたいですよ。授業中も、よく居眠りしてました」

「それは、大学の進学費用を稼ぐためだったんじゃないですか?」

「本人はそう言ってましたけど、実際は家を出たかっただけですよ。大学進学は、あくまで名目じゃなかったのかな。高校卒業と同時に家を出て独立するためには、先立つものが必要でしょう?」

そもそも親子の間では、進路について話し合いがされていなかったのだろうか。進学か、就職か……しかしその辺については、浅野もよく知らないようだった。

「本人は、大学へは行くと言ってましたけど、あの状態じゃ無理だろうなと思いましたよ。放課後はずっとバイトで、受験勉強している暇なんかなかったはずだから。地頭はいい奴だから、ちゃんと受験勉強すれば大学ぐらいは行けたはずだけど……だから、学校の先生になったと聞いても、そんなに不思議には思いませんでしたけどね」

「それも知らなかったんですか?」

「卒業以来、この前初めて会ったんですよ」浅野が淡々と言った。「約束もありましたから」

「約束？」

「卒業式の次の日の朝、あいつがいきなりうちへ来て、ＣＤを一枚くれたんです」

「ＣＤ、ですか？」何だか話が奇妙な方向へねじ曲がっていく。

「ブルース・スプリングスティーンの『ザ・リバー』。二枚組のアルバムです。知ってます？」

「いや、音楽関係は疎いので」唐突に出てきた話題に、大友は面食らった。

「高校時代、あいつは洋楽だけが趣味で、特にブルース・スプリングスティーンが好きだったんですよ……それで、このアルバムの中の『独立の日』っていう曲を聴いてくれって」

「何か、意味があったんですかね」

「家を出る歌でした。折り合いが悪い父親に黙って家を出る、という内容で……後から考えたら、前田の当時の心境そのものだったんでしょう」

「なるほど……どこへ行くとか、何をするとか、聞いてなかったんですか？」

「聞いてみたことはありますよ。特に高三になってからは。高三の時の話題なんか、進路のことしかありませんからね。でもあいつは、いつも口を濁して……相当面倒な事情があることは想像できましたけど、突っこみにくかったですね」

「分かります」

「結局、ＣＤを貰った時が、会った最後――この前は除きますけど――になりましたけど、その時に『このまま出るから』って言って……もちろん、『どこへ行くんだ』とは聞いたんですけど、『言えない』って。落ち着いたら連絡するからって言ってましたけど、結局それからずっと連絡はありませんでした」

「寂しい話ですね」

「寂しいですよ」浅野が寂しそうに笑う。「親友と言っていいかどうかは分からないけど、小学校からずっと一緒だったから」

「前田さんは、小学校の途中までは団地に住んでいたんですよね」大友は話をさらに過去に戻した。「その後、一戸建ての家を購入して引っ越したとか」

「ああ……そうですね」

「家を買うぐらいだから、お父さんは結構高収入だったんでしょうね」

「いや――お母さんが亡くなったでしょう？　その保険金で家を買ったと聞きましたけどね」

「前田さん本人から？」

「ええ。だから間違いないと思いますけど……別にそれは、まずいことじゃないでしょう？」

「そうですね」

相槌を打ちながら、大友はかすかな不快感を覚えていた。

自分と事情が似ている。

大友も菜緒を交通事故で失った後、保険金などでそれなりにまとまった金額を手にした。家を買う頭金には十分過ぎるほどの額……しかし実際には、今もほとんど手をつけぬまま、銀行の口座に残している。菜緒の命と引き換えになったような金を使う気になれなかったのだ。優斗のためには使ってもいいような気がしたが、今のところは大友の給料で全て賄えている。

妻が亡くなった直後、保険金で家を購入するだろうか。もちろん問題はないのだが、普通は少し時間を空けるものではないか？　少なくとも、男親と一男一女の生活が落ち着くまでは……なかなか落ち着かないものだと、経験的に分かっている。大友自身、聖子の助けを受けながら、何とか「普通」と言える生活に落ち着くまでに、一年ほどかかったと思う。いや、実際には未だに、菜緒がいた頃の生活は取り戻せていない。大友が、それほど家事が得意ではないせいもあるが、家の「空気感」は絶対に元に戻らない。

一男一女……そう言えば、妹は？　聞いてもいなかったが、今の話に前田の妹はまったく登場しなかった。

「前田さんには、妹さんがいましたよね」

「ああ、公美ちゃん」

「今、どうしてますか？」

「さあ……」ふっと浅野が目を逸らす。

「何かあったんですか？」大友は敏感に、浅野の変化に気づいた。

「私、高校を卒業してすぐ、大阪に出たんですよ」

「大学進学ですか」

「ええ……それで、地元とはしばらく縁遠くなっていたんで、詳しい事情は分からないんです」

「何かあったんですか？」大友は質問を繰り返した。これまで比較的饒舌に喋ってきた浅野の口が、急に重くなったのが気になる。

「いなくなっていたんです。いつの間にか」

「どういうことですか？」

「公美ちゃんは、前田の三つ下……前田が高校を卒業する時に、中学を卒業したんです。それで、私たちと同じ高校に入ったんですけど――いなくなっていたんです」

「いつですか？」

「その年の冬……暮れですかね。正月休みで帰省した時に、そんな話を聞きました。でも、確認しようがないじゃないですか。明らかに変な状況ですよね？　お父さんは家にいて、引っ越したわけじゃない。それなのに、高校一年の途中で転校って、普通はありえないですよね」

「確かに不自然です」

「前田のお父さんに聞くわけにはいかないし、近所の人も誰も知らなくて。でも、妙に引っかかったんで、暮れに高校へ遊びに行った時に、先生に聞いてみたんですよ。そうしたら、二学期が終わってすぐに転校したって」

「どこへですか？」

「東京らしかったんですけど、先生もはっきりしたことは知らなかったみたいです」

「転校だと、学校での手続きもあるじゃないですか。先生が詳しく知らないのは不自然な気がしますが」大友は指摘した。

「ですよね……今考えると、確かに変です。あの家には、私が想像していたよりもずっと大きな問題があったんじゃないかな。一年足らずの間に、兄妹が二人とも出て行ったんだから。それも、今考えると夜逃げみたいな感じですよね」

　この件はまだ追っていける。当時の高校の教諭、あるいは公美の同級生にでも話を聞けば、さらに詳しい事情が分かるはずだ。大友は、浅野の記憶を探り続け、何人かの名前を引き出した。

「それにしても、いったい何なんですか」今さらながら、という感じで浅野が訊ねた。

「前田が何かやったんですか？　あいつ、今でも東京にいるんでしょう？」

「ええ」

「何かやらかしたとか？　いや、それはないか……学校の先生が、事件なんか起こすはずないですよね」

「必ずしもそうとは限りませんよ」

「そうですか？」浅野が疑わしげに言った。

「誰でも犯罪にかかわる可能性はあります。すみません、捜査の秘密があるので、詳しいことは言えないのですが」

「そうですか……そうでしょうね。でも、あいつもようやく身辺が落ち着きそうなのに、変なことにならないといいんですけど」

「落ち着くって、結婚ということですか？」そんな話は初耳だ。前田には、女の影は一切見えなかったのに。

「結婚するかどうかは分かりませんけど、つき合ってる人はいるみたいですよ。やっぱり教員で……別の学校に勤めているみたいですけど」

「名前、覚えていませんか？」

「ええ……」浅野が目を細める。「あの、そう言われても……」

「聞いたんですか？」

「聞きました」

「だったら思い出して下さい」大友は身を乗り出した。「人間、一度聞いた情報は覚えているものなんです。その引き出し方を忘れているだけですよ」

増谷（ますたに）あおい。どうやらこの人物が、前田の恋人らしい。名前が分かっていて、「教員」というキーワードがあれば、すぐに連絡が取れるだろう。基本的に孤独な暮らしを続けている前田だが、恋人なら、大友たちが摑んでいない素顔を知っている可能性が高い。

浅野と別れて、午後五時前。まだ名古屋で調べられることもあるが、増谷あおいという女性のことも気になる。まず、柴に連絡を入れ、調査を頼んだ。

「それはすぐ分かると思うけど……どうする？　お前が直接話を聴くか？」

「そうしたいな」

「名古屋の方はどうする？」

「まだ当たれる人はいるけど、それは後でもいい。まず、前田の最近の様子を知る人に話を聴きたい」

「分かった。じゃあ、これから戻るか？　今晩でも話は聴けるだろう」

「そうだね」

「やる気があるのはいいことだねえ」柴が言った。からかっているわけではなく、本気で感心しているようだった。

「自分で首を突っこんだことだからね」

「感心、感心……ところで、後山さんから連絡はないか？」

「いや、ないけど」突然、少しだけ懐かしい名前が出てきて、大友は戸惑った。キャリアの警察官で、かつて刑事部参事官だった後山は、大友の「後見役」だったことがある。刑事総務課で淡々と仕事をしている大友を、ハードな仕事に引っ張り出す——要するに「リハビリ」担当だった。

「東京へ出て来るらしいぜ」

「珍しいね」後山は、義父の死去に伴い、妻の出身地である広島県へ帰って市長選に出馬し、当選していた。要するに義父の後釜である。後山にすればほんのわずかな縁――キャリアのスタート地点に近い時期に広島県警に赴任していて妻と知り合った――だけだが、亡き義父の地盤は相当強力だったようだ。市長ねえ、と大友は改めて感心した。後山は警察官らしからぬ柔らかな雰囲気を持った男だし、行政のトップたる市長としても、十分やっていけるだろう。

「ちょっと噂で聞いたんだけどね。こっちで会議があるそうだ。市長会とか？」

「ああ、なるほど」

「お前も久しぶりに会いたいんじゃないか？」

「タイミングが合えばね。でも僕はともかく、後山さんは忙しいんじゃないかな」

「ま、その辺は上手くやってくれ。後山さんの連絡先、分かってるんだろう？」

「ああ……とにかく、これから一度東京へ戻るよ」

会話の内容を聞いていたのか、美来が疲れたような表情を浮かべる。

「とんぼ返りですか？」

「よくあることだよ。名古屋メシを堪能できないのは残念だけど、君は味噌カツを食べたからいいだろう」

「味噌カツなんて、東京でも食べられますよ」美来が唇を尖らせた。

「そうだな……とにかく、仕事優先だ。今日中に、増谷さんに事情聴取しておきたい」

美来が目を見開いた。そんなにびっくりすることか……大友はつい、「何か変かな」と聞いてしまった。

「大友さん、もっと家庭優先の人かと思ってました」

「仕事だって楽しいよ。集中できる時は集中したい」

正直、この時ばかりは、大友は優斗のことを忘れていた。

8

新幹線で一時間半。大友は途中で柴から連絡を受け、品川駅で降りた。増谷あおいが勤める小学校は目黒区内、自宅は東急目黒線の不動前駅の近くだという。終点の東京駅へ行ってしまうより、品川駅から向かう方が圧倒的に近い。

「悪いけど、夕食は後回しにしよう」山手線のホームで、大友は美来に宣言した。「腹は減ってないか？」

「大丈夫です。味噌カツ、結構ヘビーでしたから」

「じゃあ、とにかく会ってしまおう。夕飯については、それから決めるということで」

若い刑事には、きちんと食事をさせなければならない。一日中外を歩き回っている刑事にとって、食事は単なる栄養補給以上の意味を持つのだ。特に二十代のうちは、美味い物を食べればそれで元気になる。

不動前という駅で降りた事があっただろうか……たぶん、ない。二十三区南西部を毛細血管のように走る東急線にありがちな、ごく小さい駅だった。駅前の商店街もささやかなもので、一言で形容するなら「地味」。

地図を確認しながら歩いて行くと、すぐに商店街を抜けて静かな住宅地になる。低層のマンションが多い街で、非常に落ち着いた雰囲気だった。とうに陽は落ち、風は冷たい。名古屋はだいぶ暖かかったのだな、と改めて意識した。

すぐに、あおいの自宅に到着する。三階建てのこぢんまりとしたアパートは、ワンフロアに三部屋しかないようだ。おそらく、全てワンルームだろう。

「君が呼び出してくれ。女性の方が、向こうも安心するだろう」

「警察官だと分かったら、安心はできませんよ」

それはもっともだ。それでも、自分が行くよりはまし――美来が、二階のドアの前に立った。インタフォンのボタンを押すと、低い声ですぐに返事があった。

「はい」

「増谷さんですか？」

「はい……」急に声に戸惑いが生じる。

「増谷あおいさんですね？」

「そうですけど、どちら様ですか？」

「警察です」美来が声をひそめる。「警視庁の芦原と申します」

「警察、ですか」あおいの声もさらに低くなる。

「夜分にすみません」美来が丁寧に話を進める。「前田邦夫さんのことについて、ちょっとお話を聴かせて下さい」

沈黙。美来が、助けを求めるように大友の顔を見た。大丈夫だと言う代わりに、大友はうなずきかけた。本当は、百パーセント大丈夫とは言えないのだが……例えば、今この家に前田がいたら、相当厄介な状況になる。捜査の網が次第に狭まってきているのを、前田本人に意識させてしまう。

いきなりドアが開き、眉間に皺を寄せたあおいが顔を突き出した。化粧っ気はまったくなく、部屋着らしいグレーのトレーナーに、足首まである長いベージュのスカートという格好だった。面長の顔立ちに薄い唇。化粧をしていないせいかもしれないが、少しだけ地味な感じがする。

「夜分にすみません」もう一度言って、美来が頭を下げた。「こちらは、同僚の大友です」

大友は無言で、丁寧に頭を下げた。主導権を美来に渡しているから、ここではあまり喋るべきではない。

「前田さんのことですか？」

「そうです。ちょっとお時間をいただけないでしょうか」

「それは……」あおいはさっと後ろを振り向いた。家に警察官を入れるつもりにはなれないのだろう。

「外でもいいですよ。かなり寒いですけど」美来が譲歩する。

「じゃあ、出ます」

あおいがいきなりサンダルを突っかけたので、大友は慌てて止めた。

「何か着た方がいいですよ。そのままだと風邪をひきます」

あおいの動きがすっと止まり、大友の顔を凝視したまま後ずさる。怯えたような仕草に、些細な一言が彼女に与えたショックの大きさを思ったが、あおいはすぐに我を取り戻したようだった。踵(きびす)を返して部屋に戻ると――短い廊下の奥に部屋があるだけのようだった――丈の短いコートを羽織って出て来る。上下のバランスが滅茶苦茶だが、気にする様子もなかった。

美来が先導して、あおいを外へ連れ出した。大友は最後になる。まるで、二人であおいを護衛するようだった。

「この先に公園があります」あおいが、前を行く美来に声をかけた。

「じゃあ、そこで……寒いかもしれませんけど」

「大丈夫です」

二人の後に続いてしばらく歩く。辿り着いたのは住宅地に押しこめられた小さな公園で、子どもが遊び回るには、少し狭い感じだった。遊具の類もほとんどなく、土がむき出し。周囲をマンションなどに囲まれているので、妙に落ち着かない……あおいも同じようで、ブランコを囲む鉄柵に尻を預けると、不安気に周囲を見回した。大友と美来は、彼女の前に立つ。

「突然ですみませんが、前田邦夫さんとおつき合いしていますよね」美来が強い口調で切り出した。質問ではなく、確認。

「……ええ」風に消えそうな声であおいが認める。

「いつ頃からですか？」

「三年……そうですね。三年になります」

「先生同士ですよね」

「前の学校で一緒でした」

「茗荷谷中じゃないですね？」

「その前の学校です」

大友は頭の中で、柴が事前に調べておいてくれたあおいのデータをひっくり返した。あおいは三十代前半に見えるが、実際には三十七歳。現在は小学校勤務だが、その前には中学校勤務だった――データと合致する。

「今もおつき合いしてるんですね？」

「そう、ですね。そんなに頻繁に会えませんけど」

「最近会ったのはいつですか？」

「すみません、前田さんに何かあったんですか？」あおいが上体を起こし、美来に顔を近づけた。

「最近会ったのはいつですか？」美来が、あおいの質問を無視して質問を繰り返す。

あおいが、助けを求めるように大友の顔を見た。大友はうなずいてみせたが、何も言わなかった。ここはあくまで美来に任せる。あおいが溜息をつき、美来に視線を戻した。

「一か月ぐらい、会ってません」

「正確に一か月ですか？」

「それは――」

文句を言いたげに、あおいが唇を尖らせる。しかし実際には何も言わず、コートのポケットからスマートフォンを取り出した。スケジュールを確認するつもりか……美来は手帳を取り出し、二つの日付を告げた。二件の事件が起きた日だ。

「この二日はどうですか？　会っていましたか？」

「平日ですよね……いえ、会ってません」スマートフォンに視線を落として、あおいが答える。

「間違いないですか？」

「記録してあります」

犯行が行われたこの二日の、前田のアリバイはまだはっきりしていない。本人に直接ぶつけたわけではないが、次の事情聴取でそうすべきかもしれない。

「会うのは、土日が多いんですか？」

「土日も、そんなには会えないんです。最近、急に忙しくなったみたいで」

「最近というのは、いつ頃ですか？」気になり、大友は話に割りこんだ。

「半年ぐらい前……ですかね」自信なげにあおいが答える。

それで大友にはピンときた。半年前というと、前田の父親が行方不明になった時期である。確かに父親が行方不明になったら、デートどころではあるまい。

しかし前田は、真剣に父親を捜していたのか？　義務感で警察に届けただけではないのか？

「何があったんですか？」

「仕事で、と言ってましたけど……学校は、急に忙しくなる時がありますから」

「それが半年も続くんですか？」

「そういう時もあります」

「あまり会えなくなって、それが半年も続いて、それでも詳しく理由を聞かないんですか？　私だったらあり得ません」美来の声が少し高くなる。

本当かね、と大友は内心首を捻った。自分より十数歳も年下の彼女の恋愛観がどんなものかは、まったく想像もつかない。しかし、こういう話はえてして脱線しがちで……

大友は素早く介入して、話を本筋に引き戻した。

「最近、前田さんに何か変わった様子はありませんか？」

「いえ、特には……」

「元々どういう人なんですか？」

「静かな人ですよ」

この「静か」は「暗い」と同義語だろうか、と大友は訝った。あおいも決して明るいタイプではない——こんな質問に対して、明るくは答えられないだろうが。

「仕事に関しては、熱心な先生ですよね。特に生徒指導というか——生徒の相談によく乗っていたそうですね」

「ええ」これに関しては、あおいはあっさり認めた。

「かなり熱心だったと聞いています。休みの日に、生徒さんを家に呼んで相談に乗ることもあったそうですね」

「ええ」

「そういう場面を見たことはありますか？」

「家でですか？　それはないです」あおいが急に怒ったように言った。「彼の家に行っていて、それを生徒に見られたら——いろいろ面倒でしょう」

「失礼しました」大友はさっと一礼した。「前田さんは、どうしてそんなに熱心に、生徒さんの相談に乗っていたんでしょう？　そうしたいと思っていても、なかなかできませんよね。そうでなくても、先生の仕事は忙しいでしょう」

「忙しいですよ。自分の時間なんか、ほとんど取れません」

「普通に交際するのも大変ですよね」

「時間の配分は難しいです」

「あなたもそうですか？」

「私は――」はっとした様子で、あおいが両手を胸元に引き寄せた。「私はどうでもいいじゃないですか」

「元々、同じ中学校で同僚で……勤務先が変わると、それもまた大変じゃないですか」

「でも、同じ都内ですから」

何だか話が同じ場所をぐるぐる回っている。大友は思い切って一歩前に出た。

「前田さんのお父さんが行方不明になったのは、ご存じですか？」

「え？」あおいがはっと顔を上げた。「お父さんって、あのお父さんですか？」

「会ったことがあるんですか？」大友は思わず、彼女に一歩詰め寄った。

「いえ、会ったことはないです」あおいはすぐに否定した。「話を聞いただけです」

「本当に？」

「どうして嘘をつかなくちゃいけないんですか」あおいの顔色が急に変わった。

「失礼しました」大友は咳払いした。「前田さんは、お父さんとぎくしゃくした関係――というより、険悪な関係だったと聞いています」

「ああ……それはそうだと思います。私は彼から聞いただけですけど、東京で何度か会ったって」

「愛知からわざわざ出て来たんですね？」大友は念押しした。

「そうだと思います。お父さんと会った後は機嫌が悪くて」

「そんなに嫌だったんでしょうか」

「たぶん……」

「何が、ですか？　そもそも険悪な関係だったら、お父さんが訪ねて来るのも不自然な感じがしますけど」

「その辺の事情は、私には分かりません」

「お父さんと会った後は不機嫌――だとして、そういう時以外には静かな人なんですね？」

「基本的には。でも、生徒さんの悩みについて話す時には、激することもあります。それだけ熱心なんです」

「そうですか」

「特に家庭の問題については……教員になって初めて、問題を抱えた家庭がどんなに多いか気づいて、愕然としたみたいですよ」

「例えば？」

「家庭内暴力とか、ネグレクトとか……中学生でも、そういうことに苦しんでいる子はたくさんいます。クレームをつけてくるモンスターペアレントなんかは、大した問題じゃないんですよ。粘り強く対応すれば、いつかは何とかなりますから。でも、子どもたちの苦しみは、なかなか表に出てこないし、解決しにくいんです」

「前田さんは、そういう悩みの相談にも乗っていたんですか？」

「もちろんです」

「あなたは、生徒さんの個人的な相談には乗らないんですか？」

つい責めるような口調になってしまった、と一瞬反省する。あおいは、大友以上に反省した表情になった。

「最初は――教員になった頃は、子どもたちと正面から向き合おうと思っていました。でも、若い頃はそういう能力はないし、そのうちどんどん忙しくなってきて、そんな余裕はなくなりました。今は、日々の仕事をこなすだけで精一杯です」

「やりたくてもやれない、ということですよね」大友はすかさずフォローした。「それだけ、先生は忙しいんですね」

「だから、前田さんは立派だと思います。生徒さんの家庭の問題にまで向き合うとなると、どこかプライベートの時間を削らないといけませんから」

「あなたとの時間ですか？」

「主に自分の睡眠時間です……時々、怖いんですよ。本当にひどい生徒さんの境遇を知ると、切れますから。自分では対応できないと分かると、悔しくなるんだと思います」

「そこまで自分を追いこむ意味が分かりません」容疑者を落とせなかったからといって、壁に頭を打ちつけて悔しがる刑事はいない。

「泣いていたこともあります。こんなことまで言っちゃっていいのかどうか分かりませんけど、性的暴行があったんですよ」

「親による暴行ですか？」

「ええ。事件にはなりませんでしたけど、小学生の頃からずっと、父親に暴行を受けていた子がいて、結局その子は施設に入りました」

「親が処分を受けるべきですね」大友は怒りを抑えながら言った。

「処分できない——警察も手を出せない人もいるんじゃないですか」あおいが皮肉っぽく言った。

「そういう事件なら、警察は動きますよ」

「政治家の息子でも？」

大友は思わず息を呑んだ。本当にそんなことがあったのか？　もしもそうなら、確かに捜査の矛先が鈍る——捜査しない、ということもあるかもしれない。そもそも表に出にくい話だし、「内輪で解決するから」と言われたら、立件に向けては動きにくい。自分だったらどうするか——正義感に煽（あお）られたまま、厳しく調べることができるだろうか。

その話を聞いた前田はどうしたのだろうか。

嫌な予感が頭の中に広がる。もしかしたら、今回被害に会った二人も……。

しばらく話をしているうちに、あおいは前田との間に少しだけ距離が開き始めていることを打ち明けた。この半年の変化で、「ついていけない」という感覚が強まってきたらしい。大友は、あまりしつこく攻めないことにした。今後、あおいを貴重な情報源として使えるかもしれないから、今夜は追いこまないようにしよう。

丁寧に礼を言って、あおいを家まで送る。具体的な話はなかったが、前田に対する印象は確実に悪くなってきていた。落ち着いた――暗いと言える前田だが、一枚皮をめくったところに激しい本性が隠れているような気がしてならない。

そして、父親の失踪と、態度の変化のリンク――ずっと険悪な関係であっても、認知症を患っていた父親が行方不明になれば、動揺するものだろうか。

今夜は取り敢えずこれで終了……一日が長かった。後は美来に夕飯を食べさせて、と思ったが、その計画は反故にせざるを得なかった。

後山から電話がかかってきたのだ。


「仕事は大丈夫ですか？」顔を合わせるなり、後山が気を遣った。

「ええ。ちょうど一段落したところだったので」

仕事に関しては気を遣ってくれたが、食事についてはいかがなものか……とうに午後九時を回っているのに、彼が指定してきたのは、品川駅のすぐ近くにある焼肉店だったのだ。そういえば、目の前の後山は少し太ったように見える。

「お元気そうですね」

「まあまあ、元気ですよ」後山が穏やかな笑みを浮かべる。

「お忙しいんじゃないですか？」

「今日も、この時間を確保するのになかなか苦労しましたよ。夕方ぎりぎりまで仕事をして、その後で飛行機です」

「新幹線じゃないんですか？」

「新幹線だと四時間近くかかるんですよ。それにうちの街からは、広島駅へ出るよりも、広島空港へ行く方が早い」

「今回は市長会だそうですね」

「さすが、情報が早い」後山がにやりと笑った。「前乗りですよ……とにかく、食事をしましょう。あなたと食事するために、今日は夕食を先延ばしにしたんですから」

「もしかしたら、前乗りはそのためなんですか？」

「そうですよ」メニューを広げた後山が、不思議そうな表情を浮かべる。「あなたが広島へ来る機会はなかなかないでしょう。私が上京する回数の方が、はるかに多いはずです」

「何だかすみません」反射的に頭を下げてしまった。

「別に謝るようなことじゃないですよ。さあ、どんどん食べましょう」

後山は一気に肉を注文し、飲み物に生ビールを選んだ。大友も同調する。軽く乾杯してから喉に流しこんだビールは、やけに染みる……今日一日の長さをつくづく実感した。

カルビ、ロース、タン塩と定番の皿が並び、二人はすぐに肉を焼き始めた。そういえば、こんな風に後山と焼肉を食べたことはない——当たり前か。一介の警察官である大友が、キャリア官僚と肉を食べる機会など、本来あるはずもない。後山とは、あくまで仕事だけでのつき合いだった。いや、後山の「前任者」にして、大友の元上司、刑事部ナンバースリーの特別指導官である福原と三人で呑んだことはあったか……しかし、こうしていても違和感はない。今は警察官と市長と、立場はまったく変わってしまったが、後山とは同世代なのだ。仕事の話でなくても共通の話題は多い。

「市長の生活はどうですか」後山が個室を取ってくれたので、遠慮なく話ができる。

「これがなかなか……慣れませんね。二十年も警察官をやった後では、簡単には他の仕事にアジャストできません」

「市長室に座って判子を押しているだけの仕事かと思いましたよ」皮肉ではなく、大友は本当にそう想像していた。

「とんでもない。実際には、警視庁にいた頃の方が、よほど動きませんでしたよ。今は視察だ会議だと、毎日のように外へ出ています」

後山は、警察官時代よりも饒舌になったようだ。市長という仕事が、彼を変えたのかもしれない。

「疲れますね」

「でも、悪くないですよ。最初は不安だったんですけどね……何しろ私は、落下傘候補でしたから」

「奥さんを通じて地元とはつながっていたわけですが……」

「私自身は、ほとんど縁がなかった。広島県警にいたのも二年だけですしね。しかし、義父の影響力は大したものでしたよ。選挙でも、まったく苦労しませんでした」

それは大友も知っている。有力候補と言われた地元出身の県議会議員に、ダブルスコアの圧勝——後山自身が認める落下傘候補がこんなに強いものかと啞然としたのを覚えている。

「後援会がそのまま動いてくれましたから」後山がうなずく。「ただし、次の選挙は分かりませんよ。だから市役所の中に籠っているだけではなく、あちこちに顔を出さないと……厳しい選挙はごめんですからね」

「これからも続けるつもりなんですか？」

「最低二期は」後山がうなずく。「市政の方向性を決めて実現するには、少なくとも八年は必要ですよ。今のところはまだ、現状把握で精一杯ですけどね」

「一つ、聞きにくいことを聞いていいですか」

「どうぞ」後山が右手を差し伸べる。

「息が詰まりませんか？」

「詰まりますね」あっさり認めて、後山が声を上げて笑う。「だから、出張はほっとします。もっとも、いつも誰かが一緒ですが」

「秘書ですか」

「お目つけ役ということでしょう。今日は先にホテルに入ってもらいましたが」

「厄介な相手と会っている、と想像しているかもしれませんよ」

「何だったら、あなたとのツーショット写真を送ってもいい。それなら彼も心配しなくて済むでしょう」

後山はだいぶ変わった感じだった。あけっぴろげになったというか……昔は独特のひねくれたユーモアの持ち主だったのに、今はもっと分かりやすい。笑っていいかどうか、迷うことはなかった。

話し、肉を食べ、ビールを呑んでいるうちに、次第に気持ちが解れてくる。ということは、僕は相当緊張していたわけだ……当たり前か。先行きが見えない事件の捜査に巻きこまれているのだから。いや、「巻きこまれた」わけではない。「自ら首を突っこんだ」だ。

「相変わらず忙しいですか？」

「今は……そうですね。ちょっと忙しいですね」大友は簡単に事情を説明した。

「例の殺しですか」

「ご存じなんですか？」

「新聞ぐらい読みますよ。特に都内で起きた事件は、今も気にしています。最後に警察官として勤めた街ですからね」

「やっぱり、そういう気持ちは残るんですね」

「私も、そんな風になるとは思いませんでしたが……それにしても、自ら手を上げて捜査に参加したのは、大きな前進ですね」

「それは、褒めているんですか？」

「褒めるとか褒めないとか、そういう話ではないです。私の感覚では通常進化ですね。あるいは、単に元に戻っただけというべきか。あなたも、捜査一課に戻りたいと思っていたでしょう？　故郷へ帰るようなものだ」

「ええ……」前田は故郷に帰りたがっていなかったわけだが、とふと考える。それだけ嫌なことがあったのだろう。

「そろそろいいんじゃないですか。優斗君も高校受験でしょう」

「ええ、もうすぐですね」

「高校生の男の子の面倒を見る必要はないでしょう。放っておいても勝手にやるものです。私もそうでした」

「そうなんですか？」後山のプライベートな話――特に過去の話はほとんど聞いたことがない。

「高校から下宿だったんですよ。何しろ田舎でしたから、高校の選択肢はあまりなかったので」

「レベルの高い高校は、遠くにしかなかったんですね」

「学力に合った高校、ということです」後山が微妙に訂正した。「とにかく私は、高校時代から下宿で一人暮らしでした。でも、そんなに大変なことはなかったですよ」

「そうですか……」そう言えば優斗も、寮がどうのこうのと言っていた。高校生になったら、もう完全に大人として扱うべきなのだろうか。

「あまり気にしない方がいいんじゃないですか？　子どもは、大人として扱えば、大人になるものですよ」

「……ですよね」

　そう言えば、とふと気になった。福原は、大友を後山に引き合わせた時、いかにも何かありそうな――家庭の秘密があるようにほのめかしていた。その後、本人に直接確認する機会はなかったが、いいチャンスかもしれない。不快にさせてしまうかもしれないと思いながら、大友は思い切って聞いてみた。

「後山さん、ご家族に何か問題でもあるんですか？」

「どうしてですか？」後山がきょとんとした表情を浮かべる。

「いや……以前、福原さんがそんなことを言っていたんです」

「ああ」納得したように後山がうなずく。「私はずっと、実質的に独身だったんですよ」

「どういう意味ですか？」

「息子が、体が弱くてですね……生まれた時には、五歳まで生きられないかもしれないと言われて、ずっと入退院を繰り返していました。そして私の仕事は転勤が多い。だから家内は実家で暮らしながら、息子の面倒をみていたんです」

「それじゃ、いろいろ大変だったんじゃないですか？」

「あなたほどではないですよ」後山が微笑した。「まあ、息子もずいぶん元気になりましてね。もう小学五年生です」

「もしかしたら今回の選挙は……」

「家族が一緒になる、何よりのチャンスだったんですよ」

なるほど……後山が少し変わったのは、政治家に転身したせいだと思っていた。もちろんそれもあるだろうが、何より家族が再生したのが大きかったのだろう。大友の表情も自然に緩んでいた。

「それより、仕事のことを聞かせて下さい。それとも、私はもう民間人ですから、捜査の秘密までは話しにくいですか？」

「秘密と言えるほどのことはないんですよ」大友は先ほどの説明からさらに一歩突っこんで話した。確かに後山は、今は民間人だが、警察ＯＢである。ＯＢには敬意を払う、というのも、警察の書かれざる掟の一つだ。

「なるほど……岩倉さんには会いましたか？」

「いえ――誰ですか？」大友の頭の名簿にはない名前だった。

「今は一課の強行班にいるはずですけど、あなたが知らないとは意外ですね」

「そんなに有名人なんですか？」

「有名人ですよ。追跡捜査係の西川さんに比肩し得る、唯一の人物かもしれない」

「どういう意味ですか？」

「庁内で、西川さん以上の記憶力の持ち主といえば、岩倉さんしかいません。それに確か、十年前には所轄——十年前の襲撃事件を扱った所轄にいたんじゃないでしょうか」

「だったら知らなくてもしょうがないですね。一課では私と接点はなかったと思います。何歳ぐらいの人ですか？」

「もうすぐ五十歳になるはずです。あまりにも記憶力がいいので、追跡捜査係が発足する時に、初代メンバーに抜擢(ばってき)された一人ですよ」

「あちこちを転々としている感じですね」つまり「一課のエース」というわけでもないのだろう。本当に重要な人材は、一課も手放さない。昇任試験に合格して異動しても、すぐに呼び戻されるものだ。しかし同じ一課でも主流部署とは言えない追跡捜査係、所轄と回っているとしたら……いや、会わないうちから決めつけるのはやめよう。

「取り敢えず、会ってみたらどうですか。損はないと思いますよ。ただし、ちょっと癖のある人らしいですが」

「どういうことですか？」

「さあ」後山が肩をすくめる。「噂で聞いただけなので。私も本人に直接お会いしたことはないんですよ」

第三部　暗き歴史

1

翌週の月曜、岩倉はすぐに摑まった。彼の班は待機中で、捜査一課で無聊(ぶりょう)を託(かこ)っている様子だった。

「ああ、君が大友君ね。有名人だ」

「そうですか？」

「警視庁のイケメンランキングで、十年連続首位、とうとう殿堂入りしたという話だけど」

「初耳です」

電話の向こうで、岩倉が声を上げて笑った。

「とにかく今は暇だから、いつでもどうぞ」

「では、これからすぐにお邪魔します」

電話を切って、大友は首を捻った。何というか……初めて話す相手に対して、少し気安過ぎるのではないだろうか。同じ捜査一課の柴に、岩倉の印象を訊ねてみた。

「いや、俺はよく知らないんだ」柴の答えは曖昧だった。

「係が違うと話もしないのか？」

「話したことはあるけど、摑みどころがないというか……さ」

「何だ、はっきりしないな」

「何がはっきりしないって？」敦美が話に割りこんできた。

「岩倉さんのことなんだけど」

「ああ……」敦美がかすかに眉をひそめた。「知ってるけど、面倒な人よ」

「面倒？」大友は敦美と柴の顔を交互に見た。「面倒なのか、摑みどころがないのか、どっちなんだ？」

柴と敦美が顔を見合わせた。二人とも戸惑いの表情を浮かべている。

「実際に会って、自分で判断してみたら？」

「その方がいいな」柴が敦美に同調した。「とにかく……分かりにくい人なのは間違いないからさ」

特捜本部の置かれた所轄から警視庁本部へ。午前十時、大友は捜査一課に足を踏み入れた。古巣なのだが、離れてもう十年も経っているので、懐かしい感じすらなくなっている。岩倉に会うより先に、追跡捜査係に立ち寄って——ここも捜査一課の一セクションだ——西川辺りに岩倉の印象を聞いてみようかと思ったが、やめておいた。敦美の言う通り、自分で直接判断すべきだろう。

捜査一課に入ると、岩倉の方ですぐに大友に気づいた。すっと立ち上がると、背広のボタンを留める。他の課員は、全員上着を脱いで椅子の背に引っかけているのだが……クソ真面目というか、少なくとも服装に関しては礼儀正しいタイプなのかもしれない。

「行こうか」

「はい？」

「大部屋だと話しにくいだろう」

確かに……捜査一課の大部屋には、常にある程度の人数が待機しているから、内密の話がしにくいのは間違いない。

岩倉がさっさと歩き出す。大股——身長は百八十センチに少し満たないぐらいだろう——で、足の運びも速い。せっかちなタイプのようだ、と大友は判断した。

行先は一階の食堂だった。関係のない人間に聞かれることなく、職員同士で気楽に話ができる場所。正面に座って改めて対峙すると、「摑みどころがない」という柴の印象も間違っていないと思った。ルックスは……五十歳に近い割には若く、体に贅肉(ぜいにく)もついていない。よく見ると目尻に皺があるが、これは加齢によるものではなく、笑い皺だろう。一方髪には、白いものが混じっている。ただし、整髪料をつければ目立たなくなるレベルだ。柴の印象は間違いない――顔を見ているだけでは、何を考えているのかまったく読めなかった。

「もしかしたら、十年前の通り魔事件のことかな？」

「何で分かったんですか？」内心驚きながら、大友は柴か敦美が連絡をしたのだろうかと訝った。

「いや、不思議に思ってたんだ……何で今まで俺に聞いてこなかったのかなって。こっちから口を出すのは図々しいしな」

「所轄には行きましたよ」

「おいおい、当時の捜査員なんか、誰も残ってないだろう」

そうか……所轄に行った時、十年前に在籍していた刑事を割り出して話を聴こうと思っていたのに余裕がなかった。今、絶好のターゲットが目の前にいる。

「今回の事件を見て、ちょっと気になってたんだ。あの時と手口が似てるからね」

「ええ。でも、今のところ共通点はそれだけです。今、十年前に疑われた前田邦夫という男を叩き始めたんですが……」

「上手くいかないだろう」

「岩倉さん、前田を調べたんですか？」

「ああ。やりにくかったね。今は誰が調べてるんだ？」

「柴です」

「あいつじゃ無理だろう。ガサツな男だからな」岩倉が苦笑した。「何で君がやらないんだ？　君の取り調べ技術は、同世代では群を抜いていると聞いてるけど」

「周辺捜査で接触して、顔を晒してしまったんです。作戦ミスでした」

「そいつは初歩的なミスだな……ところで、十年前の被害者について、何か調べたか？」

「いえ」

「あの被害者は、子どもを虐待していたかもしれない」

「本当ですか？」大友は目を見開いた。初耳……所轄で見せてもらった捜査資料にも、そんなことは記載されていなかった。

「あくまで噂だ。もちろんこれが、事件に直接関係していたかどうかは分からないし、虐待の話自体が確認できなかったけどね。よほどひどくならない限り、こういう話は表に出ないものだろう？」

「ええ」今ならどうだろう。十年前の被害者の子どもも、とうに成人している。それなら何とか話せるのではないか……いや、やはり今でも話したくない悪夢かもしれないし、この捜査の役に立つ保証もない。

「被害者には子どもが二人いて、上の子が中学一年生、下の子が小学校四年生だった。名前は、上の子が智恵(ともえ)で下の子が貢(みつぐ)だ」メモを見るわけでもなく、すらすらと喋る。

「よく覚えてますね」十年前に捜査した事件の関係者の名前がすらすら出てくるとは、

と大友は啞然とした。「そんなに疑っていたんですか？」

「いや。でも、これぐらいは覚えているのが普通だと思う」

岩倉がさらりと言った。自慢しているわけではなく、いかにも当然といった感じだった。後山が「西川よりも記憶力がいい」と評していたのは本当かもしれない。

「それで、岩倉さんの読みはどうだったんですか？」

「俺は何も読んでないよ」岩倉がゆっくりと足を組んだ。「想像で物は言わないことにしてるから」

なるほど。刑事は、小さな手がかりからやたらと先走って推理するタイプと、事実を積み重ねないと絶対に判断しないタイプがいる。岩倉は後者ということか。

「君が調べて、君が判断すればいい……ただ、これだけは覚えておいてくれ」

「はい」

「俺は当時、この捜査に十一日間費やした」

「どうしてそんなにはっきり覚えているんですか？」

「自分がやったことぐらい、覚えてるのが普通じゃないか？」呆れたように、岩倉が目を見開く。

「詳細に日記をつけているとか？」

「後で読んで後悔するから日記はつけるなというのが、死んだ親父の遺言だった」

大友は思わず口をつぐんだ。何となくだが、「摑みどころがない」も「面倒」も分かる気がする。万人が納得できるレッテルを貼れないタイプのようだ。

「被害者は亡くなったわけじゃないから、特捜本部にはならなかった。所轄で細々と捜査していただけで、割ける人手も少なかったから……特捜だったら三日で終わる捜査も、俺一人でやったからこれだけ時間がかかったんだ」

「分かります」

「家庭内の問題を探るのは難しい――だろう？　かなり苦労したけど、情報は出てこなかった。それが俺の限界だったな」

「難しいのは当然だと思います」

「警察官の問題は、必ず異動があることだ。同じ事件を永遠に追いかけることはできないし、そんなことばかりして定年になって、しかも事件が解決できなかったら、いったいどういう人生だったんだ、と悔やむことになる」

「そうですね」

「この件に関しては、俺の能力が足りなかっただけだと思うが」岩倉が頬を掻いた。

「そんなこと、ないでしょう」

「慎重過ぎるんだよ、俺は」岩倉が苦笑する。「思い切って突っこんだ方がよかったと思うこともある。でも実際には、一歩引いて考えて、ヤバい状況を回避できたことの方が多い」

「大事な能力じゃないですか」刑事に限らず、思いこんだらそちらの方向へ一直線に進んでしまうのが、人間という生き物の基本的な性だ。途中で一瞬立ち止まり、他の方向を見るのは難しい。

「まあ、大した役には立たないようだね。今の俺に言えるのはこれぐらいだ。それで君は、何を想像したんだ？」

刑事として最悪の想像。

何となく暗い気分を抱えたまま、署に戻る。大友に気づいた美来が、怪訝そうな表情を浮かべた。

「どうかしましたか？」

「柴と高畑は？」

「外回りです」

「君しかいないか……ちょっと嫌な想像を聞いてくれるかな」

「構いませんけど、何なんですか」美来は明らかに一歩引いていた。

「ちょっと座ってくれ」

言われるままに、美来が腰を下ろす。部屋の前方には永橋たち管理職。今はまだ、彼らに話を聞かれたくない。大友は、会議室の片隅に置かれたポットから、コーヒーを汲んできた。紙コップをテーブルに置くと、美来が慌てて立ち上がる。

「コーヒーぐらい、私が用意しますよ」

「紙コップを用意する、ポットのボタンを押す、ここまで持ってくる――消費カロリーなんか、たかが知れてるよ」岩倉と会ってから、なんだか皮肉っぽくなってしまった。「ちょっと聞いてくれ。十年前の事件について、当時の捜査担当者に話を聞いてきたんだ」

「はい」

「嫌な情報が出てきた。当時も詰めきれないで、結局消えてしまったんだけど、僕は引っかかった」

被害者の家庭内で虐待があったのではないか――それが前田につながる理由だ。その辺りに関しては何の根拠もなく、まだ完全な想像に過ぎなかったが、話を聞く美来は真剣な表情だった。

「ありそう……あるかもしれません」

「無理に話を合わせなくていいよ」大友は岩倉の顔を思い出していた。ここはむしろストッパー役が必要だ。この段階ではまだ、一気に進むのは危ない。

「でも、何となく筋は通りますよ」

「調べるしかないな。ここであれこれ想像していても始まらない」大友は立ち上がった。永橋に相談しないと……かなりデリケートな話だから、自分一人の判断で動くわけにはいかない。

大友の推測を聞いた永橋は、即座に「やってくれ」と言った。

「止めないんですか？」

「どうして止める？」永橋が不思議そうな表情を浮かべる。「筋は通ってるぞ。大変かもしれないけど、それぐらい、お前ならやれるだろう」

「その通りだ」清川が同調した。「一人の刑事としてではなく、リーダーシップを意識して動く——お前も、そういうことを考えていい年齢だ」

「私はそもそも刑事じゃないんですが」大友は脊髄反射で反論した。それに、リーダーになれる階級でもない。

「この前、福原さんと会ったんだけどな」清川が突然、かつての大友の「庇護者」の名前を持ち出した。

「ああ……お元気でしたか？」

「相変わらず格言ばかり言ってたよ」清川が苦笑する。「人はそう簡単には変わらないな。いや、悠々自適になってから、ますますひどくなったかもしれない」

「悪化、ですか」大友も釣られて苦笑いした。

「それと、お前のことを気にかけてたぞ。まだ一課に戻らないのかと文句を言ってた」

「そんなことを言われましても」

「最近、話してないのか？」

「そうですね。ご無沙汰してます」

「とにかく、やるだけやってみろ。こちらへの報告は最低限でいい。俺はお前を信用してるからな」

そこまで言われると、走り始めざるを得ない。大友はまず、一番きついところから攻めることにした。前提が覆ったら、この線で捜査を進める意味はなくなるのだ。


大島が殺されてから既に二週間以上が過ぎたが、妻の弥生（やよい）は依然として落ちこみから脱していない——そういう状況を、大友は被害者支援課の村野に確認した。捜査だから、いちいち彼にお伺いをたてる必要はないのだが、きちんと話ができるかどうか、事前に確かめておきたかった。

「やめておいた方がいいですよ。まだ回復フェーズに入ってないと思います」村野が警告する。

「しかし、待てないんだ。何だったら、君が立ち会ってくれてもいい」大友は譲歩した。

「それは……大友さんが自分で何とかして下さい。うちも、人手が余っているわけではないので」

「支援課としてはそれでいいのか？」最初に被害者家族と会った時には、村野は捜査一課を排除しようとさえしたのに。

「大友さんなら、きちんと考えてやってくれるでしょう。それにご家族は、迷惑だと思ったら、うちに助けを求めてきますよ。その時は容赦しませんからね」

「そうならないように、十分注意するよ」

電話を切り、大友はふっと息を吐いて両手を叩き合わせた。弥生と連絡を取るよう、美来に指示する。会う場所は自宅でも警察でもいい。

デリケートな話なので美来は緊張していたが、それでもすぐに弥生と話をつけた。わざわざ警察まで来るという――面倒な方法を選んだ理由が、大友には何となく分かった。あの事件の捜査で、大島の家には警察官が大量に出入りした。それを快く思わなかったのは当然だろう。これ以上家を汚されたくない、自分が警察へ行く方がまだました、と考えてもおかしくない。

「午後二時にこちらへ来てくれるそうです」

「できるだけ明るい部屋を用意してくれ」大友は指示した。

「いいですけど、明るいって言っても、所詮は警察ですよ」

「窓があるところでいいんだ」大友は譲歩した。まさか、取調室で話を聴くわけにはいかないし。

弥生が来るまでの時間を利用して、大友は柴と敦美に連絡を取った。自分がやろうとしていることを説明し、展開次第では二人にも協力して欲しい、と頼みこむ。

「協力もなにも、俺は最初からお前の指示に従ってるぜ」柴が「何を今さら」という感じで言った。敦美は一言「了解」。阿吽（あうん）の呼吸で動ける同期が近くにいると、何かと助かる。

午後二時少し前、弥生がやって来た。一階で迷わないように、美来を予め迎えに出していた。美来が前を歩く形で案内してきたのだが、一目見ただけで、大友はこの事情聴取を悔いた。弥生はげっそりと痩せ、髪にも艶がなくなっている。薄く化粧をしている様子だが、顔には輝きがまったくなかった。

小さな会議室に案内し、まず水を勧める。椅子に腰を下ろした弥生は、すっと頭を下げたが、手をつけようとはしなかった。ただし、ペットボトルを自分の方へ引き寄せはする——完全拒否ではないのだ、と大友は自分に言い聞かせた。

「大変な時に、何度もお願いして申し訳ありません」大友はまず頭を下げた。

「いえ」

つい、「お疲れ様です」と言おうとして言葉を呑みこむ。先ほどの電話で、村野に「ＮＧワード」の一つだと忠告されていたのだ。その一言で疲労を意識してしまう人もいるし、「疲れていない」と強く反発する人もいる。犯罪被害者の家族は、それだけ神経がぴりぴりしているのだ。

「今日は、答えにくいことを確認しなければなりません」

「はい」弥生がのろのろと顔を上げた。最初に会った時より、何歳か老けてしまったように見える。大島の葬儀は終わり、一連の騒動は一段落したはずだが、事件は解決していない——こんな状況が続いたら、神経が参ってしまうのも当然だろう。

「実は十年前に、荒川区の方で同じような通り魔事件が起きていたんです。被害者の方は重傷を負って、事件はまだ解決していません」

「まさか、同じ犯人――」

「それはまだ分かりません」大友は急いで首を横に振った。「ただ、手口は非常によく似ています」

「はい」

「その被害者の方なんですが……」大友は言い淀んだ。この情報は確定したものではなく、単に岩倉の疑念に過ぎないし、弥生にとっては聞いただけでショックを受ける内容だろう。しかし思い切って言ってしまうことにした。言わないと何も始まらない。「実は、子どもさんを虐待していたという話があります」

弥生が目を見開いた。薄く開いた唇が震え始める。矢が刺さった、と大友は確信した。

「具体的にどういう虐待だったかは分かっていません。ただ、当時もこの情報を追いかけていた刑事がいました。私は、この情報に注目しています」

大友は両手を組み合わせた。予想以上に力が入ってしまい、手に痛みが走るほどだった。弥生は唇を引き結んだまま、沈黙を守っている。

「具体的な根拠がないのに、こんなことをお訊ねするのは本当に申し訳ないと思っています。でも、少しでも犯人に近づくためです……ご主人は、娘さんたちに手を上げるようなことはありませんでしたか？」

弥生が突然、声を上げて泣き出した。大友は推理が当たった快感と、悲惨な状況にある女性をさらに苦しめてしまった罪の意識の板挟みになった。

捜査は急に動き出した。弥生が虐待の事実を認めたことで、永橋たちがその捜査に戦力を大量投入すると決めたのだ。

その夜の捜査会議で、大友は状況を説明するように、指示された。自分の一言で今後の捜査の方針が全て決まってしまうかもしれないと思うと緊張したが、ここは攻めの姿勢を貫かないと。

2

「被害者の大島さんが、次女のはるかちゃんを虐待していたことが分かりました」

事情を明かすと、刑事たちの間にざわざわとした気配が流れた。あちこちでひそひそ話が始まる。殺人事件となると、被害者に対する調査も徹底的に行われるのだが、この事実はこれまでまったく浮上していなかったのだ。それも当然——家族としては、わざわざ警察に話したいことではないだろう。

ざわめきが去るのを待って、大友は話を再開した。

「理由は不明です。長女の恵理ちゃんに対しては、ごく普通に接していたようですが、はるかちゃんに対しては、小学校に上がった頃から急に態度が変わったようです。最初は無視していた程度なんですが、そのうち厳しく叱責するようになって、三年生の時には手を上げて、右手を骨折させています。この件を、妻の弥生さんは表沙汰にしませんでした」

　一度言葉を切る。不気味な沈黙……基本的に刑事たちは、子どもが犠牲になる事件を徹底して嫌う。被害者が、突然加害者に転じた瞬間を知ったせいか、会議室に嫌悪感がじわじわと広がっていく。

「暴力はその後も止まりませんでした。大島は他人に分からないように、顔などには傷をつけないよう、慎重だったようですが……弥生さんが何度もやめるように懇願したんですが、暴力は止まらず、弥生さんは本気で離婚も考えていたようです。今回の事件は、そういう状況の中で起きました」

　大友は周囲をぐるりと見回した。全員が前を向いた会議室の中ほどに位置しているので、他の刑事たちの顔が全部見えているわけではないが、全員が同じように厳しい表情を浮かべているのは分かる。大友が悪いわけではないのだが、刑事たちから見れば、凶事を伝える嫌なメッセンジャーになってしまった。

「ポイントが一つあります。長女の恵理ちゃんは、前田にだけは家庭内の難しい状況を話していました。前田は担任ではありませんが、生徒たちの相談を積極的に受けていることで有名です。相当真剣に——授業で教える以上に真剣に生徒たちの相談に乗っていたので、恵理ちゃんも頼ったんだと思います。恵理ちゃんにはまだ話を聴いていませんが、この件は母親の弥生さんには打ち明けているので、確認できたと考えていいでしょう。必要なら、恵理ちゃんにも話を聴きます」

大友はなおも話し続けた。既に前田には事情を聴いたが、話は進まなかったこと——この辺りの話は、他の刑事たちも「情報」としては知っていたはずだが、正式に報告を受けるのは初めてだろう。緊迫した空気が次第に広がる中、大友は説明を終えた。

「そういうわけで」永橋が立ち上がる。「今後、前田を軸に捜査を進める」

「ちょっといいですか?」手を上げて立ち上がったのは、所轄の若手の刑事だった。「今の情報だけで、前田の犯行と判断するのは無理があると思いますが……」

「断定はしていない。断定していいかどうか、それを判断する材料を集めるんだ」

永橋が言うと、刑事は納得して引き下がった。なかなか度胸がある奴だ、と大友は感心してしまった。中堅、ベテラン揃いのこの状況で、若い刑事が捜査方針に疑義を唱えるには、相当の覚悟がいる。

「捜査の方向はいくつかある。まず、もう一人の被害者、松宮光一さんの周辺調査だ。家庭に問題がなかったかどうか、チェックしろ。それと、十年前に荒川区で起きた通り魔事件についても、現地の所轄と協力して再捜査する。目的は、被害者の家庭問題の調査。それと、前田の周辺捜査も今まで通りに進める」

永橋がてきぱきと仕事の割り振りを指示する。大友は、前田本人の周辺捜査を指示された——これは会議の前に、永橋に希望して受け入れられていたものだ。

会議を終えると、大友は入手していた複数の連絡先を確認した。前田の過去について聴くために、古い知り合いの連絡先をいくつか確保している。その中で一番気になっているのが、佐藤瑠奈という女性だった。前田の妹・公美の幼馴染みで、今は結婚して東京に住んでいる。連絡先は、前田の同級生だった浅野が調べてくれた。

　午後九時半……まだ人に電話するのに遅過ぎる時間ではないと思い、大友はスマートフォンを手にした。普通に呼び出し――突然、少し怒った声が耳に飛びこんできた。

「佐藤瑠奈さんですか？」

「どちら様ですか？」警戒しているのか、自分の名前を認めようとしない。

「警視庁刑事総務課の大友鉄と言います」

「詐欺ですか？」いきなり乱暴に言葉をぶつけてくる。

「いえ――詐欺師だったら、詐欺師とは認めないでしょうけどね」

　ずいぶん猜疑心が強いと思ったが、今はこんなものだろう。簡単に説得できると思ったが、瑠奈は頑なだった。大友がいくら説明しても、警察官と認めようとしない。仕方なく、大友は最終手段に出た。

「私は今、通り魔事件の特捜本部に詰めています。場所は文京中央署ですので、そこに電話をかけて、特捜本部を呼び出して下さい。文京中央署の電話番号は……そちらで調べてもらった方がいいですね。それなら信じてもらえるでしょう」

「どうして私の方から電話しないといけないんですか」

「これは、殺人事件の極めて重大な捜査だからです。私は今、前田公美さんについて調べています」

沈黙。この名前を出せば、瑠奈も喋るかと思ったが、むしろ先ほどまでよりも緊張した空気が漂い始める。

「前田公美さんです。春日井で、小中高とあなたと同じ学校に通っていましたよね」

「何で今さら、公美のことなんか、調べているんですか」

「捜査に関係あるからです」

「でも、公美が事件を起こせる訳がないです」

「いや、公美さんが何かやったと言ってるわけではないですよ」何なのだろう、この妙に頑なな態度は。

「できる訳がないです」瑠奈が繰り返した。「公美は死んだんですよ」


大友は強引に押して、その夜のうちに瑠奈と会うことになった。結婚しているとはいえ子どもはおらず、IT系の会社で働いている——電話を受けた時も残業していたというので、大友は会社の近くまで行くことにした。幸い、会社は池袋で、文京中央署からも近い。

「死んだって、どういう意味ですかね」同行した美来が不安そうに言った。

「分からない。佐藤さんも、詳しい事情は知らないようだ」

「でも、調べられますよね？」確かめるように美来が言った。「亡くなった事実は、色々な場所で確認できるはずです」

「ああ。取り敢えず話を聴いてみよう」

瑠奈が勤める会社は、池袋の西口にあった。豊島中央署に近いオフィスビルの七階。さすがに会社の中には入って欲しくないというので、瑠奈はビルの前で待っていた。コートも着ていないのでかなり寒いのか、両腕で自分の上半身を抱いている。

何だかきつそうな女性だな、というのが大友の第一印象だった。電話でのやりとりが記憶に残っているせいかもしれないが、実際に会ってみると、顔立ちもメークもきつめだった。背が高く、威圧感もある。大友がバッジを示し、名刺を差し出すと、ようやく険しい表情が薄れた。

「本当に、詐欺師だと思ったんですよ」言い訳するように瑠奈が言った。

「被害に遭われたことがあるんですか？」

「私はないですけど、田舎の母が」

「向こうが警察を名乗ったんですか？」

「そうです。悪質ですよね？」

「まったくです……すみませんが、今日はそういう話ではないんです。警察に対しては不信感はあるかもしれませんが、ちょっと警察署まで来ていただけますか？」

「ええ……」瑠奈が躊躇う。「でもそれじゃ、犯人扱いじゃないですか？」

「警察署がすぐ近くなんです。人に聞かれないで話をするには、一番いい場所なんですよ。取調室ではなく、一階で構いませんので」

「しょうがないですね」

三人は豊島中央署に向かって歩き出したが、大友はすぐに、瑠奈がスマートフォンと財布しか持っていないのに気づいて訊ねた。

「もしかしたら、仕事を抜け出して来たんですか？」

「そうですよ」

「また戻るんですよね？」

「もちろん。残業ですから」瑠奈の顔が歪む。

「分かりました。遅くならないように気をつけます」

「別にいいですよ。今日はもう、徹夜確定ですし」

「そんなに大変なんですか？」

「相手がある仕事なので、しょうがないです」

仕事のことを聞き始めれば、すぐに愚痴が溢れ出しそうだ。大友は、この件をこれ以上掘り下げないことにした。

豊島中央署に入った瞬間、大友は失態を悟った。事前に調べておけば、ここは避けたのに……どうやら大規模な交通事故が起きたようで、一階にある交通課周辺がざわついていたのだ。これでは静かに話ができない——仕方なく、警務課に頼みこんで、副署長席の前のソファを貸してもらった。落ち着かない様子で、瑠奈が腰を下ろす。

「飲み物はいりますか？」気を利かせて美来が訊ねる。

「結構です。早く済ませてくれませんか……落ち着かないので」

「では、始めます」ソファで、瑠奈の横に座った大友も落ち着かなかった。やはり人に話を聴く時には、正面に座るのが一番いい。横に並んで話していると、どうしても雑談の雰囲気が強くなってしまうのだ。美来は警務課の椅子を一つ引っ張って来て、ソファの横に陣取る。

「公美さんが亡くなったというのは本当ですか？」

「そう聞きました」

「本当なんですね？」大友は繰り返し訊ねた。伝聞情報……誰から聞いたかが気になる。

「本当かどうか——確かめたわけじゃないですよ」

「聞いたのはいつですか？」

「もう十年ぐらい前……かな」

その辺の記憶も曖昧なようだった。瑠奈は、公美とそれほど親しかったわけではないかもしれない、と心配になる。

「あなたが知っている限りでいいです。教えて下さい」

「ただ亡くなった、としか」瑠奈がうつむく。急に涙が溢れ、膝に置いた手の甲を濡らす。どうした……事情聴取に対して不機嫌だったのは分かるが、そこから涙を零すに至る心理状態が理解できない。

「公美さんは、高校一年の冬に、突然いなくなったそうですね」

「そうです」

瑠奈がうなずく。大友は泣き顔を予想していたのだが、目は潤んでいたものの、顔に浮かんでいたのは虚無的な表情だった。

「転校したんですか？」

「転校じゃないです。辞めたんです」

「退学ですか？」

「まあ……自主退学だったんでしょうね。その時の状況は、直接は知らないんです。冬休みが終わって、三学期が始まったら、いきなりいなくなっていたので」

「何の話もなく？」

「その時は……すぐに騒ぎになって、先生にも聞きました。でも先生は、『辞めた』って言うだけで」

「先生も事情を知らなかったんですか？」

「知ってたと思います。知ってて、私たちには言わなかったんだと思います」

「何があったと思いますか？」

「だから、東京へ行ったんですよ」

「何故それが分かったんですか？」話が遅々として進まない。かすかな苛立ちを覚えながら、大友は辛抱強く質問を重ねた。

「三学期の終わりぐらいに、手紙が来たんです。長い手紙でした。東京にいて、バイトも始めたって……高校へは行かないけど、大検を取って大学へは行くつもりだって書いてありました」

「夜逃げだったんですか？」大友は乱暴な言葉を使った。

「あの、お兄さんが……」

「邦夫さん」

瑠奈がうなずく。両手を揉み合わせ、体を揺らす。腿の上に置いたスマートフォンが落ちそうになり、慌てて右手を伸ばして押さえた。

「邦夫さんが、その一年ぐらい前に家を出て、公美は頼って行ったんだと思います」

タイミングは合う。やはり夜逃げ同然に家を逃げ出した前田は、東京でアルバイトをしながら大学受験を目指していた。高校を辞めてでも家を出たかった妹は、兄を頼って東京へ出奔(しゅっぽん)した――それが、一年足らずの間に起きたということだろう。

兄妹は、立て続けに家を飛び出した。

「前田さんの家で、何があったんですか？」

「公美、お父さんを嫌っていたから」瑠奈があっさり言った。

「それだけですか？　親を嫌っていても、家を出ないで一緒に暮らしている子どもはたくさんいますよ」

「はっきり聞いたことはないので……」瑠奈が目を伏せる。

「虐待があったんですか」

無言。しかし、握り合わせた両手に力が入るのが分かった。何か聞かされているかもしれないんですよ」

「大事なことなんです。過去の家庭問題が、現在の事件につながっているかもしれない……。

「公美から聞いただけの話で、本当かどうかは分かりません」瑠奈が口を開く。「お兄さんは、お父さんに殴られていた……公美もです」

「もしかしたら、それ以上のことがあったんじゃないですか」

瑠奈がまた黙りこむ。大友は親による性的虐待について考えていた。こういうことは表に出にくいのだが、実際にはかなりの頻度で起きている。

「どうなんですか？」

「友だちだって、言えることと言えないことがあるでしょう」

「あったと——少なくともあなたは、あったと思っているんですね？」

「手紙に書いてありました」瑠奈が認めた。「ぼかした形で。でも、私には分かりました」

「その手紙は残してありますか？」

「あるかないかも言えません。あっても、見せるつもりはありません」瑠奈はあくまで頑なだった。

「分かりました」大友は一歩引いた。「その後、公美さんとは連絡を取り合わなかったんですか？」

「連絡先は書いてなかったので、返信はできなかったんです。消印が東京だったので、東京にいるらしいことだけは分かりましたけどね」

「その後、亡くなったという話は……」

「友だちから聞きました。公美とつながっていた子もいたので」

「そういう人を紹介してもらえませんか?」

「言いたくありません」瑠奈があっさり拒絶する。

この辺が限界かもしれない。あまりにも攻めると、彼女は更に強硬になってしまいそうだった。取り敢えず、前田家で何があったか分かっただけでも十分だろう。

「亡くなった時、公美さんがどこにいたかはご存じですか?」

「前橋らしいです」

「前橋」大友はうなずいた。東京で何をしていたか——実際に大検に受かったのか、大学へ行ったのかは分からないが、その後前橋に住んでいたわけか。「そこに住んでいたんですかね」

「違うと思います」

「というと?」

「自殺する場所として選んだだけでしょう」

一番知りたいことは、後回しにせざるを得なかった。本当に公美が自殺していたら、警察でも事実を摑んでいるはずだ。十年前とはいえ、記録も残っているかもしれない。ただしそれをチェックするためには、捜査共助課経由で群馬県警に問い合わせをしなければならない。この時間では難しく、明日に持ち越すことになった。

日付が変わる頃、大友はへとへとになって自宅に帰り着いた。窓に灯りが灯っているのに気づき、眉をひそめる。この時間だと優斗は大抵寝ているのだが、今日に限って起きているのだろうか。

ドアを開けると、ダイニングルームにいた優斗が、呑気な口調で「あ、おかえり」と言った。

「まだ起きてたのか？」

「明日、塾のテストなんだ」

「何だよ、一夜漬けはしないっていつも言ってるじゃないか」

「ちょっと気になっちゃって……やり残しがあったんだ」優斗は、パンで何か作っていた。

「夕飯、食べてないのか？」

「聖子さんのところで食べたけど、今日は野菜ばっかりで……美味しかったんだけどね」優斗が苦笑する。

「何作ってるんだ？」

「トーストだけど、ちょっといろいろ」

四枚切りの分厚い食パンにハムと薄切りのトマトを載せ、マヨネーズと多めの胡椒で味つけして最後にチーズで蓋をする。カロリー過多のチーズトーストというか、ピザもどきだ。

大友がじっと見ているのに気づいたのか、優斗が「もう一枚作ろうか?」と言った。

「いいのか?」

「一枚も二枚も同じでしょ」

優斗が冷蔵庫からもう一枚パンを出した。同じ手順で食材を重ねていく。準備ができる間に、大友は背広を脱いで手を洗ってきた。風呂は……後にしよう。

ダイニングルームに戻って、冷蔵庫からビールを取り出し、一口呑んだところでトーストが焼き上がった。優斗が皿に乗せて出してくれる。胡椒が結構効いており、ビールに合う味つけだった。

「腕を上げたな」

「どうも」にやりと笑い、優斗が冷蔵庫から自分の分の野菜ジュースを出して夜食にかかった。夕飯の時は二人ともよく喋るのだが、夜食となると黙々……これも悪くない。男二人の食卓は、そもそもこんな感じではないだろうか。

だいたい今日は、あまり喋る気になれない。どうしても、前田の家族の問題が心に引っかかっているのだ。

前田が「歪んでいる」可能性は高い。おそらくそれは、幼少期から続いた家庭のトラブルが原因だ。母親が亡くなり、男手一つで育てられた兄妹は、虐待のせいで奇妙な方向へねじ曲がってしまったのではないだろうか。

前田が置かれた環境は、ある意味優斗と同じだ。もちろん大友は、虐待などにはまったく関係なかったのだが、優斗はどう考えているだろう。聞くことはできる——しかし、どう聞いたらいいのだろう。「ママが亡くなって、普通に育ったか？」。本人にそんなことを聞くのは筋違いだ。

質問するなら自分に対して——僕は、優斗をきちんと育てられたのだろうか。

食べ終え、ふと気づくと寝落ちしそうになっていた。首がかくりと折れたところで気づき、咳払いしてビールを一口吞む。

「お風呂は明日の朝にして、もう寝たら？」優斗が皿を片づけながら言った。

「シャワーだけ浴びるよ」息子に気遣いされるようになったら終わりだな、と自虐的に考える。

「そうか……話があったんだけど、後でいいや」

「話ぐらい聞くけど？」

「半分寝てるじゃない。ちゃんと起きてる時にするよ」

「まだしばらく忙しいぞ」

「大丈夫。まだ時間はあるから」

「じゃあ……」大友は立ち上がった。ふいに、強烈な肩凝りを感じる。普段、肩凝りなどとは無縁なのだが、今は……原因は分かっている。何となく、頭が重いのだ。あれこれ考え過ぎて知恵熱が出たのかもしれない。自分の子育ては正しかったのか――答えが出ない問題であるが故に、考えれば考えるほど泥沼にはまる。

優斗はまったく平然とした表情――むしろ上機嫌で皿洗いをしている。こういう姿を見ている限り、素直に育ってくれたとは思うが……子育てが正解だったかどうかは、はるか未来にならないと分からないだろう。それこそ、優斗に子どもができて、自分が老境に足を踏み入れた時とか。

いや、もしかしたらそういう日はあっと言う間に来るかもしれないが。目眩(めまい)がするほど先の話だ。

3

翌朝、公美の自殺についてはすぐに裏が取れた。亡くなったのは、ちょうど十年前の九月十五日。現場は前橋市……とはいっても、山の中である。市町村合併により、今や赤城山の南麓までが前橋市に含まれるのだ。公美は赤城山に近い小さな湖に、夜の間に身を投げたらしく、翌朝死体となって岸辺に打ち上げられているのを発見された。解剖の結果、睡眠薬と酒を大量に摂取していたことが判明。岸辺に残された荷物などから、身元もすぐに分かった。

ほぼ同時刻、群馬県警には、前田から連絡が入っていた。切羽詰まった様子で、「妹が自殺をほのめかす電話をかけてきた」「群馬県にいると言っていた」と訴え、それが湖畔で遺体が見つかった状況と一致した。

前田はすぐに、遺体が安置されている署に出向いて身元を確認した。遺書などは残されていなかったものの、所持品の中に睡眠薬の空き瓶やウイスキーのボトルなどがあったことから、所轄では自殺として処理し、前田もそれで納得した。前田は「妹は職場の人間関係で悩んでいたようだ」と警察に話していたという。

「たぶん、事務系の仕事ですよね」美来が自分の手帳に目をやった。

「そうだな。化学薬品会社の総務部勤務……僕と同じようなものだろう」

「私、ちょっと調べてみていいですか？」

「この会社を？」

「この会社というか、公美さんがどういう状況で亡くなったのか。自殺なのは間違いないでしょうけど、タイミングが気になります」

「そうだな」彼女が言いたいことはすぐに分かった。亡くなった時、公美は二十七歳。愛知の実家を出てから十年以上経っており、最大の悩みから逃れて、精神的には安定していたはずだが……新たな問題に直面していた可能性もある。

「分かった。時間はかかってもいいから、できる限りの情報を引っ張り出してくれ」こういう時、若い刑事のやる気は頼もしい。

「私も一緒に行くわ」敦美が手を上げた。「こういう時は、一気呵成にいった方がいいでしょう？　二人いれば、二倍とは言わないけど、相当有利になるはずだから」

「分かった。じゃあ、埼玉の会社の方は二人に任せるよ」

「俺たちはどうする？」柴が話に入ってきた。

「前田の周辺捜査……十年前の学校での様子を聞こう」

「しかし、同僚の先生なんかは、皆異動したんじゃないか？」

「むしろ、教え子の話を聞きたいんだ。当時から生徒の相談に乗るようなタイプだったのかどうか……それと、十年前というと、妹さんが自殺した時期と被る。それが気になっているんだ」

「正確に言えば、妹さんが自殺してから、あの事件が起きた」柴が手帳をめくりながら言った。「妹さんの自殺が引き金になった可能性もあるんじゃないか？」

「前田がショックを受けたのは間違いないだろうけど、動機が今ひとつはっきりしない……」想像はしていた。それが当たっている可能性も高いと思う。だが、本人に直接確認しない限り、はっきりしたことは言えない。

「それはまた、改めてということで……とにかく、十年前の状況を確認するか」柴が腿を叩いて立ち上がった。大友がまだ座ったままでいるのを見て、不思議そうな表情を浮かべる。「どうした？」

「いや、この件ではいろいろ考えることがあってさ……頭が痛い」

「悩みなら、後でいくらでも聞いてやるよ。捜査が動いている最中に、立ち止まって沈思黙考はご法度だぜ」

「何だか、福原さんが言いそうな台詞だな」

「福原さんなら、今でも言ってるよ」

「福原さんに会ってるのか？」大友は目を見開いた。確かに福原は、以前捜査一課長を務めていて、柴の上司でもあったのだが。

「たまにね。あの人、基本的に寂しがり屋だろう？」

「それは分かる」人を集めて大騒ぎ、というのが好きなタイプなのだ。一人でしんみり呑んでいる姿が想像もできない。

「会う度に、毎回格言を聞かされるよ。オリジナルのやつは、相変わらずイマイチだけど」

「だろうね」

「格言とテツの噂話しか出ない呑み会っていうのは、なかなかきついものがあるぜ」

「僕の話？」大友は自分の鼻を指差した。

「ああ。福原さんは、今でもお前のことを気にかけてる。福原さんが現役時代にやり残したたった一つの仕事は、お前を捜査一課に復帰させることだったからだ……そろそろ真面目に考えろよ」

またか。最近、周りの人が同じようなことばかり言う。本当に捜査一課に復帰する時期が来ているのではないか——実際、今がそういうタイミングなのだろうか。
「時が来たのさ」柴が、妙に爽やかな笑みを浮かべた。「さ、行くぞ。まずは目の前の仕事を片づけようぜ」

情報は急速に集まってきた。大友たちは、荒川区の事件で、当時前田が勤めていた学校の生徒たち何人かを摑まえて話を聴くことができた。やはり当時も、生徒たちの相談には乗っていたらしい。今ほど極端ではないが、自分の時間を潰してまで生徒の相手をすることも珍しくなかったようだ。

しかし、ある時期に極端に落ちこんでいたことも分かった。時期的には、やはり公美が自殺した直後だったらしい。しかし前田は、そういう事情を周囲に全く明かしていなかった。夕方近くになって、既に退職していた当時の校長に話が聴けたのだが、彼も「妹が亡くなった」ことしか知らなかった。

「そりゃそうだよな」柴が暗い口調で言った。「自殺した、なんて言えないだろう」

「二十七歳で亡くなったというだけで、かなり異例だからね」

「奴は、この一件で壊れたのかもしれないぜ」

「可能性はある」

大友は、当時の捜査陣の詰めの甘さを恨んだ。岩倉も同様……評価が様々に分かれる人で、大友も判断しかねた。

「岩倉さんは、相当慎重な人じゃないか？」

「そういう噂は聞いてる。周りが突っ走っている時に、一人で立ち止まって『ちょっと待った！』とか大声で言いそうなタイプらしい」

「なるほどね」岩倉の自己評価とも一致する。

「何か、思い当たる節でも？」

「いや、今考えると、前田の周辺では十年前にもおかしなことがあったわけだろう？そういう情報も摑んでいなかったのかな」

「そうだろうな。少なくとも、妹さんの自殺について摑んでいれば、もう少し突っこめたと思う」

「そうだな……」

車の中に沈黙が満ちる。ハンドルを握る柴が、軽く咳きこんだ。今年最初の風邪をもらったかな、と独り言のようにつぶやく。そう言えば風邪が流行り始めている。元校長には直接会って話を聴きたかったが、今体調を崩して臥せっているという。電話で話を聴くのが精一杯だった。

「文京中央署でよろしいでしょうか？」柴がおどけて言った。

「ああ」

「おいおい、冗談に乗っかるなよ。俺はタクシーの運転手じゃないんだぜ」柴がわずかに非難するように言った。「とにかく、考え過ぎだよ。後にしろって」

「何もない時に、考えるなって言うのは相当酷だよ」

「そこは意思の力で何とかしろよ……鳴ってるぞ」

言われて、背広のポケットの中でスマートフォンが鳴っているのに気づく。これにも気づかないほど注意力が散漫になっていたのだ、と反省した。

「いろいろ情報が入ってきたわ」敦美だった。

「取り敢えず、簡易バージョンで聞かせてくれないか？」

「これは、彼女が勤めていた会社が把握していた事実――主に人事課が把握していた情報だから、必ずしも事実とは限らないわよ」

「それでも構わない」

「分かった」一呼吸置いて、敦美が一気に喋り出す。「公美さんは、大検を通った後、都内の短大に入学、卒業して、二十一歳の時に会社に入ったようね。最初から総務部に配属されていた。住所は、会社が用意していた独身寮」

「総務ということは、何でも屋だね」

「そういうこと。勤務態度は良好だったけど、対人関係が上手くいってなかったのは間違いないみたい。というより、人と交わろうとしなかったというか……その辺、前田と同じような感じなんだけどね。とにかく、寮でもいつも一人だったみたい」

「普通の会社で、普通に働いていたわけだよね？　人と交わらないと、仕事にも支障が出るんじゃないかな」

「当時の勤務記録を見ると、自殺する三か月ほど前から急に欠勤が増えていたわ。ただ、有給休暇の範囲内というか……問題になるほどの日数ではなかったみたい。でも、自殺する前の三日間は、無断欠勤していたそうよ。同僚が、会社の寮にもいないことに気づいて騒ぎ出して、その後すぐに自殺したことが分かった——群馬県警から連絡が入ったの」

「よくそこまで、記録が残っていたな」

「今回話を聞いた人事部長が、当時も人事部にいて、この件の処理に当たったそうよ。でも、実際には処理というほどのことはなかった。葬儀関係は、前田が一切を取り仕切ったそうだから。ちょっとおかしい感じがしたのは、前田は会社の人の参列も拒絶——やんわりと断ったそうよ」

「それはちょっと極端だね」

「自殺だったから、葬儀には来てもらいたくなかったのかもしれないけど」

「そういうことか……会社の方は、それで納得したのかな」

「遺族がそう言っているから、ということで収めたみたい。会社には特に親しい人もいなかったし、大きな問題にはならなかったらしいわ」

「分かった。もう少し——人事のオフィシャルな話じゃなくて、もっと裏の事情は聴けないかな」

「手配したわ」敦美があっさり言った。「当時の同僚で、今も会社に勤めている人を教えてもらったから、これから話を聴いてみるわ」

「さすが、ぬかりがない」

「これぐらい、当然よ。また連絡するわ」

電話を切り、肩を上下させる。公美に関する情報は確実に集まってきているから、喜ぶべきなのだが……やはり余計なことを考えてしまう。父子家庭で、公美はどんな闇を背負っていたのか。

「だから、何か喋れって」柴が苛ついた口調で言った。

「今、喋り終えたばかりなんだけど」

「何でもいいから喋れよ。喋ってないと、お前、どんどん暗くなるぞ」

「分かってる」

「じゃあ、明るい話でもするか。この件が終わったらどこで打ち上げするか、決めておこうぜ」

「任せるよ」

「おいおい……」柴が溜息をつく。「せっかく話を振ってるんだから、乗ってこいよ」

「申し訳ない」大友は頭を下げた。「今はどうしても、気楽になれないんだ」

「だったら、署に着くまで黙ってるんだな。こうなったら徹底的に考えて落ちこむのも一つの手だぜ」

その日の夜の捜査会議で、嫌な情報がもたらされた。学校関係の捜査を進めていた複数の刑事から、「虐待の問題がある家族は何件かあるらしい」という話が出てきたのだ。いずれも「噂」で、まだ直当たりはしていないというのだが、これは大きな手がかりになるかもしれない。

大友は頭の中で作戦を練った。親が子を虐待していると噂される家庭をマークする。もしかしたら前田は、そういう場所に現れるのではないか——提案してみようかと考えたが、実際には上層部も、同じ結論に達していた。報告が一段落すると、永橋が管理官の清川と額を寄せ合うように相談した後、すぐに立ち上がる。

「虐待があったとされる家庭について、調査を続行だ。同時に、前田の本格的な監視をスタートする。基本は、夜中心だ」

やはりそうなるか……いわば「現行犯」で身柄を押さえようという考えである。ただし、この方向性が合っている保証はない。慎重派の岩倉なら、敢えてこの流れにストップをかけるかもしれないが、今の大友には、そうする理由がなかった。

「今夜も、前田には監視をつけている。これまでの事件の流れからして、監視は午後六時から終電ぐらいまで、という方針でいこう」永橋が指示を終えた。

会議が終わり、大友は永橋に呼ばれた。

「お前は引き続き、前田の周辺捜査を頼む。必要があれば、もう一度名古屋へ飛んでもいい」

手だ。

どの筋から攻めるか……ここは思い切って、これまで摑んだ情報を前田に当てるのも

「分かりました」

「もう一度、任意で呼びませんか？　ここへ呼んでいる間は、監視の必要もないですよ」

「いや、それがな……」永橋の表情が渋くなる。「実は、こっちへ呼んだことが、もう外へ漏れているようなんだ」

「どういうことですか？」大友は思わず詰め寄った。

「ネットだよ。どこからどう漏れたのか分からないが、ツイッターなんかで情報が流れてる。実名は出ていないが、関係者が見たら一目瞭然だろう」

「予想はできたことですけどね……」大友は唇を嚙んだ。

怖いのは、結局犯人は前田ではなかった、と分かった時だ。警察としては、「前田氏は犯人ではありませんでした」とは公表できない。前田には名誉回復の手段が実質的にはなく、噂だけが広がり続けるだろう。

「いずれ、学校でも問題になる可能性がありますね」

「だから、一刻も早く逮捕しないと」

「というより、確実に犯人だと確定することが大事ですよね。冤罪にならないように」

「当たり前だ」永橋の表情が引き締まる。「もうしばらく、きっちりネジを巻いてくれ」

「了解です」

ちょうど話し終えたタイミングでスマートフォンが鳴った。この話が出たタイミングでは、絶対に話したくない相手。無視してしまおうかと思ったが、出なかったら出なかったで、しつこく追われそうな気がする。ここで釘を刺しておくのも手だろう。

「大友さん、前田先生が犯人って本当なんですか?」菜津子が前置き抜きでいきなり突っこんできた。

「そういう話をどこで聞いたんですか?」疑わし気に言って、大友は大袈裟に溜息をついた。「警察はまだ、何も断言していないんですよ」

「でも、そういう話ですよ」菜津子が言い張った。

「そういう話って、どういう話ですか?」

「だから、今回の二件の事件は、どっちも前田先生が犯人だって」

「無責任な噂ですよ。どこから出てきた話か、説明できます?」

「それは……分かりませんけど」

「出所が分からない無責任な噂は、大抵嘘ですよ」

「でも、先生が犯人だったりしたら、子どもたちにどう説明したらいいんですか」

「そもそも噂の出所が、子どもたちかもしれないじゃないですか」

「そうであっても、落ち着かないですよ」

「こんな風に噂されていることを知ったら、前田先生はもっと落ち着かないでしょうね……とにかく警察としては、まだ誰も逮捕していないんです。皆さんに、そういう風に言って下さい」

「前田先生は犯人じゃないんですか？」

「警察は誰も逮捕していませんよ」大友は繰り返した。「無責任な噂に振り回されないで下さい」

何とか電話を切り、つい溜息をついてしまう。いつの間にか、永橋が後ろに立っていた。

「どうした」

「知り合いの保護者からです。前田に関する噂の話でしたよ」

「否定したんだろうな？」

「誤魔化しました。嘘はつきたくなかったので」

「そうか……しかし、表面化するのも時間の問題だな」永橋も溜息をつく。「臨時PTA総会で、保護者が学校側を突き上げるようなことにならないといいが」

また電話が鳴った。話に納得していない菜津子では——と思ったが、今度は敦美だった。ほっとして「応答」ボタンを押す。

「公美さん、亡くなる直前には精神的に相当参っていたみたいね」敦美がいきなり切り出す。「仕事でもミスが多かったようだし、寮の食堂で食事中にもぼうっとしていて、同僚に注意されることがあったみたい」

「何がきっかけだったんだろう」

「もしかしたら、父親かも」

「居場所を突き止められたとか?」

「手紙が来ていた可能性はあるわね……公美さんがいた寮では、郵便物は一括して管理していたんだけど、公美さんが見た瞬間に顔が蒼褪めた手紙があったみたい。あまりにも急に顔色が変わったんで、貧血かと思って声をかけた子がいたのよ。公美さんは『大丈夫』って言ったけど、そのまま部屋に引っこんでしまったらしいわ」

「間違いないかな? ずいぶん古い話だけど」

「それだけインパクトが強かったわけよ」

「地元の高校を辞めてまで親から離れたかった……その狙いは成功したと思う。ところが、十年も経ってから居場所を突き止められて連絡が来たら、パニックになってもおかしくない」

「その時は、さすがに周りの人も心配になって、いろいろ声をかけたらしいんだけど、『何でもない』って繰り返すだけだったって。口数もさらに少なくなって、その後で欠勤を繰り返すようになって、それで……そういうこと」

「分かった」相槌を打つ大友の気持ちも重かった。「取り敢えず、引き上げてくれ」

「明日はどうするの? 引き続き、公美さんの周辺捜査を続けようか? 会社以外のところは、まだノータッチだし」

「そうだな。会社の中ではつき合いがなかったとしても、外に友だちが一人もいなかったとは考えられない」

「了解。明日も芦原を借りていい？　あの子、結構使えるわよ」

「鍛えてやってくれ」

電話を切り、椅子を引いて座る。重い疲れが、体の芯に染みついているようだった。両手で顔を擦り、目を閉じて足をだらしなく前に投げ出す。

いつまでもだらけていても仕方がない。思い切りよく立ち上がり、自分の頰を一つ張った。ぴしりという鋭い音とかすかな痛みが走り、意識が鮮明になる。

タイムラインを作ろう、と思った。上層部ではとっくにやっているかもしれないが、自分なりのタイムライン。前田の人生を、時間軸を追って再生する。もちろん、まだ調べきっていない空白の時間はある。例えば十年前の事件と現在との間……しかし、分かっている部分を書き出すことで、逆に何が分からないかがはっきりしてくるのだ。

やってみると、本当にはっきりしてきた。

後は穴を埋めるだけ——直接の証拠はないにしても、前田に直接ぶつければ、揺さぶることはできるのではないか。前田はなかなか動揺しないタイプで、危機に際して自分を抑える術を知っているようだが、警察がぶつける情報が弱過ぎたのかもしれない。

ここは自分がやるべきだ。「息子が入学予定の保護者」という設定が嘘だと分かった時、前田は怒りを感じるはずだ。怒りは理性を吹き飛ばし、綿密に組み立てた論理を破綻させるだろう。

それが見たかった。割れ目が生じた時、前田はどうやって塞ぎに行くだろう。

4

翌日夕方、大友の進言によって、前田に再び呼び出しをかけることが決まった。

「大丈夫なのか?」永橋は警戒していた。「お前が嘘をついていたことが分かったら、向こうは荒れるかもしれないぞ」

「望むところです。むしろ、荒れたら本音が出てくるかもしれません」

「一応、サポートをつける。お前一人じゃ抑えられないだろう。荒事(あらごと)は専門じゃないしな」

「……お願いします」

柴と、所轄の若い刑事に同席してもらうことにした。しかし大友は二人に、「抑え役」ではなく「観察役」をお願いした。微妙な表情や態度の変化を読み取り、どういう質問に反応したかを見抜く。さらに別室では、他の刑事たちもカメラ映像で監視する予定だ。

しかしこの予定は、完全に狂ってしまった。詰めが甘かった。

「どういうことだ!」

午後四時、永橋が激昂した。普段はどちらかというと穏やかな男なので、怒声が刑事たちを凍りつかせる。大友は「休め」の姿勢を取ったまま彼の前に立っていたのだが、思わず一歩引いたほどだった。何も喋らなくとも怒りが押し寄せてきて、圧倒されてしまう。永橋は受話器を耳に当てたまま、相手の声に耳を傾けていたが、次第に顔面から血の気が引いていく。

「いや、言い訳はいい。要するに見逃したんだな？　ああ、分かってる……家の方だな？　念のためにこっちからも人を出す。確実に捕まえろ」

永橋が、乱暴に受話器を叩きつけた。鼻から息を吐き出し、目を細めて大友を睨みつける。

「まさか、行方不明ですか？」大友は遠慮がちに訊ねた。

「学校の中までは監視できない。今日、途中で早退したことが分かった」学校にいる前田と電話で話し、出頭要請はしていたのだ。前田もそれを受け入れていた。

「こっちの狙いに気づいたんでしょうか」

「気づくも何も、一回呼んでるんだから、警察の狙いはとうに分かっているだろう」

「早退って……名目は何なんですか」

「風邪、だそうだ」

「確かに風邪は流行ってますよ」

「お前、真剣にそんなこと言ってるのか？」永橋が真顔で訊ねた。

「あまり疑ってばかりいると疲れますよ。どうします？　私も彼の家に行きますか？」

「大勢で押しかけても無意味だ。お前は待機していろ」

待機している方が辛い……学校から前田の家まで急行して確認するまでは、三十分ぐらいかかるだろう。それまで無為に過ごすのは我慢できなかった。かと言って、永橋の指摘する通り、大勢で前田のマンションを取り囲むのも、戦力の無駄遣いだ。

待つしかないか。音を立てて椅子に腰を下ろすと、柴がすっと近づいて来る。

「トンズラしたんだと思うよ、俺は」小声で告げた。

「どうして」

「ネットでも噂になってるんだし、自分がやばい立場に追いこまれてることは、当然分かってるだろう」

「冗談じゃない。もしもそうだったら、明らかに僕たちのミスだ」

「お前が監視の指示をしたわけじゃないんだから、気にするな」

「そういう問題じゃない」大友は拳でテーブルを叩いた。

「おいおい」柴が目を細める。「らしくないこと、するなよ」

「……そうだな」実際、物に当たったりするのは自分らしくない。反省したがあくまで一瞬で、怒りは消えなかった。

「コーヒーでも飲むか？」

「いや、今日はもう飲み過ぎてる」

「だったら、そこで大人しくしてな」柴が素っ気なく言って去って行った。あまりしつこくしないのは、同期故か。慰めの言葉が、実際には慰めにならないことをよく分かっている。

三十分はなかなか過ぎない。大友は壁の時計と自分の腕時計を交互に見ながら時間を潰した。本当なら、これまでの取り調べの内容をおさらいして備えるべきなのだろうが、とてもそんな気になれない。

二十五分。永橋の前の電話が鳴った。永橋が受話器を取り上げた時には、大友はもう立ち上がって、彼の方へ向かっていた。

「ああ……いた？」永橋が顔を上げ、大友を見やる。困惑の表情が浮かんでいた。「風邪？　本当に風邪なのか？」

永橋は無言で、大友の顔を凝視し続けた。相手の報告に耳を傾けている間に、盛り上がっていた肩がゆっくりと落ちて来る。緊張の極みから弛緩へ――こんなことが続いていたら、彼も精神的に参ってしまうだろう。

「分かった。取り敢えず、そのまま監視に入れ。後で交代要員を送る」

永橋が、受話器が壊れるかという勢いで叩きつけようとした。しかし直前で思いとどまったのか、何とか勢いを抑える。それでも受話器はフックに収まりきらず、外れてしまった。一つ咳払いして、そっと戻す。

「本当に風邪で早退したようだ。家で寝てたよ」

「流行ってますからね」大友は先ほどの話を繰り返した。

「様子を見た限り、仮病を使っている気配はない」

「監視は……マンションの外から見るしかないですよね」

「自殺を心配してるのか？」

「その可能性は排除すべきではないと思いますよ──私もちょっと見てきます」

「お前が行っても、奴の風邪が治るわけじゃないだろう」

「気になるんです。いいですよね？」大友は粘った。

「……分かった。ただし隠密行動でいけよ。もしかしたら風邪の演技をしながら、外を監視しているかもしれない」

「了解です。しかし、呼ぶタイミングが難しくなりましたね」

「そこはまた考えよう。何か変わったことがあったら、すぐに報告してくれ」

大友は覆面パトカーを借り出し、前田のマンションに向かった。車でわずか十分ほどの道のりが、やけに長く感じられる。助手席に乗った柴は、特に焦った様子でもなかったが。

「焦ってもしょうがないだろう」宥めるように柴が言った。

「いや、焦るさ」大友は反論した。「家に籠りきりの人間を、百パーセント完全に監視するのは不可能なんだから」

「あのマンションから外へ出るには、正面から行くしかないだろう。何かあったら見逃すはずがないよ」

「それより怖いのは自殺だ」

「俺の感覚では、前田は自殺とかしそうにないタイプだけど」

「そうかな」

「何というか……何か抜けてるんだ」

「抜けてる？」

「心の真ん中に大事なものがない——良心とか、そういうものかもしれないけど」

「良心がない人間だけが、人殺しをするわけじゃない。止むに止まれぬ事情があるかもしれないじゃないか」

「前田を庇うのか？」

「そういうつもりじゃないんだけど……」大友は口を濁した。彼の事情が全て分かったわけではない。

「そりゃあ、奴にも同情すべき事情はあるかもしれないよ。でも、そういうのは全て周辺から出てきた情報で、本当かどうかは分からない。不幸な少年時代だったかどうかは、検証しようがないじゃないか。肝心の父親が行方不明なんだから」

「そうだな」

「向こうの風邪が治るのを待って巻き直し、ということでいいじゃないか」

「そうせざるを得ないんだけど、気になるんだ」

物事には何でもタイミングがある。今がまさに、前田を呼ぶタイミングだったのだ。

そのつもりで準備をしてきたのだから……再度モチベーションを盛り上げるには、また何かのきっかけが必要だ。

前田のマンションから少し離れた場所に覆面パトカーを停め、監視している刑事たちに合流する。大友は所轄の若い刑事に、前田の様子を確認した。

「本当に風邪ですよ。あれは演技じゃありません」若い刑事は、自分が見たことに絶対の自信があるようだった。

「間違いないか?」それでも大友は念押しした。

「間違いないです」少しむっとした口調で、刑事が答える。

「お前、ここでずっと監視するのか?」柴が大友に訊ねる。「張り込みのローテーションは、永橋さんがちゃんと作るだろう」

「僕はおまけでいいよ」

「おまけって……」柴が苦笑する。「他にやることがあるだろう」

「ここも気になるんだ」

柴をその場に残し、大友はマンションの周辺をぐるりと回った。部屋は三階で、ベランダもない。裏側から出るには、三階の高さからそのまま飛び降りないといけないわけで、リスクが高過ぎる。柴が指摘していた通り、正面のロビーで張っていれば、まず見逃すことはない。

しかし何かが気になる。

大友はマンションの中に入り、前田の部屋の前まで行った。インタフォンに手が伸びそうになるが、こらえてドアに耳を押し当てる。何の音もしない……テレビも消して熟睡しているのだろうか。既に部屋から出てしまったということは――それは考え過ぎか。戻ると、柴が電柱に背中を預け、腕組みして立っていた。先ほどまでは呑気な雰囲気だったのに、今はむっつりとした表情で、いかにも機嫌が悪い。こんな監視は若い刑事二人で十分、自分たちがここにいるのは完全に時間の無駄だとむかついているのだろう。もっとも、大友が「来てくれ」と頼んだわけではなく、彼の方で勝手について来たのだ――つまり柴は、自分の行動の迂闊さを悔いている。

「どうするよ」

「お前は帰れよ」大友は柴に言った。「僕はもう少しここにいる」

「だから、何のために」

「分からない。何か気になる……としか言いようがないんだけど」

「お前の勘がどこまで当てになるか、だな」柴が電柱から背中を引き剝がす。腕は組んだままだった。「まあ、俺ももうちょっとここにいるよ」

柴の言う「もうちょっと」は一時間以上になった。覆面パトカーの中に座ったり、外に出たり、時計をちらちら見たり……そんなに嫌ならさっさと戻ればいいのに、と思ったが、柴は変なところで意地を張るタイプなのだ。

大友は基本、パトカーの運転席に座っていた。ハンドルを抱えこむようにして上体を屈め、マンションの入り口を監視し続ける。まったく、何が起きるわけでもないのに……と自分の行動に疑問が生じてきた。

大友は視界の隅に入る人影に気づき、ドアに手をかけた。

勘が当たった。

「どうした」

「前田の彼女だ」今でも「彼女」と言っていいかどうかは分からないが。

「あれが増谷あおいか……本人にお目にかかるのは初めてだな。それにしても、何だか暗くないか？」

遠慮のない悪口だが、柴の感想は大友にも分からないでもない。あおいは、何というか……常に伏し目がちな女性なのだ。話す時もこちらと目を合わせようとせず、ぼそぼそと語る。あれでよく教員ができるものだと、大友は初めて会った後で首を傾げたものだった。

あおいは膝まであるベージュのコートを着て、大荷物を抱えていた。左肩から大きなトートバッグを提げ、右手にはスーパーの袋を二つ持っている。

大友はドアから手を引いた。今は彼女に気づかれたくない――かけるべき言葉も見つからなかった。

「彼氏の見舞いかね？」柴がフロントガラス越しにあおいを凝視しながら言った。

「ああ。ちょっと意外だな」

「どうして」

「最近は、ちょっと距離があるようだったから」

「関係がぎくしゃくしてるのか？」

「そんな感じだ――本人の弁では」

「それでも、風邪を引いたらそそくさと差し入れに来るわけか。いいねえ」心底羨ましそうに柴が言った。

大友は反応せず、あおいの動きを見守った。マンションのホールに入る前に立ち止まり、トートバッグの中を探って鍵を取り出す。合鍵は持っているわけか……合鍵を持つというのは、恋人の関係としてもかなり深い。同棲一歩手前、という感じだろう。

「手料理を作って、今日はこのままお泊まりかな」

「どうかな。明日も平日だし……先生って、朝は早いんじゃないのか？」

「早いけど、都内の話だろう？　朝六時に出れば間に合うじゃないか」

「風邪がうつるのを嫌うかもしれない」

「昼飯一回、賭けるか？」

「警察官が賭けをしたらまずいよ」

「テツは相変わらず、硬いねえ」からかうように柴が言った。

頭の中では、大友はこの賭けに乗っていた。あおいはたぶん帰る――栄養たっぷりの夕食を作って一緒に食べたら、マンションから出て来るはずだ。多少遅くなっても、明日の仕事を考えたら帰るだろう。

「あれ？」柴が少し高い声を上げた。「もう出て来たぜ」

確かに。大友は反射的に車のドアを押し開けた。

「おい」柴が警告を飛ばす。

「ちょっと話してくる」

「やばいぜ」

「様子を聞くだけだよ」

大友は、大股であおいに近づいた。あおいは周囲をまったく気にしていない様子で、うつむいたまま足早に歩いている。大通りに出る前に何とかしたい——大友は途中から小走りになり、やっと追いついた。

「増谷さん」

あおいがびくりと身を震わせて立ち止まり、振り向いた。大友を認めた一瞬だけ顔を上げたが、すぐに目を伏せてしまう。大友は距離を一メートルまで詰めた。

「先日お会いしました。警視庁の大友です」言いながら、前田のマンションの方を見やる。既に見えなくなっていた——ということは、向こうからもこちらが見えないはずだ。気づかれる心配はないだろう。

「今日はお見舞いですか？」

「あの……何なんですか？　見張っていたんですか？」

「そうです」大友は認めた。この段階であおいにどこまで打ち明けるかは難しいところだが。

「何で警察が見張っているんですか」あおいの顔は引き攣っていた。

「捜査の一環です」大友としては、それぐらいしか言うことがなかった。

「捜査って……何なんですか」抗議するように言ったが、声に元気はない。

「前田さんは大丈夫なんですか？」

「ただの風邪です」返す言葉は素っ気ない。

「ずいぶん早く出て来ましたね」

「いつから見張ってたんですか？」

「少し前からです」

あおいが歩き出す。うつむき、前のめり——先ほどよりもスピードが上がっていた。

大友は横に並び、できるだけ普通の声を出すように意識して話しかけた。

「料理でも作っているのかと思いました」

「帰れって言われました」歩きながら、あおいが溜息をつく。

「帰れ？」

「風邪がうつるからって」

「喧嘩したわけじゃないんですね？」

「すみません」あおいがまた立ち止まり、一瞬大友を睨む。「何でそんなことを聴くんですか？　そんなことまで、警察に話さないといけないんですか？」

「できればお願いします」

「意味が分かりません」

「言えないこともありますので……前田さんはどんな様子でしたか？」

「苦しんでましたよ。風邪なんですから、当たり前です」

「どうしたんでしょうね。何か無理でもしたんでしょうか」

「学校で、どれぐらい風邪が流行るか知ったら、驚きますよ」あおいが皮肉っぽく言った。「学級閉鎖とか、経験しませんでした？」

「もちろん、ありました」大友は、認めた。「逃げ場がないから、どうしても風邪は流行りますよね」

「彼の学校で、今風邪が流行ってるんです。それだけですから」

どうしても話が噛み合わない。あおいは、「いい加減にしろ」と捨て台詞を残して立ち去ってしまうほど怒ってはいなかったが、明らかに大友の手から逃れたがっている。

「一つだけ、聞いていいですか」

「何でしょう」

「前田さんに妹さんがいたのはご存じですか？」

沈黙。あおいはうつむいたまま、唇を噛み締めていた。知っている、と確信したが、彼女は認めないだろう。余計なことを言えば、会話が長引くだけだと考えているに違いない。

「妹さんは十年前に亡くなった——自殺しました。その話を、前田さんから聞いたことはありますか？」

「……はい」消え入りそうな声であおいが認める。

「あなたとつき合うようになる前ですね」

「ずっと前です」

「どういうタイミングで、そんな話になったんですか？」

「急に言い出して……後で聞いたんですけど、たまたまその日が妹さんの命日だったんです」

「それであなたに打ち明ける気になったんでしょうか」

「たぶん——その後、一緒にお墓参りにも行きました」

「お墓はどこなんですか？」

「都内です」

　わざわざ、妹のために墓を建てたわけか。前田が、妹をどれほど大切にしていたかは分かった。しかし、愛知の方には家族の墓——母親の墓があるはずだ。妹の遺骨をそこへ入れなかったのは、それだけ父親を嫌っていたからだろう。

「どう思いました？」

「どうって……」あおいが言い淀む。

「家族が自殺するというのは、誰にとっても大変な経験です。人生に極めて大きな影響を与える——前田さんも、妹さんの自殺に影響を受けていたんじゃないですか」

「そうだとは思いますけど、詳しく確かめたことはないです。聞きにくいの、分かるでしょう？」

「もちろんです」

「彼も一度話しただけで、その後は全く話題にしませんでした。話した時に、明らかに様子が違ったので……話すのが辛いって分かりました。夜中に急に寝言が聞こえて、妹さんの名前を呼んだと思ったら、いきなり目を覚まして、汗びっしょりになっていて」

「嫌な記憶だったんでしょうね」

「だから、私の方からは何も聞けませんでした」

「そうですか……」

「前田さんは、いろいろと苦労してきた人なんです。私が知らないことだってたくさんあると思います。これ以上、辛い目に遭わせないで下さい」

「保証はできません」冷たい言い方だ、と思いながら大友は宣言した。

「そんな……まさか、前田さんを逮捕するんですか？」

「それも含めて何も言えません」自分がどんどん愚鈍になっていくような気がしてならない。もう少し気の利いたことは言えないものだろうか。

「そうですか」あおいが深々と溜息をついた。「どうしてこんなことになったんでしょうね」

「それは、これから調べていきます」

「私たちは、何も知ることができないんですか？」

「それについては申し訳なく思います」

「私……」あおいが唇を嚙む。「私、どうしたらいいんですか？　前田さんを支えたい気持ちはありますけど、怖いんです」

「前田さんが？」

「彼が何を考えているか、分からないんです。優しい人なんですけど、時々自分だけの世界に入ってしまって……そういう時は、何を言っても駄目なんです」

「私には何も言えません。男女の関係は、他人が口出しすべきことではないでしょう。アドバイスを口にすることはできても、最終的に決断するのは当事者です」

「逃げるのは卑怯な気もするんです……何があっても、一緒にいて支えてあげるべきじゃないでしょうか」

「気持ちは分かります」大友はうなずいた。「それも、あなたがご自分で判断すべきことです」

　自分は何と卑怯なのだろう、と思う。本当に彼女のことを考えるなら、「さっさと別れた方がいい」とアドバイスすべきなのだ。前田が殺人犯として逮捕されれば、彼女だって寄り添って支えていくことはできなくなる。しかも彼女自身が「殺人者の恋人」というレッテルを貼られ、今の仕事を続けていける保証もない。学校というのは体面を大事にする職場で、本人に問題がなくても、「問題があった人間の関係者」ということだけで、いづらくなることもあるはずだ。彼女自身、既に三十代後半。これから新たに仕事を見つけたり、新しい恋人に出会うのは、相当大変なはずだ。下手をすると、この件で人生が大きく捻じ曲がり、転落が始まってしまうかもしれない。もう手遅れかもしれないが、前田が逮捕される前に別れる——そういう選択肢もあるはずだ。

しかし、言えなかった。余計なことを言えば、逮捕が近いことが彼女の口から前田に伝わってしまうかもしれない。

大友が今一番大事にしなければならないのは、捜査なのだ。

しかしこの夜、前田に対する事情聴取は見送られた。病人を無理に引っ張り出したら問題になりかねない。大友は、じりじりと夜を過ごすしかなかった。

5

前田は翌日、学校を休んだ。徹夜で張り込みしていた連中が特捜本部へ戻って来て、永橋たちに報告する。学校の方へも、休むという連絡は入っていた。監視はなおも続行中で、前田が家を出る気配はないという。昨夜、あおいは相当大量に食材を買いこんできたはずだから、しばらくは家に籠っていても大丈夫かもしれない。

この日は特に、捜査に進展はなかった。敦美と美来は、公美の自殺の原因について調査を進め、短大時代の友人たちまで割り出して話を聴いたが、直接動機につながりそうな情報は出てこなかった。ただ、公美は短大時代から人とは距離を置き、いつも一人でいたことが分かった。短大、会社と社会の中に飛びこんではいったものの、どうしても一人を貫きたい——そこまで彼女が頑なになる理由が分からなかった。家族のことで悪夢のような記憶があったのは間違いないが、他人と接触することでそれが増幅されるとでも恐れていたのだろうか。あるいは、普通に生活するための「リハビリ」だったのか。

その翌日、前田はようやく普通に出勤した。金曜日。動き出したという報告が入ったので、永橋たちは警戒したが、前田は普通に学校へ向かっただけだった。そのまま、学校の周辺、さらに自宅周辺でも張り込みが続けられたが、日中は動きはなし。病み上がりのせいか、前田は五時には学校を出て自宅へ向かった。

大友は志願して、自宅マンションでの張り込みについた。何か動きがある……今日は覆面パトカーではなく、ワンボックスカーを用意していた。中には自転車が二台。前田が動き出す時には自転車を使う可能性が高く、置き去りにされないためにはこちらも自転車が必要だった。

監視要員は四人。たった一人の動向を確認するには大袈裟だったが、誰も文句を言わない。今夜何かが起きる——誰もがそういう予感に囚われている、と大友は判断した。大友自身、そう予感している。むしろ、何かあればいいとさえ思っていた。いつまでも監視を続けるわけにはいかないのだから。

四人がローテーションで張り込みをする。二人がマンション正面ロビーの左右。可能性は少ないが、裏側の窓の下にも一人。もう一人は車で待機し連絡係を務める。これで、どんな動きがあっても対応できるはずだ。

問題は、前田が張り込みに気づいているかどうかだ。あおいは、大友の動きを知っている。それを前田に教えた可能性は否定できない。微妙な関係にあるとはいえ、あおい自身、前田に対してまだ想う気持ちがあるのは間違いないのだから。

午後八時。大友はワンボックスカーで待機していた。ここからもマンションの様子は窺えるが、はっきり見えるわけではない。ハンドルを抱えこみ、前屈みになって、辛うじて人の出入りが確認できるぐらいだった。

前田は、五時半頃に自宅に入ってからは外に出て来る気配を見せなかった。一時間のローテーションで交代し、大友は次はマンションの前で張ることになっていたが……悩ましい張り込みだった。前田は神経を尖らせているはずで、大友の顔を見たら気づく可能性が高い。しかし、車の中でわざわざ変装している時間もないので、大友は一番手軽な変装を試すことにした。眼鏡をかけ、大きなマスクを装着する。これで顔の半分が隠れ、残り半分は眼鏡で偽装しているから、印象はだいぶ変わるはずだ。日本では、マスクをしていても誰も不思議に思わないから、これが一番手っ取り早く安全だ。

九時、張り込みを交代。大友はマスクをかけて車の外へ出た。最初の一時間はマンションの右側、次の一時間は裏側、最後の一時間はマンションの左側——三時間張り込みをして、車に戻るローテーションだ。実際には、日付が変わる頃に交代要員が来る予定なので、大友は車へは戻らずに署へ帰ることになる。

電柱の陰に立ち、無駄に緊張しないように気をつけながら監視を始める。もう十五年以上前、刑事になりたての頃に、先輩から張り込みの極意を伝授されていた。「一点に集中するな」「視野を広く持て」。張り込みは様々なシチュエーションで行われるが、一番多いのはどこかの建物の出入り口を見張ることである。要するに、人の出入りをチェックするわけで、今回もそれが狙いだ。しかしあまりにもドアばかり見ていると、他の大事な動きを見逃す恐れもあるので、できるだけ左右にも注意するのが肝要である。

時間がゆっくりと過ぎる。九時四十五分……あと十五分で裏に回る時間だ。向こうではさらに動きがないはずで、暇を持て余すだろう。

その時——時計から視線を上げた瞬間、動きがあった。

前田が自転車を押しながら、マンションから出て来たのだ。黒いジャンパーにジーンズという目立たない服装。大友は一瞬、自分の目を疑った。何かが起きればいいと期待してはいたが、本当に出て来るとは。しかも自転車に乗っている——二件の犯行と同じシチュエーションである。

前田がこちらに気づいた様子はない。しかし気——非常に強い気を感じる。大友が感じたのは怒りと集中心だ。まさにこれから、「使命」を果たそうとしているような……

無線で、車で待機している敦美に「今、出た。自転車だ」と短く報告する。敦美は「了解」とだけ言って通話を終えた。

大友は歩き出しながら、裏で待機している柴にも連絡した。

「マジかよ」柴も驚いていた。

「高畑が自転車で追跡する」

「すぐ戻る」

もう一人、マンションの左側で待機している所轄の若い刑事はもう状況を把握して、動き出していた。

前田がワンボックスカーの横を通り過ぎた瞬間、リアハッチが開く。敦美が、後ろ向きで自転車と一緒に出て来た。既に車の中で動いて、用意していたのだろう。敦美が勢いよく自転車を漕ぎ出した。大友は開いたリアハッチから車内に入りこみ、すぐに助手席に向かった。若い刑事が運転席に座り、最後に到着した柴が後ろから入ってリアハッチを閉める。

大友は耳に突っこんでいたイヤフォンを調整してから、特捜本部に連絡を入れた。

「大友です。動き出しました」

「了解」

無線に応答した永橋は、余計なことは言わなかった。この時点では指示することもないと分かっているはずだし、大友たちに任せておいて大丈夫と考えているのだろう。

ている。

若い刑事が車のエンジンをかけた。大友が振り向くと、柴がタブレット端末を手にしている。

「確認できている」画面を覗きこんだまま柴が告げる。

敦美の乗る自転車にはGPSの発信装置がついており、現在位置を確認できるようにしていた。自転車に乗る人間を車で追跡するのは難しいので、どうしてもこの用意が必要だった。

「概ね、茗荷谷方向へ向かってるな」

「まずいな……」茗荷谷中の生徒たちが多く住んでいる辺りだ。大友はすぐに車を出すように若い刑事に指示した。「道が入り組んでいる。遠回りしてもいいから、できるだけ早く茗荷谷駅の方へ接近してくれ」

「了解です」

車が出た。大友は後部座席に移動し、柴が持つタブレット端末を横から覗きこんだ。敦美の乗る自転車を示す光点が、地図上でゆっくりと動いている。

「高畑が本気を出したら、ツール・ド・フランスで勝負できるよな」柴が鼻を鳴らした。

「冗談言ってる場合じゃない」

「どうした」柴が驚いたような表情を浮かべて顔を上げる。「死刑台のユーモアじゃないか」

「僕たちは、死刑台に乗っているわけじゃないよ」

「おいおい、ピリピリするなよ」柴が忠告する。

大友は静かにうなずいた。自分でも分かっている——今夜の僕は、神経質になり過ぎだ。

前田はやはり、茗荷谷駅方面へ向かっているようだ。動く光点を見ながら、大友ははっと思い出して、もう一度無線で永橋と話した。

「ターゲットは監視中ですか?」

「当たり前だ」永橋がむっとした口調で言った。「今のところ、全員無事だ——帰宅を確認している」

あてずっぽうの動きなのか? 大友は首を捻った。前田は、入念に犯行を準備していたと思っていたのだが……風邪を引いて調子が狂った? いや、違う。大友は顔から血の気が引くのを意識した。

「我々が確認していないターゲットがいるんじゃないですか?」

「可能性はある」永橋がぶっきら棒に言った。「茗荷谷駅付近に、人を派遣している」

「分かりました」

その辺、手抜かりはないわけか。大友は無線での通話を終え、一つ深呼吸した。すぐ、イヤフォンに敦美の声が飛びこんでくる。

「自動車販売店の前を通過」

柴が無言で、タブレット端末の画面を指差した。大友は「捕捉している」と告げて通話を終了した。敦美には追跡に専念して欲しい。見逃す恐れはないだろう。それに、茗荷谷駅に近づけば近くほど警官の数は増えるから、前田は自ら網にかかりにいくようなものだ。

ワンボックスカーは、細い一方通行路を走っている。大友は「スピードを出し過ぎるなよ」と若い刑事に忠告した。前田が自転車で走っている道と並行して走る道にいるのだが、普通のスピードを出したらあっという間に追い抜いてしまうだろう。場合によっては敦美と大友たちで挟み撃ちする必要が出てくるかもしれないが、それまでは向こうに気づかれたくない。先回りする必要はないだろう。

ワンボックスカーのスピードが少し落ちた。制限速度三十キロの道路で二十キロ……ゆっくり運転するにも、ある程度のテクニックが必要だ。幸い、今のところ後ろから誰かにクラクションを鳴らされてはいないが、いつまでこの運転が続けられるか。

「駅に到着」敦美からまた報告が入った。「春日通り沿いの歩道で待機中」

「了解」

「駅前で止まってるようだな」柴が画面を確認しながら言った。

大友は前の座席に移動し、周辺の状況を目視した。大通りである春日通りを除いては、車を停めにくい場所……取り敢えず、春日通りに近づいて、停められる場所があったら停めるようにと指示した。若い刑事は、駅のすぐ側にある公園の脇にワンボックスカーを停めた。柴がすぐに外へ出ようとしたが、押しとどめる。

「車にも二人残っていた方がいい」

「一人で大丈夫か？」

「高畑がいるよ」

「オーケイ。あいつは一人で二人分だからな」

柴の冗談にも、いつものように笑えない。大友は外へ出た。もう一度マスクをかける。十一月の風は冷たく、コートの前をすぐに閉めて、春日通りの方へ歩き出す。できるだけ前田には見つからないようにして、敦美と合流したい——しかしすぐに、敦美からの連絡が入った。

「動き出したわ」

「方向は？」

「駅前交番の横の道を、千石駅方向へ引き返してる」

こっちへ向かっているわけか……車へ戻るべきかどうか、大友は迷った。この辺には一方通行も多いので、車に乗っていたらいざという時に動けなくなる——大友はすぐにワンボックスカーに戻り、もう一台の自転車を外へ出した。

「奴、何をするつもりだ？」振り返った柴が不安気に訊ねる。

「分からない。これからは二台で尾行するから、指示を頼む」

「了解」

大友はその場で待った。交番の横を通る道路は、車が待機している方へ続いている。

前田がこのまま来る可能性は高いと読んだ。

一台の自転車が走り去った直後に、前田がやって来るのが見えた。大友は念のために顔を伏せ、自転車が通り過ぎるのを音で確認した。顔を上げた時には、敦美の自転車がこちらに向かって来るところだった。振り返ると、前田の自転車はもうかなり小さくなっている。まさか、先ほど通過した自転車を追っている？　いや、それはないだろう。十年前の事件も含めて、これまで三件のケースでは、被害者は全員歩いていた。自転車に乗った相手を襲おうとしても、逃げられる可能性があるし、思いもかけぬ事故で襲撃者本人が怪我をする恐れもある。

敦美が横を通り過ぎたので、すぐにその後を追って走り出す。それほどスピードは出ていない。耐えきれないほど風が強くなるわけではなかった。敦美のすぐ後ろにつき、前方を走る前田の姿を視界に入れた。いったい何を狙っているのか……敦美がちらりと振り向き、不安気な表情を浮かべる。彼女にしては珍しいのだが、実際に不安なのだろう。

公園の横を通り過ぎて、最初の信号で前田は左折した。今度は、公園の別の一辺を通る細い道路……前田がぐっとスピードを落とす。

「何か狙ってるんじゃない？」敦美の声が耳に飛びこんできた。

「そうかもしれない」

道路の両側には歩道があるが、分離帯はない。そもそも、歩いている人の姿も見当たらなかった。前田の狙いがまったく分からない——右前方を歩く人の背中が見えてきた。左側を走っていた前田が、急に右側に移動する。依然としてのろのろ運転。大友は嫌な予感に襲われた。

前田が右の尻ポケットに手を突っこむ。まずい——大友はサドルから尻を浮かし、ペダルに一気に体重をかけた。前田は右手をポケットから抜くと、大きく振り上げる。前田との距離は十メートル以上。ここから全力で漕いでも間に合わない。

「危ない！」大友は反射的に叫んだ。それが合図になったように、敦美も全力走行に移行する。大友も必死でペダルを漕いだ。前田たちの姿がぐんぐん大きく迫ってくる。

前を歩いていた男が、ゆっくりと振り返る。街灯の光の下、眉間に皺が寄っているのが分かった。次の瞬間には大きく目を見開き、前へ体を投げ出して倒れこむ。前田が大きく右腕をふるったが空振りし、その勢いで、握っていた何かを手放してしまう。アスファルトを打つ硬い音……凶器だ。

前田は、尻餅をついた男を無視して、一瞬振り向くと、全力で自転車を漕ぎ始めた。大友たちの方が一足早くトップスピードに達しており、スピードが乗り切らない前田に追いつきかけた。敦美が右手を伸ばし、ジャンパーの襟首を摑もうとする——空振りし、勢い余って自転車ごと倒れこんでしまった。がしゃん、と激しい音がして、敦美が自転車の下敷きになる。

「高畑！」思わず叫ぶ。敦美は首を起こして、何も言わずに目線で「大丈夫」とメッセージを送ってきた。

ここは自分一人で行くしかない。大友は一度緩めたスピードを上げ、何とかすぐにトップスピードに持っていこうとした。しかし前田の方が、立ち直りが早い。サドルから腰を浮かして、全力でペダルを漕いでいる。あっという間にその背中が遠ざかった。右折して、ビルの谷間のさらに細い道路に突入——その数秒後に大友も角を曲がったが、前田の背中はさらに小さくなっていた。柴か永橋にこの状況を報告しないと……しかし、全力で自転車を漕いでいる状態では、無線で話もできない。柴は異変に気づいてくれているはずだ、と信じた。自分が乗っている自転車にもGPSの発信機はついている。急にスピードが上がったのは分かっているはずだから、何かあったと判断してくれるだろう。いや、敦美が連絡したかもしれない。

クソ、追いつけない……大友は正体がバレる恐れを無視して、マスクを剝ぎ取った。冷たい空気がダイレクトに口と鼻に飛びこんできて意識が鮮明になったが、それでもスピードは上がらない。前田が右左折を繰り返しているうちに、見失ってしまった。勘に従って直進し、広い通りに出る。いた——前田は自転車を歩道に乗り捨て、タクシーに乗りこむところだった。それで逃げられると思ったら甘い。大友はなおも必死にペダルを漕いで接近し、タクシー会社の名前とナンバープレートの四桁を頭に叩きこんだ。これだけ分かれば、追跡は難しくない——そうやって自分を納得させようとしたが、実はタクシーに乗って逃げる人の追跡は難しい。特に、途中で乗り換えられたら、足取りはほぼ消えてしまう。

　大失敗だ。

　大友はタクシーを見送り、無線に手を伸ばした。これまで何百回となく上司に報告をしてきたが、これほど気の重い報告は初めてだった。


　文京中央署へ戻った時には、日付が変わっていた。階段を登る時に、足ががくがくする——ちょっと自転車に乗っただけで情けない、と自分を叱責する羽目になった。

　特捜本部へ入ると、まず永橋のところへ行き、思い切り頭を下げた。

「すみません。力不足でした」

「体力勝負になる場面にお前を投入した俺のミスだよ」

　皮肉に、大友はまったく反論できなかった。もう一度頭を下げると、永橋が溜息をつく。大友は唇を引き結び、次の叱責を待ったが、永橋はいきなり話題を変えてきた。

「被害者から事情聴取しているが——」

「前田のことは知っているんですね？」

「ああ。息子さんが茗荷谷中の一年生だ」

「虐待の事実は……」

「認めていないが、あると考えていいだろう。確認したら、態度が豹変した」

「まだ叩いているんですか？」大友は腕時計を見た。事件発生時だから緊急事態なのだが、それにしてももう遅過ぎる。

「叩く、じゃない。被害者に対する事情聴取だ」

「前田の行方についてはどうですか？」

「まだ分からん。タクシー会社の方で、池袋まで乗せたことは確認できたが、そこから先は不明だ」

「池袋か……電車を利用したんでしょうか」タクシーを降りた時点では、まだ電車は動いていた。その気になれば、相当遠くまで行けたはずだ。

「可能性はある。今、池袋駅の防犯カメラをチェックしているが――」

「全部チェックするのは不可能でしょうね」大友は指摘した。池袋駅は、それだけで一つの街と言えるぐらい巨大なのだ。

「暴行容疑で逮捕状は請求した。問題はないだろう。しかし、何とか身柄は押さえたい」

「自殺を心配しているんですね？」

　永橋が無言でうなずく。それは大友も懸念するところだった。襲撃に失敗した瞬間、前田は確実に追いこまれていたことを理解しただろう。監視、尾行されていて、現場を目撃されてしまった――いや、それは覚悟の上で、あの襲撃を計画したのかもしれない。それが入念な計画に基づくものなのか、抑えきれない衝動によるものかは分からないが。

　大友は、振り向いた前田の顔を思い出していた。必死でペダルを漕いで逃げようとしているにもかかわらず、穴が開いたような虚しい目——そこにあったのは絶望だった。

「彼が死のうと考えた時、どこに行くかですが……いくつか可能性のある場所がありま す。一つは、妹さんが自殺した前橋。妹さんの自殺は、前田に決定的なダメージを与えたようで、まだショックを引きずっていましたから。それと、愛知へ行っている可能性もあります」

「捨てた故郷じゃないのか」永橋が眉をひそめる。

「彼にとっての居場所はどこだったんでしょうか……もしかしたら、長年住んでいる東京も、心地好い場所ではなかったのかもしれません。父親という脅威がなくなった今、故郷へ帰る気になってもおかしくありませんよ」終焉の地として選び、結局故郷に帰って行く人もいる。

「分かった。どちらも手配しよう。まず、地元の県警にチェックしてもらおう。それと、宿泊施設と交通機関のチェックだな。特に新幹線だ」

「そうですね。先ほどの時間だと、もう新幹線は使えないと思いますが……明日の朝からが勝負だと思います」

「しんどいところだが、もうひと踏ん張りだ」

「私は、いつでも出ます」大友はうなずいた。「どこへでも行きます」

今、自分がやるべきことはこれだ。前田に会わなくてはならない。話をしなくてはならない。犯罪者として……ではない。家族の軋轢の中に沈み、地獄を見た人間としてだ。

大友は、刑事である前に家庭人である。優斗と似たような境遇にある前田が悲惨な事件を起こした可能性が高い。その事実が、大友の心を今までにないほど強く揺さぶっている。

彼に会いたいのは自分のためでもあるからだ、と大友は確信した。

6

前田は既に、いろいろなことを諦めているのかもしれない。

普通、捜査の手から逃れようとする人間は、何とか自分の痕跡を隠そうとするものだ。それは決して難しいことではなく、携帯電話やクレジットカードを使わなければ、追跡はかなり難しくなる。防犯カメラも、役に立つのは、ある程度居場所が絞りこめている時だけだ。特捜本部では、前田が逃走した直後から、タクシーを降りた池袋駅で防犯カメラのチェックを始めていたが、確認までどれだけ時間がかかるか分からない。

しかし前田は、積極的に自分の痕跡を消そうとしてはいなかった。クレジットカードを使い、東京駅で新幹線のチケットを購入したのが確認できたのだ。八時ちょうどの「のぞみ」で名古屋に向かったらしい。

やはり予感が当たったか……大友は勘に従って早々と名古屋へ飛ばなかったことを悔いた。この情報が入ってきたのは、午前八時半過ぎ。朝一番の新幹線に乗れば、先回りして名古屋で網を張れたかもしれない。しかし、まだ間に合う。

通常、他県警への捜査依頼は、捜査共助課を通して行う。現場同士で勝手に話をしていると情報が錯綜するので、一本化するのが基本なのだ。しかし大友は、敢えてこの決まりを破った。現地――春日井署の刑事課長・菅原に直接電話をかけたのだ。

「ああ、あんたか。何か新しい動きでも――」

「容疑者がそちらに向かう可能性があります」

「何だと?」

大友は簡潔に状況を説明した。菅原は黙って聞いていたが、大友が話し終えると、すぐに「分かった」と了承してくれた。

「捜査共助課の方からも県警に話が行くと思いますが――」

「知ったことか。今俺は、個人的な知り合いであるあんたから、好意として情報提供を受けた。それで動いたからといって、誰かにお叱りを受けるいわれはない」

やはりハード――というか捜査が最優先の人だったか……大友はほっとして電話を切った。こういう人は、一度懐に飛びこんでしまえば、逆に絶対的な味方になる。

大友はすぐに荷物をまとめた。昨夜は所轄の道場を借りて泊まってしまったので着替えてもいないが、仕方がない。救いは、朝電話で話した時に、優斗が元気づけてくれたことだった。

「塾がなければ、着替えぐらい持っていくんだけどね」

「何言ってるんだ。奥さんじゃないんだからさ」

「ママにそんなことしてもらったこと、ある？」

「……なかったな」

「大丈夫だよ。二日ぐらい同じ服を着てたって死なないから」

心安い会話を思い出してにやけながら、永橋に挨拶をする。

「とにかく出ます。私が先発します」

「状況がはっきりしたら、すぐに応援を出す」

「できたら、芦原を寄越してくれませんか？　今回は頑張りましたから、最後は直接見せてやりたいんです」

「えらく後輩のことを気にするようになったな」

「彼女を私につけたのは課長ですよ」

「……とにかく、連絡する」永橋がうなずき、大友を送り出した。


新幹線で、少しは眠っておこうと思った。昨夜もほとんど寝ていないし、今日はこれからハードな戦いになるのは分かっている。しかし目を閉じると、眠気は去ってしまうのだった。仕方なく、車内販売でコーヒーを買い、今後に備えることにした。

名古屋までは一時間半──到着は十一時半過ぎになる。途中、永橋からのメールで「名古屋駅では発見できず」の情報が入ってきた。前田は九時四十分には名古屋に着いていたはずだ。「新幹線に乗った」という情報が入ってきたのが八時半過ぎだったから、愛知県警が動き出した時点で、前田はもう駅を出てしまっていた可能性もある。

名古屋まであと十分というところで、今度は電話がかかってきた。デッキに出て受けると、少し焦りが感じられる永橋の声が耳に飛びこんでくる。

「今、春日井署の刑事課長から連絡があった。前田の実家の最寄駅付近で張り込みをしているんだが、本人はまだ姿を見せない」

「分かりました」

「取り敢えず、実家近くの捜索もしているそうだ」

「向こうと合流した方がいいでしょうね」

「ああ……他にどこか、行先に心当たりはあるか？」

「それは……」一瞬言葉を切った後、すぐに思い至った。あくまで思いつきだが、今前田が故郷で行きそうな場所というと、自宅以外にはそこしか考えられない。そう言えば、実家のすぐ近くに寺があったはずだ。あそこではないだろうか。「もしかしたら、母親の墓かもしれません」

「場所は分かっているのか？」

「いや……でも、調べられると思います。私の方でも当たってみますけど、現地の春日井署にもお願いしてもらえませんか？　地元で聞き込みをした方が早いかもしれません」

「分かった。頼んでおく」

　電話を切ってすぐ、大友は背広のポケットから名刺入れを取り出した。最近受け取った名刺をひっくり返し、すぐに目当ての一枚を見つけ出す。浅野貴志は、大友からの電話にすぐ反応した。

「すみません、今話して大丈夫ですか？」

「大丈夫です。クニのことで何かあったんですか？」浅野が敏感に反応した。

「この話はまだ広めないで欲しいんですが、逮捕状を準備しています」

「逮捕状……」

「暴行容疑です。それで、前田は今、愛知県にいる可能性が高い」

「こっちへ来てるんですか？」

「名古屋までの新幹線に乗ったと思われます。しかし……その後の行先が分からないんです」

「実家じゃないんですか？」

「実家にはいないようですね」

「大友さん、今どこにいるんですか？」

「新幹線です。間もなく名古屋に着きます……それで、もしかしたら前田は、お母さんのお墓に行っている可能性がある——今、他に行くべき場所もないと思います」

「ああ……そうですね」

「お母さんの墓地がどこにあるか、分かりますか？　確か、実家の近くにお寺がありますよね」

「あそこではないと思いますけど、どこかな……クニからそういう話を聞いたことはないです」

墓参りの話などしないのが普通だろう。それでも大友は浅野にすがった。

「調べられませんか？　私はこのまま、春日井へ向かいます」

「調べてみます。誰か知っている人間はいると思いますから」

「お願いします」大友は見えない浅野に向かって頭を下げた。

通話を終えた後も、いつ電話がかかってくるか分からないので、デッキに立ち続けた。実際、すぐに敦美から連絡があった。後発組――敦美に柴、美来の他に所轄の若い刑事がもう一人――も新幹線に乗ったという。大友からほぼ一時間遅れで名古屋に到着するようだ。

「どこへ行くべきか、分かったら連絡するよ」

「了解」

敦美も珍しく緊張しているようだった。去年、結婚詐欺事件に巻きこまれて以来、どこかぼうっとして元気がない日々が続いていたのだが、この事件の捜査に没入して回復してきたようだ。彼女もワーカホリックの一人――私生活のダメージを仕事で挽回するタイプである。

その後、名古屋駅に着くまでは、誰からも連絡がなかった。ここからどこへ行くかがまだ決まっていない。どうするか迷ったが、取り敢えず前田の実家があるニュータウンの最寄駅へ向かうことにした。名古屋からは離れることになるが、それほど遠いわけではないから、動きにくくなることはないだろう。中央本線も本数は多い。

ホームで待っている時に、浅野から電話がかかってきた。

「墓地が分かりましたよ」弾んだ口調だったが、そういう場合ではないと気づいたのか、すぐに声を潜める。

「どこですか？」

「春日井に、大規模な霊園があるんです」

「最寄駅は？」

「駅からはかなり遠いんですが、敢えて言えば中央本線の神領（じんりょう）です。そこから五キロぐらい……行くなら、タクシーを使った方がいいですよ」

「分かりました。ありがとうございます」

「クニは、大丈夫なんでしょうか」

「何とかします」

全てが崩壊した後、前田が考えているのは己を消すことかもしれない。しかし、絶対に死なせない。大友は決意を新たにした。

神領駅は不思議な造りの駅だった。南口はともかく、北口へ行くには、線路の上を通る長い跨線橋(こせんきょう)を渡っていかねばならない。改札で、タクシーが摑まえやすいのはどちらかと駅員に確認すると、南口、という答えが返ってきた。

急いで南口に出た瞬間、目の前に一台の覆面パトカーが急停止した。見ると後部座席の窓が開いて、春日井署の刑事課長・菅原が手招きしている。大友は急いで彼の隣に滑りこんだ。

「そろそろあんたが来る時間だと思ってな」

「お手数おかけします」狭い車内で、大友は頭を下げた。

「墓地の場所が分かった」

「私も先ほど聞いたばかりです」

「ここから十分で行ける」

菅原が、ハンドルを握る若い刑事に、「おい」と声をかけた。刑事がすぐに車を発進させる。ロータリーを回って広い道路に向かい始めた瞬間、大友は駅のすぐ横に、線路と交差する形で高速道路が走っているのに気づいた。

「あれは東名ですか？」

「ああ……あんた、ずいぶん余裕があるな」

「そういうわけではないんですが」

駅の周辺は、一戸建てが目立つ典型的な郊外の街。しかし少し走ると、緑が多くなる。

「自宅周辺でも、まだ刑事たちを動かしている。今のところは目撃情報もないが」

「ええ」

「この墓地以外で、どこか行きそうな場所に心当たりはないか？」

「今のところは思いつきません。何しろ前田は、二十年以上前にここを離れて、その後はほとんど帰っていませんから……逆に、自宅近くの場所以外には、特に思い入れもないんじゃないでしょうか。高校生ぐらいまでは、行動範囲はそれほど広くないですよね」

「そうだな……ところで広さの話を言えば、あの墓地は相当厄介だぞ」

「そうなんですか？」

「公園と一体になった墓地で、広さは確か八十ヘクタール――ナゴヤドーム八個分、とかよく言うな。しかも野球場と違って起伏が激しい」

「隠れるような場所があるんですか？」

「あると言えばある、ないと言えばない……公園だからな。斜面を利用して造られた馬鹿でかい公園のあちこちに墓所がある光景を想像してもらえば、何となくイメージできるんじゃないか？」

それなら確かに、隠れる場所はありそうだ。しかしこちらの狙いはシンプルである。

「目指すのは、取り敢えず前田の母親の墓地です」

今は、それ以上言うことはない。大友は腹の上で手を組み、目を閉じた。微振動が体の疲れを解していく……菅原が何か話したそうにしているのは分かったが、今の大友には言葉はいらなかった。

車はいつの間にか、片側三車線の広い道路に出ていた。前方にはまた東名高速が見えている。周囲はいかにも郊外の雰囲気……量販店などが建ち並んでいる。

もうしばらく走ると、覆面パトカーは広い道路を外れて脇道に入った。この辺りまで来ると急に緑が多くなり、左手に池——小さな湖が見えてきた。その手前に、「墓地中込みご案内致します」という看板を見つける。やはり、大規模な墓地がすぐ近くにあるのだ。さらに、「この先墓園」という案内看板も見えた。

すぐに道路が二股に分かれる。若い刑事は迷わず左側へ向かった。大友は、「管理事務所」の看板が左側を指しているのを確認した。

「この辺はもう、公園に入ってるんだ」菅原が小声で説明した。

「墓所もありますね」実際、左側に「第５墓所」の看板と墓地が見えてきていた。その第５墓所が延々と続く。これは、最初に場所を絞りこまないと、えらく苦労しそうだ。とにかく広い……次々に現れる墓所を見ているうちに、大友は暗澹たる気分になってきた。妻を亡くした大友は、同年代の男性に比べれば墓地に縁がある方だろう。彼女の墓は町田——自宅から歩いて行ける場所にあり、今でも月命日の前後には必ず顔を出す。亡き妻を偲ぶため——その行動は次第に儀式めいてきてはいるが、彼女に対する強い感情は今でも消えていない。それ故、墓地はどこであっても大友の気持ちを揺さぶるようだった。

ようやく管理事務所にたどり着き、前田の母親の墓を確認する。第7墓所――一番奥だ。とにかく行って確認してみよう。車に戻ったところで、菅原の携帯が鳴った。

「ああ」電話に出て乱暴に応対する。「そうだ。第7墓所だ。そう――馬鹿野郎、それぐらい自分で調べてこい！」

電話を切ると、菅原が舌打ちする。しかめっ面で大友を見ると、「最近の若い連中は、何でもかんでも指示してやらないと動けないんだからな……呆れるよ」と零す。

「全国共通、どの仕事でも共通の問題だと思います」

「まあ……役に立つかどうかはともかく、応援は何人か来る。こういう時は、少しでも人が多い方がいいだろう」

そう言えば、敦美たちもそろそろ名古屋に着くはずだ。広範囲を一気に捜索するためには人手が多い方が便利なのだが、彼女たちをここに呼んでしまっていいものか――無駄足に終わる可能性も高い。

しかし、刑事の仕事の九割は無駄だ。

大友は敦美に連絡し、状況を詳細に説明した。

「とにかくそっちへ行ってみるわ」

「タクシーも摑まえにくい駅なんだけど……」

「それぐらい何とかするから」

頼もしい限りだ。少なくとも敦美は、「最近の若い連中」ではない。実際、自分たちはもう、「中堅」ではなく、「ベテラン」と呼ばれてもおかしくない年齢になってきているのだ。警察官人生の折り返し地点は過ぎた——最近、ふとそんな風に意識することがある。いや、大抵は柴や敦美に言われるのだが。「もう二十年を切ってるからな」「そろそろ自分の好きなことをやったら？」。二人の真意は簡単に読める。さっさと捜査一課に戻って本来の仕事をしろ、だ。

「警視庁からも応援が来ます」大友は通話を終えて菅原に告げた。

「そいつはありがたいね。何人だ？」

「四人です」

「総計九人になるか……それだけいれば、墓所の捜索ぐらいはすぐに終わるだろう」

実際には、捜索を終えた後も、この墓地で張りこまねばならないだろう。今ここにいなくても、前田はこれから来る可能性がある。だいたい、自殺しようとするなら昼間ではなく夜ではないか。母親の墓の前で自殺というのは……あり得ない話ではない。

第7墓所は、道路と同じ高さにあった。どうやら新しく造成されたようで、スペースには余裕がある。実際、他の墓所と比べると、こぢんまりとしていた。墓が増えても、余裕で対応できるだろう。道路脇に車を停め、すぐに捜索を開始する。三人しかいないので、広い墓所をグリッド式に捜すのは難しく、取り敢えず道路に近い場所から始める。

今日は綺麗に晴れ上がり、気温も上がっている。十一月なのに、九月に近いような陽気だった。大友はすぐにコートを脱ぎ、パトカーの中に置いたまま歩き始めた。三人とも無言。墓所に、スーツ姿の男が三人というのは、かなり違和感のある光景だが……気にしてはいられない。何人もの人とすれ違い、その都度挨拶される。大友も必ず挨拶を返した。墓地に特有のこの感覚——ここを訪れる人は皆、愛する人を悼みに来ているのだ。共通の感覚が、人を礼儀正しくさせる。

前田は見つからない。ここには来ていないのか……様々な墓が並ぶ中を歩いていると、自分がどの辺りにいるのか、次第に分からなくなってくる。

「効率が悪いな」打ち合わせたわけでもないのに、いつの間にか菅原とぶつかってしまった。三人がばらばらで動いているから、彼の言う通りなのだが……そもそも隠れる場所もない。墓石と墓石の間に身を潜めていても、すぐに分かってしまうだろう。つまり、ここには前田はいない——勘が外れたか、と大友は焦りを感じた。

すぐに、春日井署の署員が二人、合流する。それからさらに三十分後、敦美たちが姿を見せた。大柄な彼女を見て、菅原がかすかに眉を顰めたが、敦美の方では気にする様子もない。自分が独特の威圧感を持っていて、初対面の人に強烈な印象を与えることは自覚しているのだ。

「どうやら外れたようだ」大友は告げた。

「しょうがないわね。でも他に、考えられる場所はなかったし……」

「前田の母親の墓はどこだ？」柴が訊ねる。「取り敢えず、そこを見てみようぜ。そこで張ってる方が効率的じゃないか？」

「分かった。ちょっと行ってみよう……課長、他をお願いします」

「分かった」

　大友は警視庁組の四人を引き連れ、前田の母親の墓に向かった。この墓所にはやたらと大きい墓もあるのだが、前田の母親の墓はごくささやかなもので、しかも訪れる人は誰もいないようだった。雑草が生え、墓石も汚れている。両隣の墓が綺麗に掃除されているのと対照的で、大友は何だか惨めな気分になってきた。ちゃんと掃除して、せめて花でも手向けたい——そんなことをしている場合ではないのだが。

「前田もずっと、墓参りには来てないんだろうな」柴がぽつりと言った。

「父親もね」敦美が同調する。

「何だか……何だろうな、このもやもやした感じは」柴が墓石から顔を背けながら言った。「もしも母親が生きていたら、前田もこういう人生を送ってなかったかもしれないな」

「感傷的になってもしょうがないわよ」敦美が冷たい口調で言ったが、顔を見ると、表情は暗い。一人の人間の死が、家族を崩壊させたかもしれないという事実を重く受け止めているのだろう。柴は感情が顔に出やすい男だが、敦美の場合は表に出ないだけで、実際には感受性が豊かな女性なのだ。

「それじゃあ、待ちに入るか」柴がコートを脱いで肩に引っかけた。昼飯でも食べに行こうか、というぐらいの軽い調子だったが、わざとそんな風に喋っているのは分かった。何とか気持ちを持ち直そうとしているのだ。

「あなたたちは、他の墓所も探して。前田を事前に捕捉できるかもしれないから」敦美が美来たちに指示した。

「分かりました」美来が緊張しきった表情でうなずく。

「できれば前田には見つからないように、気をつけて……見つけたらすぐに連絡してくれ」大友は追加の指示を出した。

「自殺しそうになった時だけ、報告抜きで飛び出せよ」柴がつけ加えた。「お前らの命を賭けても絶対に止めろ。死なれたら話が聞けないからな」

それを聞いた美来の顔が引き攣る。

若い刑事二人を残して、三人は同時に踵を返した。

その瞬間、大友は前田と正面から対峙することになった。

7

前田は凍りついた。大友も同様だった。敦美がいち早く反応し、前田の背後に回りこんで退路を塞ぐ。柴が大友の前に出て前田に迫ろうとしたが、大友はその肩を摑んで引き止めた。柴が不満そうな表情で振り返る。何も言わないが、何が言いたいかは分かった——お前にできるのか？

「僕がやる」

大友は低くつぶやき、柴の前に出た。前田との距離は二メートルほど。前田は黒いジャンパーにジーンズと、昨日と同じ格好だった。あまり寝ていないのか、目は真っ赤である。

「あなたは……」前田が、大友の顔を虚ろな目で見た。「どうしてここに？」

「まず、謝罪します」大友は頭を下げた。「私はあなたに嘘をつきました」

「警察官だったんですか？」

「そうです」

「何かおかしいと思ったけど……警察官には見えなかったな」

だったら自分の演技は上々だったわけだが……まったく嬉しくない。前田に近づいた時には、何となく優斗を利用してしまったような気分になっていたし。

「私は国家公務員ではありませんし、地方に住んでいるわけでもない。息子が春から茗荷谷中に入るのも嘘です。全て、あなたに接近するためでした」

「余計なことを話しましたか……」前田の顔が暗くなる。

「少なくとも、あなたを逮捕できるような情報は出てきませんでしたね。それについては、今はいいんです。あなたは昨夜、茗荷谷中の生徒さんの父親を襲おうとしましたね？」

「もしかして、追いかけて来たのはあなたですか」

「ええ。みっともない話ですが、まったく追いつけませんでした。この歳になると、体力は落ちる一方ですね」

「……私は逮捕されるんですか？」

「昨夜の一件に関して、暴行容疑で逮捕状が出ています」

「そうですか」前田が溜息をつく。周囲を見回して、「逃げ場はないんですね」とつけ加えた。

「そうです。諦めて下さい。私はあなたと話がしたい」

「私は話したくない」前田の顔が強張る。

「あなたと話をしないと、私はダメージを負ったままになるんです」

「あなたは関係ないでしょう」

「あるんです……どうしてここへ来たんですか？　自分のやったことを、お母さんに報告するためですか？　人を殺したと打ち明けられても、お母さんは喜ばないでしょう」

「ここへ来た理由は分かってるんじゃないですか？」

　そこから急に、動きがスローになった。前田がジャンパーのポケットからナイフを取り出す。折り畳みの刃を開いた瞬間、柴が「高畑！」と叫ぶ。実際には敦美は、柴が声をかける前に気づいて動き出していた。鋭いダッシュで、前田の腰の辺りに肩をぶつけていく。ぎりぎりで気づいた前田がわずかに体を捻って直撃を避けたが、それでも大きくバランスを崩してしまった。第二撃で柴が突進し、前田の右手を蹴り上げる。ナイフが彼の手を離れ、宙を舞って、誰かの墓石に当たった。かつん、という甲高い音を聞いた瞬間、大友の中で何かが動いた。

素早く前田に近づき、肩を小突いて上体を立たせる。胸ぐらを掴むと、右手を思い切り引いた。そのまま顔面にパンチをめりこませようどした瞬間——後ろから、ぐいと腕を引かれる。

「離せ！」叫んだが、意外な強さで、腕が動かない。振り向くと、美来が顔を真っ赤にして、両手で大友の右腕を摑んでいた。

「テツ、よせ」柴が静かに言った。「それはお前のやり方じゃない」

それでふっと力が抜けてしまった。胸ぐらを押さえていた左手の力を抜くと、前田はふらふらと揺れて、尻餅をつく。背後から近づいた敦美がすぐに手錠をかけ、右腕を摑んで引っ張り上げた。

大友は咳払いし、ゆっくりと右腕を下ろした。途中で美来の手が離れるのが分かる。改めて彼女の顔を見ると、恐怖のせいか顔が引き攣っていた。

「テツ、らしくないことはするなよ」柴が忠告した。

「ああ……」

「ここは冷静になれ」

彼の言う通り……こういうのはまったく自分らしくない。大友は前田に背中を向けて、ゆっくりと歩き出した。墓地——今の騒ぎが一段落した後には、静かな空気が流れている。間もなく菅原たちがやって来て、また騒然とした雰囲気になるだろうが、今は少しだけ、静かな時間に身を浸したかった。

だが——それを切り裂いたのは、前田の叫びだった。低く、空気を揺るがすような野太い叫び。

大友は背筋が凍りつくのを感じた。


春日井署に戻った時には、午後二時になっていた。

「いやあ、腹が減ったな」

柴が呑気な口調で言った。これも、自分をリラックスさせるための演技だと大友には分かっている。ただ、彼は極端な大根役者だ。意図が見え見えで、とてもリラックスできない。それにしても僕は、そんなに緊張しているのか……。

前田は、一時的に署の留置場に入れられていた。その間に、警視庁との連絡を進める。この件は敦美が一手に引き受けた。気を利かせた美来は、近くで食料を仕入れてきた。

「遅くなりましたけど、お昼です」

大友はちらりと、彼女がテーブルに置いたビニール袋に目をやった。パンのいい香りが漂ってきても、食欲は湧かない。柴は袋に手を突っこんでパンを取り出し、さっさと食べ始めた。

「お、結構美味いじゃないか」表情が緩む。春日井署が会議室を用意してくれたので、誰に気を遣うことなく食べてもいいのだが、どうしてもその気になれなかった。

「お前、いい加減にしろよ」柴が、パンを一つ取り出して大友の前に置いた。「これからまた忙しくなるんだぜ。何か食っておかないとへばっちまうぞ」

大友は、ほぼ無意識にパンを掴んだ。ウィンナー入りの柔らかいパン。味わうこともなく、ひたすら咀嚼に専念しながら、美来と柴のどうでもいい会話に耳をそばだてる。

「これ、どこで買ってきたんだ？」

「不思議な喫茶店です」

「喫茶店？　パン屋じゃなくて？」

「喫茶店で、普通にパンを売ってたんです。定食も食べられるお店でした」

「定食？」柴の声が高くなる。

「普通に、ハンバーグ定食とか、生姜焼き定食とか」

「名古屋の喫茶店なんて、小倉トーストしかないのかと思ってたぜ」

「小倉トーストもありましたよ。朝七時からやっているみたいで、モーニングセットもありました」

「ああ、名古屋のモーニングね。一度食べてみたいんだけど、チャンスがないんだ。今回も無理だろうな」

警視庁と連絡調整をしていた敦美が帰って来た。

「あら、パンがあるのね」嬉しそうに言って顔を綻ばせる。

「すみません、こんなものしかなくて」美来が頭を下げる。

「あなたが悪いわけじゃないでしょう。もらうわね」

敦美も立ったままパンを食べ始めた。大友に目を向けると、「テツ、軽く前田を調べておくようにって。清川管理官からの指示よ」とさらりと告げた。

「ああ」

「今日中に東京へ移送するけど、その前に状況だけでも把握しておきたいそうよ。これは、テツがちゃんとやらないとね」

「そうだね」

「おいおい、テツ……」柴が溜息をついた。「どうしたんだよ。今回は、まったくお前らしくないぞ」

「柴は少し黙ってたら？」敦美が冷たく言った。

「そうはいかねえよ」

「あんたは喋り過ぎだから」

「俺は気合いを入れてるだけだ」

テーブルに置いたスマートフォンが鳴る。ぼんやりと画面を確認して、大友は急に目が覚めたような気分になった。福原——福原？　何故このタイミングで？　思わず取り上げて出てしまう。

「大友です」

「テッ、重大な局面だぞ。しっかりやれ」

「いや、あの……福原さん？」福原はこの状態が分かっていて電話してきたようだが、そもそもいったいどうやって知ったのだろう。彼は大物ＯＢではあるが、既に警察を離れてかなりの時間が経っている。電話一本で何でも情報が取れるわけではあるまい。

「自分を救うのは結局自分なんだ」

それだけ言って、福原は電話を切ってしまった。大友は唖然として、スマートフォンを見ながら立ち上がった。

「どうした」柴が怪訝そうな表情を浮かべる。

「いや……福原さんの格言が、初めて役にたったよ」

「ああ？」

「行こう」大友は柴にうなずきかけた。「ここから先は、僕の仕事だ」

前田は静かに座っていた。

目が死んでいる。

正面から相対した時に大友がまず感じたのは、それだった。先ほどのナイフは、誰かを傷つけるためではなく、やはり自殺のために用意していたのだろう。既に死を覚悟し、しかし強引にそこから引き剝がされた人間は——抜け殻だ。前田の意識としては、「自分は既に死んでいる」だろう。

「もう一度謝罪します」大友はまた頭を下げた。「私はあなたに近づいて情報を探るために、身元を偽ったんです」

「そうですか……」

「十年前の話からしたいと思います」大友は敢えて、古い話を持ち出した。普通は、まず直接の逮捕容疑について固めていくのだが、この事件の根は深く、本当の原因——動機は遥かな過去にある。完全に掘り起こすためには、時を遡らなければならない。

「十年前、か」前田がぽつりと言った。「荒川の中学校に勤めていた時ですね」

「あの時も、学校の父兄が襲われる事件があって、あなたの名前は捜査線上に上がっていた。ただし、警察も詰めきれず、結局立件できませんでした。正直言って、あの時は警察もそれほど気合いを入れて捜査をしていなかったはずです。被害者が亡くなった場合とそうでない場合は、対応にも差が出ますから」

「あの時は……」何か言いかけ、前田が口を閉ざす。まだ落ちてはいない——自殺まで覚悟したにもかかわらず、自分がやったことを全て打ち明ける気にはなっていないようだ。人間の心の動きはよく分からない。たぶん前田自身も説明できないはずだ。

「時間軸に沿って事実をまとめてみました」大友は手帳を広げた。「十年前の九月十五日、あなたの妹さん、公美さんが亡くなりました。前橋の湖で、アルコールと睡眠薬を大量摂取して、最終的には湖に入って亡くなったんですよね？　遺書は残っていませんが、自殺で間違いないと判断されました。あなたも現地で、遺体を確認しましたね？」

「肉親だから」

「その後の葬儀は、隠れるように行った……どうしてですか」

無言。理由は何となく想像できていたが、大友はまだ口にしなかった。決定的な一撃として、もう少し後に残しておきたい。

「この一件から三週間後の十月に、中学校の保護者が襲われる事件が起きました」一旦言葉を切り、大友は両手を組んで身を乗り出した。「妹さんが亡くなったことが、あなたの犯行のきっかけになったんじゃないですか」

依然として無言。前田は自分の前に、高く頑丈な壁を築いてしまったようだった。

「さらに昔に遡りたいと思います」前田が反応しないのを無視して、大友は続けた。「あなたは今日、亡くなったお母さんのお墓に行った――行こうとしましたね。何のためですか？」

「墓参り」答えはぽつりとしか返ってこない。

「お花も線香もなしで、ナイフを持って墓参りですか？　だいたいあなたは、二十年以上前に故郷を出てから、ほとんど地元に帰っていなかったはずです。いったい何のタイミングで墓参りしたんですか？　年忌法要というわけではないでしょう」

前田の母親が亡くなったのは、三十年前だ。今は、二十七回忌と三十三回忌の間。もちろん墓参りに行くのが悪いとは言わないが、あの墓の荒れ具合を見ると、前田がこれまでまったく墓参していなかったのは間違いない。

「報告ですか？」

「報告？　何の？」

「あなたなりの世直しが、ある程度成功したことです」

前田の体がぴくりと動く。初めて痛いところを突いた、と大友は確信した。しかしこの件は後回しにする。まずは、前田の過去を探りたい。一番大事なポイントを、最初に確認しておくべきだ。

「あなたは、お父さんに虐待されていた——あなただけじゃない。妹さんもですね？」

前田が顔を上げた。目は相変わらず暗い……何を考えているのか分からなかった。

「きっかけは何ですか？　お母さんが亡くなったことじゃないんですか？」

「昔は普通の家族だったんだ……」消え入りそうな声で前田が言った。

「ニュータウンの団地に住んでいた頃ですね？　私も、あそこへは行きましたよ」

「狭い家で、普通に暮らしていた」

「お母さんは、病気で亡くなったんですか？」

「ああ……癌で……」

「闘病生活は大変だったでしょうね」

「最後の半年はずっと入院していて。見舞いに行く度に、弱っていくのが分かりました。

妹はまだ小学校一年生だったから、見舞いから帰るといつも泣いてましたよ」

「大切な人を亡くすのは辛いものです」

「そういう風に言うだけなら簡単ですね」かすかに蔑むように前田が言った。「交通事故でした。

「私は十年前に妻を亡くしています」大友は意識して淡々と言った。「交通事故でした。あっという間で、顔を見た時にはもう亡くなっていました……ですから、肉親を亡くした辛さは分かるつもりです。最後の瞬間に立ち会えるのと、別れを言う間もなく亡くなるのと、どっちが辛いでしょうね」

死は天秤にかけられるものではない。だが大友は、自分のプライバシーを明かすことで、前田を揺さぶりにかかった。ふと、捜査一課時代に福原に言われた「格言」を思い出す。「取り調べとは、全人格を賭けた戦いだ」。取り調べられる方は、狭い部屋の中で今後の人生を賭けて刑事に対する。そういう容疑者を全面自供させるには、刑事の側にも全てをさらけ出す覚悟が必要だ。表面的な怒りや同情を見せても、神経が過敏になっている容疑者には、すぐに見抜かれてしまう。

大友は取り調べの名手と評価されているし、実際に他の刑事が難儀した容疑者を何人も落としてきた。しかし「どうやって」と聞かれても答えられない。多くの容疑者が、大友の前に座ると、自然に話し出してしまうのだ。しかし今回は違う——自分にとっては、特別な事件になってしまっていた。

今日は全能力を解放する、と改めて決めた。

「妻を亡くしてから、私はずっと一人で息子を育ててきました。小学校へ上がる前でしたが、妻の母親――義母の家の近くに引っ越して、手助けを受けながら、何とか今日までやってきました。そのために、仕事も替わったんです。こんな話を聞かされても迷惑かもしれませんが……それまで私は、捜査一課にいました。殺人事件という、最も重大な犯罪を解決することに、生きがいを感じていました。しかし捜査一課の仕事は不規則で、家に帰れないこともよくあります。それでは息子のために動けない。だから私は、愛着のある職場を離れて、時間に余裕のある部署に異動したんです。それは現在まで続いています。頼まれて捜査一課の手伝いをすることはありましたが、基本的には自分の時間は全て息子のために使っていました」

一気に喋って口をつぐむ。前田の心が揺れた気配はなかった。

「あなたは、私の息子と同じ立場じゃないですか？　お母さんが亡くなった後、男手一つで育てられた。妹さんがいたのは大きな違いですが……お父さんの虐待は、いつから始まったんですか？」

無言で、前田が大友を睨みつける。大友は感情を感じさせない視線を前田に向けた。

「お母さんが亡くなってから、あなたたちは団地を出て一戸建ての家に引っ越していますね。お母さんの保険金を使って建てた家じゃないんですか？」

「そう。俺が五年生の時に、あの家に引っ越した――あのクソみたいな家に」

「どうしてクソみたいな家なんですか？　あそこが虐待の舞台になっていたから？」

「話したくない……どうでもいいですよ」前田が顔を背ける。

「よくないでしょう」大友は突っこんだ。「私は、あなたたち兄妹が虐待を受けていたことが、全ての始まりだったと考えています。その時の状況を、どうしても詳しく知りたい」

「覚えてませんね」

「いや、あなたは覚えているはずだ」大友は少しだけ声を荒らげた。「覚えているからこそ、あなたは今も辛い気持ちを抱えている。子どもの頃に親に虐待された人は、何歳になっても、たとえ親が死んでも、その記憶を持ち続けるものです。守ってくれる人が自分の敵になる——子どもにとって、それほど辛いことはないはずです」

「あなたは、俺を精神的に拷問しているんですか？」前田の顔が強張る。

「どう解釈するかはあなたの自由です」前田の反応が少しだけ乱暴になっている今が押しどころだ、と大友は気合いを入れ直した。「あなたは、自分と同じ立場の人を作ってしまったんですよ」

「何が」前田の声が苛立つ。

「父子家庭ではなく母子家庭ですが……大島宏さんの一家は、大黒柱を失って、これからはお母さんが二人の娘さんを一人で育てていかなくてはいけなくなりました」

「死んだ方がましな人間はいる」

「大島さんが、ですか？　彼は真面目に働いて、家族を養っていたんですよ。大島さんの家族は、経済的にも精神的にも大きなダメージを受けています」

「それでも、あの男は死んでよかった。それが家族のためだったんだ」

前田が傲慢な口調で言い切った。自分の行動に百パーセントの自信を持っている。これは間違いなく、彼の精神の「歪み」の現れだ。

「大島さんも娘さんを虐待していたからですね？　あなたはそれが許せなかった」

「人として当然でしょう」前田があっさり認めた。

「他の人たちも同じなんですね？　十年前の被害者も、今回軽傷で済んだ松宮光一さんも、子どもを虐待していた」

「どれだけ多くの家庭で子どもたちが虐げられているか知ったら、驚きますよ。しかもそれは、簡単には表に出ない。だから警察も手を出せないでしょう。そういう問題を、どう解決したらいいと思いますか？」

「確かに、明確に事件化していないことに関しては、警察は手を出せません」

親が子に手を上げる――そういうことは、いつの時代にもあった。昔は「躾」だったはずだが、最近は事情が変わってきた感じがする。親のストレス解消に、子どもが利用されているのではないか？

間違っている。間違っているが、現代がストレスに満ちた社会なのは確かだ。そこから逃れるために、一番身近なものを利用するのは、理解できないでもない。

「あなたは、何のために先生になったんですか？　まさか最初から、子どもを虐待する親に罰を与えるつもりだったんですか？」

「違います。安定していたからですよ」

「安定の公務員志向、ですか」意外な言葉――まともな返事に大友は驚いた。

「ちゃんと金を稼いで、妹を助ける必要がありましたからね」

「公美さんは、大検を通って短大受験にも成功しました。あなたが援助していたんですね？」

「金を稼ぐのは大変でしたけどね」

「あなたは、高校生の頃からバイトをして、金を貯めていたんですよね？　東京に出てからも、必死で働きながら大学へ通った。それは、父親からの援助を受けられなかったからですね？」違う。父親から逃げるために、一刻も早く経済的に独立したかったからだ。その推測は正しいはずだが、大友は前田自身の口から真相を聞きたかった。

「あんな家にいられるわけがなかった」

「それで、高校の卒業式の翌日に家を出たんですね？　あなたはある意味、律儀な人だ。卒業式だけはきちんと終えたんですから。そしてそれから一年しないうちに、妹さんを連れ出した。ある意味、家出を促したわけですよね？」

「命を守るためです」

「妹さんも、命の危険があるほどの虐待を受けていたんですか」

　また前田が黙りこむ。公美のことについては、あくまで詳しく話したくないようだった。ここで粘り続けるよりも、一つでも事実を認めさせたい。大友は話を引き戻した。

「安定した仕事ということで、あなたは教員という仕事を選んだ。でも、そこで見たのは虐待される子どもたちだったんですね？」

「そういうことは、自然に耳に入ってくる……子どもたちのネットワークもあるし、親同士の噂話もあります。そのうち俺は、積極的に子どもたちの悩み相談に乗るようになったんです。乗らざるを得なくなった。目の前に困っている子がいるのに、放っておくわけにはいかなかったんです。もちろん、虐待ばかりが悩みじゃない。友だち関係、異性関係、受験の相談――中学生は、悩みの塊ですよ」

「それは分かります。私にも中学生の息子がいますから」実際には、優斗はほとんど手がかからない子に育ったのだが。

「教員は、教えるのが仕事です。でも最近は、その『教える』ことがあまりにも重くなり過ぎて、生徒一人一人の生活面にまで目が届かなくなってしまっている。それじゃ駄目なんです。生徒の全人格と対してこそ、教員なんだ」

「今の先生が忙し過ぎるという話は、よく聞いています」

「昔もそうだった――でも、昔は自分を犠牲にしてまで、面倒を見てくれる先生はたくさんいたよ」

「あなたにも、そういう先生がいたんですか？」

「学校では何かと庇って、アドバイスもしてくれました。よく覚えてますよ――中島(なかじま)先生」

「小学校の先生ですか？」

「そうです」

「もしかしたら、高校を卒業したらすぐに家を出るようにアドバイスしてくれたのも、中島先生ですか？」

「ええ」

「小学校の先生に、高校生になってもアドバイスを受けていたんですか？」

「あなたには、そういう先生はいませんでしたか？　永遠に恩師……そういう人が一人いただけで、人生は救われるんです。逃げ場を見つけられる」

「残念ながら、私には恩師と言える存在はいないですね」実際には父親が教員だったわけだが、アドバイスを受けるほど悩んだこともない。呑気な子ども時代だったのだ。

「あなたは、悩みも何もない、幸せな子ども時代を送ったんでしょう」前田の言葉には、皮肉と嫉妬が混じっていた。

「そうだったと思います」大友は認めた。さらりと認めることで、彼の感情をさらにかき回したかった。

「それはお幸せなことですね」皮肉を飛ばして、前田が目を逸らす。

「中島先生も、思いきった手に出る度胸まではなかったんでしょうね。そんなにひどい虐待があったなら、それこそ警察に駆けこむなり、他の先生に相談するなり、手はあったはずです。でもアドバイスしただけだった。虐待を加速させたのは、中島先生だとも言えるんですよ」

「冗談じゃない！」

　前田が両の拳をいきなりテーブルに叩きつけた。傷だらけでひどく年季が入ったテーブルが、ぐらりと揺れる。叩いた勢いで立ち上がった前田が、大友に右手を伸ばした。大友は床を蹴って椅子を滑らせ、前田との間に距離を置いた。すかさず立ち上がった柴が、前田の両肩に手をおいて座らせる。前田は体を揺すって柴の手を振り払ったが、結局椅子に腰を下ろした。柴が、背後から前田の後頭部を睨みつけたが、手は出さない。大友は柴にうなずきかけ、無言で「大丈夫だ」とメッセージを送った。柴がわざと大きな足音を立てながら、自分の席へ戻って行く。

　大友はまた前に出て、両手を握り合わせてテーブルに置いた。前田は肩を上下させながら、何とか呼吸を整えようとしていた。

「中島先生はご健在ですか？」

「亡くなった――五年前に。まだ四十九歳でした」

「病気ですか？」

「いきなり倒れて……脳梗塞だったそうです。死に目には会えなかったし、墓参りにも行っていません」

　中島にとって、前田はどんな子どもだったのだろう。計算すると、前田が小学生――

十歳の頃、中島はまだ二十四歳ぐらいだったはずだ。ほぼ新卒で、虐待されている子どもという現実を目の当たりにした時に、彼は何を考えたのだろう。とても自分の手には負えない……しかし、諦めはしなかった。正解だったかどうかは何とも言えないが、ずっと前田を助けていたことこそ、彼の勇気の証ではないだろうか。そういうことは、滅多にできるものではない。

「中島先生とは、ずっと連絡を取り合っていたんですか」

「ええ。たった一人……他の人とは完全に連絡を絶っていました」

「友だちとも？」

前田が無言でうなずく。

「妹さんのことについても、中島先生のアドバイスですか？」

「いえ……妹を家から連れ出すのは、俺が自分で考えました」

「どうして、高校を退学してまで家を出なくてはいけなかったんですか？」

「妹はその頃もう、ほとんど家にいなかった」

「どういうことですか？」

「友だちの家を転々として、できるだけ家には近寄らないようにしていたから」

「虐待を避けていたんですね？」

無言。これだけは、どうしても話したくないらしい。

「友だちの家を転々としていたら、周りはおかしいと気づきます。お父さんも捜したでしょう」

「夏休みには、東京へ来ていました」

「あなたのところですね？」

「ぎりぎりのせめぎ合いだったんですよ……とにかく、一刻も早くあの家を出ないと駄目だった」

「どうしてですか」

前田がまた黙りこむ。ここは循環作戦で行くしかないか……一度この話題から外れ、向こうが忘れた頃に改めて持ち出す——これを繰り返すのだ。隠しているつもりでも、何度も同じ話題が出るうちに、ぽろりと本音を漏らしたりする。

「今、あなたが生徒さんの悩み相談に乗っているのは、中島先生の影響ですか」

「中島先生は、今でも俺にとって唯一の先生だから」

「でもあなたは、中島先生を裏切った」

「どうして」前田の顔から血の気が引いた。

「中島先生は、あなたのお父さんに暴力を振るいましたか？　そんなことはなかったでしょう。虐待している保護者に制裁を加える——それはあなたの独自の考えですね」

「中島先生は、そういうことができる人じゃなかった」

「制裁云々は別にして、中島先生は、あなたの父親と直接対決することもできたはずです」

「言うのは簡単だけどね」

「生徒と向き合うのが教師の仕事なんでしょう?」

「何でもかんでも教師に押しつける——そういう人間がどれだけ多いか、知ってますか? だから俺たちは、尻を蹴飛ばされたみたいに、毎日走り回らなくちゃいけない」

「そういう日々の中でも、あなたは子どもたちを助けようとした。自分の時間を潰してまで子どもたちのために動いたことは、尊敬に値します。なかなかできることじゃありません。でも、あなたは間違っている」

「それしか方法がなかったんだ」

　初めて前田の発言に弱気が入りこんだ。いや……そもそも自信などなかったのではないかと大友は想像した。自分は間違っているのではないか、こんなことで子どもを救えるはずがない——心に抱えたそういう疑念を、何とか乗り越えようとして、必死で理論武装していただけだろう。ただし誰かと論争するわけではなく、ひたすら自分を納得させるためだけの理論武装である。前田が抱えた闇の深さを考えると、大友は絶望感を覚えた。

「親を殺された子どもは、結局は不幸になるんです。虐待からは逃れられても、経済的に困窮し、周囲の視線も変わってきます。同情もありますが、好奇の視線も集まるんですよ? そういうことまで考えましたか?」

「それでも、辛い思いが続くよりはましでしょう。子どもの頃に受けた虐待は、永遠に心に傷を残すんです」

「妹さんは、それで自殺したんですか？」

「それは――」前田が声を張り上げたが、結局言葉を呑みこんでしまった。やはり、どうしても言いたくないらしい。

「そもそもあなたは、失敗しているんです。我々が把握しているだけで、あなたが襲ったのは三人ないし四人――しかし、結局殺したのは一人です。あなたが殺せなかった三人は、今はどうしているでしょうね。もしかしたら、今でも子どもを虐待しているかもしれない」

「クソ！」前田が叫んだ。「俺一人でどうしろって言うんだ！」

　両手で頭を抱えた前田が、そのままいきなり額をテーブルにぶち当てた。大友が手を伸ばして止めようとしたが間に合わず、二度目の頭突き――前田が悲鳴を上げながら、椅子から滑り落ちた。

「たいした怪我はない」

　言いながら、柴が取調室に入って来た。蓋の開いたペットボトルを差し出す。受け取った大友は、大きく一口呷(あお)って息を吐いた。

「結構強烈だったけどな」

「でかいこぶはできてるけど、他に異常はないってさ。レントゲンでも確認したから、心配ないよ。病院から戻って来たら、取り調べを再開できる」

大友は腕時計を見た。既に午後五時。本来なら、もう東京へ移送していなければならない時刻である。この時間からさらに取り調べするのも、問題になりかねない。しかし……今日は特別だ。前田に、考える時間を与えたくない。

大友は永橋に電話をかけ、事情を説明した。

「暴れた話は聞いたが……怪我がないなら問題なしだ」

「それで、ちょっと相談なんですが、状況によっては移送は明日でもいいでしょうか」

「落とし切れていないんだな？」

「事実関係はある程度は認めているんですが、肝心の動機——一番深いところがまだ分かっていないんです」

「分かった。お前が納得いくまで取り調べは続けていい。ただ、さすがに明日はこっちへ身柄を持って来ないと困るぞ。愛知県警にも、いつまでも迷惑をかけるわけにはいかないからな」

「それは了解しています」

取り調べは午後五時半から再開された。大友は、何かクッションになりそうなものをテーブルに置いておこうかと真剣に考えていた。再開の直前、柴が「奴は完全に壊れていると思う」と囁き、それに同意せざるを得なかったから……先ほどの自傷行為は、演技とは思えない。しかし、テーブルに座布団を置けば、前田は馬鹿にされたと思ってまた猛(たけ)り狂うかもしれない。何かあったら、躊躇せずにいち早く止めるしかない、と大友は柴と申し合わせた。

前田はすっかり大人しくなっていた。額が赤くなってこぶは目立つものの、それ以外に外傷はなし。しかし心に新たに大きな痛手を負ってしまったのは間違いない。

「取り調べを再開します」

今回は、昨夜の襲撃事件の詳細から始めた。まずは逮捕事実をしっかり確定させる――前田は事実関係を認め、被害者はやはり自分の子どもを虐待していた、と説明した。子どもから直接相談を受けていたという。

「殺すつもりでいたんですか？」

「ああ。あんたたちが来なければ……それに制裁しなければならない人間は、あと二人いる」前田がいきなり打ち明けた。

「あの学校だけで？」

前田が無言でうなずき、大友は背筋に寒いものが走るのを感じた。全校生徒数三百人強の中学校で、五つもの家庭で虐待が行われていた？　あまりにも多過ぎないだろうか。

「虐待と言っても、肉体的な暴力だけじゃない。言葉による暴力、ネグレクト……そういう問題も深刻ですから」

「親に直接言えばいいじゃないですか。先生に言われた一言は重いはずですよ」

「子どもを虐待している親が一番恐れていることが何だか、分かりますか？」

「……表沙汰になること？」

前田が静かにうなずく。

「仮に学校や近所に知られたら、本人は社会的地位を失う。事件になるかもしれない。虐待している親は、基本的に気持ちが弱いんです。弱いから、自分より弱い者に手を上げて、ストレスを解消しようとする」

「あなたのお父さんもそうだったんですか？」

「……ああ」ようやく、前田がはっきりと認めた。

「いつから始まったんですか？　お母さんが亡くなって、あの家に引っ越してから？」

「最初は、そんなに大したことはなかった。小突かれる程度で、そういうことはよくあると思っていたし、怖くもなかった。でもそれが段々エスカレートして……五年生の時には肋骨を折られました」

「重傷じゃないですか。他の人にばれなかったんですか？」

「父親はすぐに俺を医者へ連れて行って、家で転んで肋骨を傷めた、と説明したんです。医者はそれを鵜呑みにしました。俺は本当のことを言おうと……ここまで出かかっていたんですよ」前田が喉元に手を持っていった。「でも、言えなかった。自分を見る父親の目が怖くて。帰ってから、『お前は話すつもりだったんだな』と責められました」

「見抜かれていたんですね」

「それからも、ずっと暴力は続きました。だけど、絶対に顔は狙わない。腹や胸、足だった……夏の間はそれもなかった」

「学校で水泳の授業があったからですね？」

前田の父親がどういう人間なのか、分からなくなってきた。普通、子どもを虐待するような親は、感情のコントロールが利かなくなっている。後先のことを考えずに子どもに手を上げて、大事になってしまうのだ。しかし前田の父親は、冷静に子どもを傷めつけていた——考えるとぞっとする。一種のサイコパスではないのか？　いや、サイコパスとも違うだろう。サイコパスの特性の一つに「衝動性」があるが、前田の父親の行動から感じられるのは、それとは逆の「計画性」と「冷静さ」だ。

「どうしてお父さんがそういうことを始めたのか、分かりますか？　お母さんが亡くなったことがきっかけでしょうか」

「そうかもしれません」

「男手一つで子どもを育てるのは、ストレスとの戦いですよ」

「だったらあなたは、自分の子どもを虐待しましたか？」

「まさか」

「あの男は、そういう人間だったんだ。今考えると、元々の性癖だったんでしょうね。母親が元気だった頃は、抑えられていただけで……抑えがなくなったから……」

「これは単なる仮説ですが、あなたのお母さんに暴力を振るっていた可能性はありませんか？」

「分かりません」前田が、力なく首を横に振った。「少なくとも、俺は知らない。今になっては、知りようもないです」

「そうですね」何となく想像はできるのだが、裏づけるのは不可能だ。

そして話はここから、前田が一番嫌う方向に進んでいく。進まざるを得ない。

大友はペットボトルのキャップを開け、前田の方へ押しやった。

「水です。飲んで下さい」

「結構です」

「いや、飲んで下さい」少しだけ強く出た。「少し落ち着きましょう」

「落ち着いてますよ」

「これから、妹さんのことを聞かないといけません」

前田の顔から血の気が引く。手を伸ばしてボトルを摑もうとしたが、震えてしまって上手くいかない。何とか摑んだものの、ボトルが小刻みに震えて、一杯に入っていた水が少しテーブルに零れた。それでも辛うじて口元に持って行き、啜るように飲む。まだ手は震えていて、唇の端から水が垂れた。

「最初に異変に気づいたのはいつですか？」大友は具体的な質問から始めた。

「俺が……中一の時」

「公美さんはその時十歳……四年生ですか？」

無言でうなずく。唇は震え、握り締めたボトルがたわんだ。

「どういう風に気づいたんですか？」

「妹の部屋から泣き声が聞こえて……夜中の二時ぐらいだった」

「その時あなたはどうしたんですか？」

「気になったけど、その時は寝てしまって。次の日の朝、公美が目を真っ赤にしていて、『どうしたんだ』って聞いても何も言わなかった。父親は——あの男は『余計なことを言うな』って俺を怒鳴りつけました」

「それであなたは、萎縮した」

「あの頃はまだ、逆らえなかったですからね」

公美の部屋で何があったかは容易に想像がつく。大友は唾を呑んだが、喉に硬く角ばったものが引っかかったように感じた。

「あなたへの暴力はその後も続いたんですか？」

「中学校——二年生の頃まで」

「その頃あなたは、お父さんの身長を追い越したんですね？」

「あの男は、平均身長よりも少し背が低かったから」

前田は大友とほぼ同じ背丈——百七十五センチぐらいだろう。春日井署で行方不明者届を見せてもらった時、父親の身長が百六十八センチと記載されていたことを思い出す。

「息子が自分よりも大きくなると、手が出せなくなるんでしょうね」

「一度、殴り合いをしました」

「中学三年の時に……殴られたんで、思わず殴り返して、あの男は床にうずくまったんです」

「だったらその時点で、あなたは圧倒的に優位に立てたはずです。立場が逆転して、父親を圧倒できたはずだ。家庭内暴力も収まったんじゃないですか」

「俺に対しては……その時をきっかけに、あの男は俺に手を出さなくなりました。俺もあまり家に寄りつかないようにして――とにかく、あの家の空気に耐えられなかった」

「高校生の時にアルバイトに明け暮れたのは、そのためでもあったんですか？」

「夜中まで家に帰らないで済みますからね。中島先生に言われたように、独立資金を貯めるためでもあったけど」

「あなたはそれでよかったかもしれない。でも、妹さんは？」

前田が大友の目を凝視したまま、ペットボトルに手を伸ばした。握り締めたボトルが、またたわむ。終いには握り潰してしまい、噴き出した水がテーブルを濡らす。

「あの男は、毎晩妹の部屋に入りこむようになったんです。俺は……それを聞きたくなかったから、バイトに逃げていた……のかもしれない」

「反撃する手もあったんじゃないですか？　あなたはお父さんより体も大きく、強くなっていた」もしも反撃したら、虐待から家庭内暴力に変わって、もっと早いタイミングで悲劇が起きていたかもしれないが。

「いつ頃ですか？」

「妹は、死んだ——死んでいたんです」前田が空疎な口調で言った。

「どういう意味ですか？」

「目が」前田が少しだけ目を見開く。「死人の目。虚ろで、どこかを見ていても、何も見ていないような……中学生になった妹は、家に寄りつかなくなりました。遅くまで徘徊して、学校で問題になったこともあるぐらいです。それであの男が学校に呼び出されて、その時は平謝りして……そんなことが何度も続きました。俺は——分かりますか？夜中にふっと目が覚めた時、妹の部屋から、あの男が上半身裸で出て来たのを見た時のショック」

大友はうなずきもせず、前田の顔を凝視した。分かる、とは言えない。二十年に及ぶ警察官人生の中で、大友はたまたま——幸運なことに親から性的虐待を受けた子どもの事件に関わったことはない。同僚たちから聞かされて話は知っていたが、自ら経験したことでない以上、彼らの言葉が本当には理解できなかった。

自分を守ってくれる無二の存在が、一転して最悪の敵になる瞬間。

公美は、父親の行為の意味をいつ知ったのだろう。知った時の絶望感はいかほどのものだったのだろう。

「何とかしないと、大変なことになる——いや、もうなっていたんですけどね」前田の口調に皮肉が滲む。「俺はさっさと東京へ逃げ出しました。でもそれは、自分のためだけじゃなかった」

「妹さんを連れ出すための布石ですね？　でも、高校一年だった妹さんを一人で実家に残すことに、不安はなかったんですか？」

「どうしようもなかったんです。自分の身は自分で守れ——一年以内に必ず迎えに行くから、それまで何とか頑張ってくれって言い残して」

「辛かった——心配でしたね」

「しょうがない——とにかく、生活を全部変えるためには、二人で街を離れるしかなかったから」

「妹さんは、家を出ることに同意していたんですか？」

「もちろん」

「じゃあ、家を出る時もスムーズにいったんですね？」

「朝——午前五時に家を出るように打ち合わせて、家の前で待っていたんです。家を出て来た妹の顔を見た時——あんな明るい顔を見たのは久しぶりでした。母親が亡くなる前は、いつもあんな顔をしていたのに……」

「東京での生活はどうでしたか？」

「もちろん、大変でしたよ」そう言いながら、前田の顔はどこか嬉しそうだった。「妹は無理矢理高校を辞めてしまったから、別の高校に入り直すことはできなかったけど、大検の勉強を始めて、バイトもして。本来、優秀な子だったから、あの頃は生き生きしてましたね」

「その時も、中島先生に助けてもらったんですか？」

「例えば、家を借りるために保証人が必要な時には……中島先生には迷惑ばかりかけてしまって、何の恩返しもできませんでした」前田が首を後ろに倒し、天井を見る。

「あなたはその後、自力で大学に入りました。妹さんも無事に大検に通って短大に入って、就職もしましたね」

「あの頃が一番、楽だったと思います。金のことは大変だったけど、助け合って何とか暮らして……ただ、妹は永久に変わってしまった。昔は、近所の男の子たちと外を駆け回って、泥だらけになって帰って来るような子だったんだけど、外へ出たがらなくなって――必要な時以外には部屋にずっといて、余計なことはまったく言わなくなりました。友だちもできない。避けていたんでしょうけど……短大でも仕事先でも、人を避けるようになって」

「そういうこと、話し合ったりしなかったんですか？」

「いや……怖かったから」前田がうなずく。「妹は、ひびが入ったガラスみたいなものだったんですよ。ちょっとしたショックで完全に壊れてしまうかもしれない――それが怖かった」

「専門家に相談する手もあったはずです」

「あんなことは、誰にも知られたくなかった」

「医者は、秘密を守ります」

「それは考えたこともあったけど、妹が他人に話したがらなかったんです。本人が希望していないんだったら、どうしようもないでしょう」

「そうですね……妹さんは、立ち直っていたんですか？」

「精神状態はよくなったり、悪くなったり……一番心配だったのは、一種の男性恐怖症が残ったことです。普通に話をするのも辛そうだったし、触られると吐き気がする——あの男は、自分の娘にそういう傷跡まで残したんですよ。だから就職した時には、女子寮に入ったんです。そうすれば、男性と接触する機会は減るでしょう」

「会社でも寮でも、友人はほとんどいなかったようだと聞いています。長いリハビリだったんでしょうね……妹さんは、どうして自殺したんですか？」

ダイレクトに切りこんだが、前田は冷静だった。先ほどのように取り乱す気配は見せない。

「手紙がきたんです——あの男は、妹の居場所を見つけ出したんだ」

「どうやって？」

「それは分かりません。妹からは何度か電話がかかってきました。『もう駄目だ』って——逃げられないと思って絶望したんでしょうね。俺が妹に会いに行った時には会社からも寮からも姿を消していました」

「お父さんからの手紙はあったんですか？」

「妹の部屋に残されていました。あの男は、本物のクソだ。会いに行く、ということをクソみたいな言葉で書いていました」

「その手紙はどうしました？」

「捨てましたよ、もちろん」

当然だろう。大友は、頭の中で時間軸を再確認した。最初の鍵が、鍵穴にぴたりとはまる。

「十年前、あなたが最初の事件を起こしたのは、妹さんが亡くなった直後でした。妹さんのような被害に遭う子どもを少しでも減らすために、親を制裁する——そう考えたんですね？」

「そうです」

「襲撃は、あなたの本来の意図からすると失敗だったと言っていいでしょう。殺すことはできなかったんですから」

第一の引き金。これは理解できる。妹の死が、前田にどれほどの衝撃を与えたか……常軌を逸した考え、行動に走るのも不自然ではない。だが問題は、その後彼の「制裁」が、十年後の今になって突然また発動したことだ。

「十年前の事件の時にも、親の虐待被害に遭う子どもがどれほど多いかは、分かっていたんでしょう？」

「ええ」

「だったらあなたは、ずっと制裁を続けてきても不思議ではなかった。どうしてやめたんですか？」

「怖くなったから——目が覚めたんです。あの頃の俺は、まだ覚悟ができていなかったんだと思う」

人を襲うことを正当化し、その「覚悟」を語る。間違った考えだが、大友はうなずいて先を促した。

「急に冷静になって、自分の立場を考えました。教員というのは、自分を枠の中に閉じこめてしまうものなんですよ。何しろ世間からは『先生』と呼ばれる立場だから。厳しく見られてもいるし、ばれたら——という恐怖もあった」

つまり、実際に人を襲ったことがきっかけで、正気に戻ったわけだ。だが、十年後に再び……その時大友は、第二の鍵を見つけた。

「今年になって、お父さんが行方不明になりました。それがきっかけで、また制裁を始めたんじゃないんですか？」

「あの男さえいなくなれば、すっきりすると思っていました。俺の人生に影を落としていた人間が死んだんだから、俺はこれからまったく別の人生……明るい人生を送れるはずだったんです。でも、駄目だった。自分の昔のこと、妹が死んだことを思い出して、急に追いこまれた感じになって……子どもたちの相談に乗る中で、虐待がまったく減っていない——昔よりひどくなっていることも実感したんです」

「お父さんがいなくなったことがきっかけで、また制裁を始めたんですね」大友は念押した。

「そうです」

「正しい行為だと思っているんですか」

「もちろん」

「間違っています」

前田が目を見開き、すっと顔を上げた。どうして自分の行為が正当化されないのか、本気で不思議に思っている様子だった。

「どんな事情があっても、法を犯してまで人を傷つけることは許されません。それにあなたがやったのは、自分自身を警察で裁判所で刑務所だとみなすようなことだ。個人には、そういう権利はありません」

「警察がちゃんとしていれば、こんなことにはならなかったでしょう」

「個人には、人を制裁する権利はありません」大友は繰り返した。

「おためごかしですね」前田が鼻で笑った。

「私は普段、捜査には私情を交えないようにしています。法に則って調べて、事件を立件するだけです。何故なら、そうしないと自分が壊れてしまうから」

「保身ですか」

「保身です――まさに、自分の身を守るためです。そうしないと、この仕事は続けていけません。私でないとできない仕事もあるし、それを全うするためには、精神状態を常に平静に保っていかなくてはいけないんです」

「そうですか……」関心なさそうに前田がつぶやく。

「しかし今回は……私はあなたを許せない」

前田が大友の顔を凝視した。何を言われているか分からない様子で、きょとんとした表情を浮かべている。

「個人的な感情を排して進めるのが、捜査の基本です。でも今回は、そういうわけにはいかない。あなたのような立場にいても、きちんと社会生活を送っている人はいくらでもいます。人は耐えるものなんです」

「経験したことのない人は、勝手なことを言いますね」

「勝手なことかもしれませんが、私も人の親です。あなたのお父さんは確かに、クソみたいな人間だったかもしれない。しかしあなたも、生徒さんの家庭を崩壊させたんですよ。それは、あなたのお父さんの行為と何が違うんですか？」

前田が唇を噛んだ。自分の言葉がじわじわと頭に染みてきている、と確信する。こんな風に説教をするのは柄ではないと分かっているのだが、今回ばかりはどうしても我慢できなかった。

「あなたは、子どもを虐待している親に、正義の制裁を加えたつもりでしょう。でも、それは教師の——人間の枠をはみ出した行為だ。人には誰でも枠があります。その枠をはみ出した行為が、犯罪と呼ばれるんですよ。あなたは、教師として勝負すべきだったんだ。それを放棄したあなたの責任は重い……私はあなたを絶対に許しません」

いつの間にか鼓動が激しくなっていた。ゆっくりと呼吸し、何とか息を整えようとする。しかし胸は大きく上下するままで、次第に苦しくなってきた。

「これで終わります」

取調室を出て、留置場へ連れていかれる前田の背中を見送っている時、柴が声をかけてきた。

「大丈夫か、テツ？」

「ああ……いや」

柴が渋い表情で黙りこむ。敦美がやって来たが、こちらも厳しい表情を浮かべていた。

「テツ、らしくなかったわよ」

「分かってる」

「子どもが関係していると冷静さを失う――あなたの弱点ね」

「僕も親なんだ」

ふいに恐怖が襲う。前田の父親がたどった道を、大友も歩んでいたかもしれないのだ。何故そうならなかったのか――いや、前田の父親は何故、子どもを虐待するようになったのか。

それを聞く機会は永遠にない。

突然、最後の鍵が鍵穴に入った。気づくと、大友は涙が頬を伝うのを感じていた。

「テツ？」敦美の声がひっくり返った。「大丈夫？」

大友は無言で、廊下の壁に拳を叩きつけた。柴が慌てて止めに入り、後ろから大友の体を抱えこむ。

「テツ！」敦美が悲鳴のような声を上げる。

「落ち着け、テツ」柴の声が耳のすぐ後ろから聞こえる。

「前田を戻してくれ！」大友が叫んだ。

「どうしたんだ、テツ」柴がようやく離れた。

大友は駆け出した。前田はまだ、エレベーターに乗っていない。突進してきた大友を見て、前田が目を見開く。これまで見せたことのない恐怖が顔に浮かんでいた。

「お父さん――お父さんは死んだと言いましたよね？　行方不明じゃないんですか？　どうして死んだと知っているんですか？」

突然、前田が笑い始める。最初は低周波のような笑い声が大友を洗った。しかしすぐに、甲高い笑い声になり――まるで勝ち誇ったようだった。

最後の鍵。

前田は自分の父親も殺していた。

8

前田の東京への移送は先送りになった。警視庁と愛知県警が深夜に談判した結果、警視庁が愛知県警に一歩譲る格好になったのだ。もっともこれは、当然の措置でもある。「死体を埋めた」という供述が得られたら、すぐに容疑者を立ち会わせて現場を確認するのは捜査の常道だ。警視庁としては、既に事件は「動かない」。これからじっくり本人を調べていけばいいだけだから、余裕はある。前田は基本的に、今回の三件の犯行、それに十年前の犯行についても認めているのだ。

「しかし、マジかよ……」春日井署に貸してもらった覆面パトカーのハンドルを握った柴は、未だに信じられない様子だった。

「マジかって、前田が父親を殺していたこと？」助手席に座る敦美が訊ねる。

「いや、遺体を捨てた犬山市っていうのは、春日井市の隣だろう？　東京で言えば、狛江で行方不明になった人が、調布で捨てられるみたいなものじゃないか」

「東京と愛知じゃ、状況も地形も違うわよ。犬山市には、結構山深い場所もあるみたいだから」

二人のやり取りを、大友は後部座席の中央でぼんやりと聞いていた。両隣は美来と、文京中央署の若い刑事。思い切り狭いが、それも気にならない。昨夜から、自分を見失っている感じだった。頭を思い切り殴られ、そのショックから抜け出せていないというか。

春日井インターチェンジから東名道に乗り、すぐに中央道に乗り換えて、一つ先の小牧東インターで降りる。本当に近い——現場は春日井の隣町だと実感したのだが、そこから先は長かった。敦美の言った通り、インターを降りると急に緑濃い感じになる。民家も見当たらず、急激に田舎感が強くなった。

「確かに、犬山には遺体を捨てる場所ぐらいありそうだな」柴がぽつりと言った。

「ここは小牧市だけどね……犬山市の中心は、もっと北——木曽川に近い方よ。市役所や所轄もそっちの方にあるから」

「あの……犬山城も木曽川沿いにあります」美来が遠慮がちに指摘する。

「あれ？　あなた、歴史好きだった？」敦美が振り返って怪訝そうな顔を浮かべる。

「ちょっとですけど……」美来が照れ臭そうに続けた。「犬山城は有名ですから。国宝指定されている、現存天守十二城の一つですし」

「全然知らない……意外な特技ね」

「特技じゃなくて趣味です」美来がすぐに訂正する。

車内には、どこかのんびりしたムードが漂っていた。大友としては話に加われない。捜査は既に山場を越え、これからは失敗さえしなければ上手くまとまる——どうしても気が緩みがちだし、大友も捜査の展開については心配していなかったが、この事件は確実に心に楔を打ちこんだ。

　周辺の光景は、ますます鄙びてきた。左側はずっと、鬱蒼とした森。民家は右側に建ち並んでいるが、ほとんどが農家のようだ。実際、小規模な田んぼや畑が点在している。

　ずっと緩い上り坂が続く。やがて左側がぱっと開け、湖が見えてきた。

「こんなところに湖があるんだ」柴がちらりと左側を見て言った。

「正確には、湖じゃなくてため池みたいよ」敦美が訂正する。

「ため池にしてはでかいな……こんな山の中に、ねえ」

　山の中、という柴の感想は正しかった。山というより「丘」が正確だが、いずれにせよ深い緑の中を縫うように道路が走っているのは間違いない。真っ赤な橋脚の橋を渡ると、今度は両側が完全に森になる。車の往来は多いが、それでもすっかり山の中に入った感じだった。家はほとんど見当たらない。

　やがて、先行する県警のパトカーとワンボックスカーが左に寄って停まった。

「遺体の遺棄場所としては悪くないな」ぽつりと言って、柴がサイドブレーキを引く。

　外へ降り立ち、大きく背伸びした。空はうす曇りで、空気は晩秋らしく冷たい。かなり高い場所に来てしまった感じがした。

　すぐ前に停まったワンボックスカーから、前田が連れられて出て来る。今日はすっかり元気をなくしていた。聞いた話だと、出された朝食にも手をつけなかったという。元気がないだけではなく、一気に年を取ってしまったようだった。髪はぼさぼさで、白髪が目立つ。若白髪には、昨日はまったく気づかなかったのだが。服もよれよれで、ひどく惨めな感じがした。着替えもない……身寄りがないから当然なのだが、あおいはどうするつもりだろう。前田が逮捕されたニュースは、既に流れている。広報課は、父親の殺人事件に関しては情報を抑えたようだが、学校の教員が通り魔事件の犯人だったというだけで、ニュースの「格」は一段上がる。当然あおいも知っているはずだが、警察に連絡が入った様子はなかった。こちらから知らせるべきかどうか、迷う。

前田にも、まともな人生を送るチャンスはあったはずだ。十年前の事件は消せないが、その後に知り合ったあおいに全てを打ち明け、あおいがその事実を受け止めれば、道が開けたかもしれない。ただ、あおいもこれだけ重いものを背負う覚悟があったかどうか……「恋人なんだから当然だ」とは言えない。彼女のこれからを考えると、大友はまたも陰鬱な気分になった。

前田は、犠牲者の家族だけではなく恋人も不幸にした。自分が忌み嫌っていた父親と同じように、罪を背負っているのだ。

春日井署の捜査員に促され、前田が歩道に入る。歩道の端から先は、かなり急斜面の木立になっている。確かにここに遺体を隠せば——埋めてしまえば、外からはまったく分からないはずだ。

前田が、木立に足を踏み入れる。枯れ葉で覆われた斜面は、スニーカーでは歩きにくいようで、何度も足を滑らせ、捜査員に手を借りる始末だった。柴も後に続きかけたが、振り向いて不審気な表情を浮かべる。

「行かないのか？」

「僕はここにいる」

「……そうか」

それ以上追及せず、柴が木立に分け入って行った。やはりかなり急斜面なのか、木に手をかけながら、体を引っ張り上げている。他の三人も後に続き、大友は一人取り残された。

風が強く吹き抜ける。緑の匂い、土の匂い。対向車線を走る車は、現場を行き過ぎる時にかならずスピードを落としていった。普段車が停まらないような場所に三台も停まっているので、おかしいと思うのだろう。高速道路で事故渋滞が起きる時と同じ理屈だが、この辺りは交通量がそれほど多くないので、渋滞するまでには至らない。

道路から見上げるように、木立の中を見詰める。密生した木の間を、前田が歩き続けるのが見えた。この場所で間違いないのだろうか……前田は十八歳で故郷を離れているし、自宅とかなり離れた犬山市に土地勘があったとも思えない。それでも、死体を遺棄した場所は覚えているものだろうか。

昨夜の前田の供述。

父親は数年前から、前田の東京での居場所を摑んで、何度か訪ねて来ていた。その都度振り切ったものの不安が募る中、一年ほど前から、父親の異変に気づいていた。電話がかかってきて罵り合いになった時、話の内容が明らかにおかしかったのだ。辻褄が合わない。まるで、小学生——母親が死ぬ前——の前田と話しているような感じだった。

認知症を疑い、確かめるために、高校時代までの友人、浅野と連絡を取った。それで、時折徘徊したり、近所の人ともまともな話ができなくなっていることが分かった。一人暮らしで家族とも連絡が取れないので、近所の人が役所に相談している——しかし、役所の人が面談に行った時には、たまたま意識がはっきりしていて話ができたので「保護の必要なし」と判断された。

いつ殺意が生じたか——浅野の一言がきっかけだった。「いろいろあったかもしれないけど、息子として最後の面倒ぐらいはみるべきじゃないか?」。冗談じゃない。あのクソみたいな父親の面倒を、どうして俺がみなくちゃいけないんだ。

殺そう、と決めた。

二十数年ぶりに実家に戻り、父親を連れ出してレンタカーに乗せた。父親は、前田が訪れたこともまったく意外に思っていない様子で、まるで朝家を出た前田が夜になって戻って来たような対応だったという。

前田は計画通り、父親を殺すことにした。家から連れ出し、予め目をつけておいた犬山方面へ向かう。より安全を期すためなら、もっと遠く——それこそ、岐阜県辺りにまで足を伸ばすべきだと思ったが、深夜に年老いた父親と二人だけでドライブしていて、警察にでも見とがめられたら面倒なことになる。そう判断して、ここを殺害と死体遺棄の場所に決めたのだった。

　眠ってしまった父親を助手席に残し、後部座席に回る。そこからロープを回して、父親の首を絞めて殺した――直接顔は見たくなかった。本当は、苦しむ顔を見ることでこれまでの嫌な記憶が全て消散するのではないかと思ったが、そんなことはなかった。バックミラーに一瞬映った顔を見た時には力が緩んだが、結局目を閉じ、力を入れ続け――父親はすぐに死んだ。

　それから遺体を斜面に運び上げ、浅い穴を掘って埋めた。父親の体の軽さに驚いたが、それよりも不快感の方が強かったという。父親に触れることすら嫌だった……。

「発見！」

　木立の中から声が聞こえ、大友ははっと顔を上げた。すぐに、柴が斜面を滑るように下りて来る。両手を叩き合わせて汚れを落とすと、大友に向けて渋い表情を作った。

「埋まっていたのは浅い場所だった。すぐに見つかったよ」

「そうか」

「完全に白骨化しているようだ」

「だろうな……前田はどんな様子だ」

「無反応」

「持ちそうか？」

「それは分からない」柴が静かに首を横に振った。「奴は完全に壊れていると思う。俺は、裁判が心配だよ」

「そこは、僕たちが気にすることじゃない。とにかく……待つよ」

「そうだな。お前は来ない方がいいかもしれない」

大友が無言でうなずきかけると、柴は現場に戻って行った。

現場は暗い。頭上を雲が覆い、陽光は一切射さなかった。風は冷たく、雨を予感させる。それでも大友はじっとその場に立ち続け、遺体の捜索が終わるのを待った。

昼過ぎ、掘り起こされた遺体がようやく下ろされる。前田は二人の刑事に左右から肘を摑まれて下りてきた。大友と一瞬目が合う——穴が開いたような目。それでも、大友を見ているのは間違いなく、彼が何か話したがっているのが分かった。

俺は間違ったのか？　あれだけ悲惨な目に遭い、家族を失い、痛みを味わった。だから同じような目に遭っている他の子どもたちを助けようとした。警察の力も及ばない案件を、一人で何とかしようとしただけだ。志が高い行為ではないのか。俺は間違ったのか？

礫(つぶて)のように、大友の頭に無言で投げつけられる疑問。

間違っている。

百万回聞かれれば、大友は百万回ともそう答える。

世の中に、辛い目に遭っている人はたくさんいる。しかし、そこから抜け出す方法はいくらでもあるのだ。中島という教師が、前田を精神的に支えたのは間違いないだろうが、前田の家の事情を知った時にはまだ若かった。彼がもし、前田の希望を無視して他の教員に相談でもしていたら……ベテランの教員だったら、もっと別の判断を下していたかもしれない。行政、それにもしかしたら警察も動き、父親は養育に不適格と判断されて、家族はばらばらになっていたかもしれない。母親を亡くした前田は、妹を守らなければならないという意識を強く持っていたはずだから、引き離されでもしたら、今とは別種のダメージを負っていたかもしれない。

それでも、今ほど悲惨な状況に追いこまれることはなかったのではないか。もしも早い時期に、公美が父親と別れていたら、自殺するほど深い傷を負わずに済んだかもしれない。

どこかで歯車が狂い、前田は引き返せなくなった。知らぬ間にチャンスは潰え、破滅へ向かって最初の一歩を踏み出してしまったのだ。

車に乗りこむために頭を押さえられた前田が、首を振ってそれを振り払う。また大友の顔を見た。彼の疑問が無言で突き刺さる。

俺は間違っているか？

間違っている。何度でも、僕はお前を否定する。

午後、春日井署へ戻って移送の準備が整ったが、大友は柴から「待った」をかけられた。

「お前は後の便でゆっくり来い」

「どうして」

「人手は足りてるんだよ」

「何だよ、それ」大友は首を横に振った。

「清川管理官と、永橋さんと話した。お前、今は明らかにまともな精神状態じゃないぞ」

「そうよ」敦美も割りこんできた。「今、あなたには、前田と同じ空間にいて欲しくないの」

「大袈裟だよ」

「今のテツは、何をしでかすか分からないわよ」

「まさか」大友は笑ったが、その笑いが空疎なことは自分でも意識していた。それでも反論せざるを得ない。「僕はいつも通りだよ」

「テツ……」柴が溜息をついた。「何年つき合ってると思ってるんだ？　お前が何を感じて何を考えているかなんて、話さなくても分かるんだぜ」

「テツ、ちょっと座らない？」

　敦美が言って、広い会議室の椅子に率先して腰を下ろす。死体遺棄事件が発覚したので、春日井署は急遽捜査本部を設置することになり、その準備が行われている最中である。テーブルや椅子が運びこまれていて騒がしいが、敦美は気にもしていないようだった。柴も同様で、敦美の横に座る。仕方なく、大友は二人の正面に腰を落ち着けた。

「今回の件、自分のことと重ね合わせているんでしょう」敦美がずばりと指摘した。

「しかも前田じゃなくて、前田の父親の立場」

柴がつけ加えると、敦美がすぐに話を引き取る。

「きついのは分かるわ。もしかしたら自分もああなっていたかもしれない——状況が似ているだけに、そう考えてしまうのも仕方ないわよね。でもあなたは違う。ちゃんと優斗を育てて、親として結果を出してきた」

「そうだよ。中三で、あれだけしっかりした子はなかなかいないぜ」柴も追従した。

「それは結果論だ」大友は反論した。「百パーセントの聖人はいない。百パーセントの悪人もいないと思う。どんな聖人でも、何パーセントかの悪意は抱えているんだ。自分の中にも、そういうものがあるのかと思うと、ぞっとする」

「悪意なんか、あって当たり前じゃないか」柴が耳を擦った。「だけど普通の人間は、それを抑えられる。そして俺が知る限り、お前は誰よりも普通の人間なんだよ……いや、馬鹿にしてるわけじゃないぜ」

「悪意と対峙するのが私たちの仕事でしょう。事件が起きる度に、悪意と向き合う。時には、自分とよく似た立場、考え方の容疑者とぶつかることもあるわよね。そういう時に嫌な気持ちになるのは、当然なの」

「そうだよ」柴が身を乗り出す。「そういう時、まったく何も感じない人間がいたら、心が死んでるんだ。そして、心が死んだ人間には、刑事は務まらない」

「……ああ」大友はようやく相槌を打った。

「まあ、悩むだけ悩めばいいんじゃない？」敦美が気楽な口調で言った。「悩まない人は、いい刑事になれないから」

「今から？」大友は目を見開いた。「僕たちはもう、折り返し地点を過ぎてるよ」

「警察官人生の後半、経験と余力だけでやっていけると思ってる？　駄目よ、そんなの」敦美が強い口調で叩きつける。「これからも成長して、もっといい刑事にならないと」

「僕は刑事じゃない」

「あれ？　お前、捜査一課に戻るんじゃなかったっけ？　そう言ったよな」柴が脳天から抜けるような声を出した。

「言ってないよ」

「じゃあ、俺の勘違いか。そろそろだとばかり思ってたけどな……いい加減、刑事総務課でくすぶってるのはやめろよ」最後は脅しのようになった。

「総務課の仕事にも意味はあるんだ。くすぶるという言い方は、他の課員に失礼だよ」

「おっと、そうだな。前言撤回だ」柴が軽く自分の頰を張った。「とにかく、この事件はいいタイミングだ。そろそろ本気で考えろよ。それと……優斗から、今日の夕飯はどうするんだって連絡が来てたぞ？」

「お前に？　どうして」

「何も知らないの？」敦美が目を見開く。「私たち、しばらく前から優斗とやり取りしてるのよ。優斗が、あなたの様子を知りたがってるから。仕事は上手く行ってるのか、職場では元気なのか……子どもに心配かけるなんて、それはそれでろくでもない親よね」

何なんだ。優斗はどんどん大きくなって――別れの日が近づいている。

「今日は、東京へ戻ったら、そのまま真っ直ぐ家へ帰れ。上には俺たちが適当に言っておくからさ」

柴の言葉が頭の上で漂うようだった。

9

新横浜で降りるんだ。

大友ははっと気づいて、慌てて席を立った。東海道新幹線で西へ出張した時の癖で、つい東京駅――警視庁へ戻るならここが一番近い――までの切符を買ってしまったのだが、町田の自宅へ直帰するには、新横浜で降りるのが一番早い。横浜線で一本、しかも二十分ほどしかかからないし、横浜線は本数も多い。午後七時前にはＪＲ町田駅についてしまった。

横浜線のホームから自宅へ電話をかけ、優斗と話した。夕飯の買い物は済ませてあるという。今年最初の鍋物。ご飯さえ炊いてあれば、すぐに準備はできるだろう。まったく、子どもにおんぶに抱っこというのもだらしない。

JRの駅と小田急の駅は、デッキでつながっているものの、少し距離がある。いつものように小田急線の駅から歩いて帰るよりも、数分余計に時間がかかってしまった。

家に帰ると、優斗はもう鍋に昆布を敷き、湯を沸かしていた。後は材料を入れるだけ……優斗は鶏肉をメーンに用意していた。いつもの通り、腿肉。少し歯ごたえがある肉の方が、鍋には合う。

「あ、お帰り」優斗が淡々と言った。「だいたい準備できてるけど、すぐ食べる?」

「そうだな」言われてふと、今日は昼飯もろくに食べなかったことを思い出した。とてもそんな気になれなかったのだが。

ゆっくりと手を洗い、部屋着に着替えてダイニングキッチンに戻る。鍋から上がる湯気が、ささくれだった気持ちを少しだけ和らげてくれた。

「ビールは?」

「それはいい……いや、一本だけ呑もうかな」一度座った大友は立ち上がり、冷蔵庫を開けて缶ビールを取り出した。この冷蔵庫は、この家に引っ越した時に買い替えたものだが、その前の冷蔵庫は、菜緒と結婚した時に買ったもの……買い替えの時に、何度も躊躇ったのを覚えている。耐久消費財は少しずつ替えていかなくてはならないことは分かっていたのだが、菜緒の想い出が消えてしまうようで嫌だったのだ。とはいえ、菜緒が生きていた頃に使っていた物は、今はほとんどなくなっている。健在なのは車ぐらいだろう。しかし、アルファの１４７もそろそろ買い替えるべきタイミングだ。実際、長く乗り過ぎた。

大友はまず鶏肉を鍋に入れた。そこそこ硬い腿肉を切るのは結構大変なのだが、優斗は綺麗に一口大に切り分けている。他の野菜もちゃんとしたものだ。大友の家ではこれを「鳥鍋」と呼んでいるが、内容は雑多――どこの家でも、鍋物はこんな感じだろう。メーンの鶏肉の他には、油揚げ、大量のキノコ類、青物としてはたっぷりの細葱がある。これを市販のポン酢ではなく、スダチかカボスのしぼり汁に醤油を合わせたたれで食べるのが大友家流だ。たれに柚子胡椒を入れるとぐっと味が引き締まるのだが、今回は用意がない。

具材に火が通るのを待つ間に、ビールをちびちび呑む。湯気で部屋は温まっているのだが、ビールのせいで体が内側から冷えてしまう。優斗は淡々と鍋の面倒を見ていた。アクをすくい、他の具材を足し――細葱は最後に入れて、ほんの一煮立ちさせるだけだ。歯ごたえが残っていないと、細葱の味は一気に落ちるから、最後に入れて最初に食べ切ってしまう。

優斗は自分の分のご飯をよそってきた。大友はしばらくビール。あと五年すると、こうやって鍋を囲みながら優斗と酒を酌み交わす日がくる。たぶん、その五年間はあっと言う間に過ぎるだろう。最近、日々時間の流れが早くなっている。おそらく、警察官人生の後半も、今考えているよりも早く過ぎ去ってしまうはずだ。

「今日はよくできたね」鶏肉を一つ食べた優斗が、満足そうな笑みを浮かべた。

「お前、もういつでも一人暮らしできるな」

「まさか」

「料理だって、だいたいできるじゃないか」

「まだ無理だよ。揚げ物なんか、絶対に作れないし」

「揚げ物は、僕だって作らないじゃないか」後始末が面倒だし、そもそも家では上手く仕上がらない。たぶん火力の問題で、だからこそ、最近の優斗との外食はトンカツなのだ。

「でも、揚げ物ぐらいできるようにならないとね」

「料理人にでもなるつもりか？」

「そうじゃないけど、どんな料理でも一通り作れないと、格好悪いでしょう」

「いったい誰に向かっての、格好いいとか悪いとかなんだ？」

「そうか……自己満足かなあ」優斗が肩をすくめる。

今日の優斗は、普段よりもよく喋る。最近は食卓でもあまり会話がない——反抗期ではなく、大人しい性格故なのだが、今夜に限っては、どうでもいい話で場の空気を和ませようとしているようだった。

柴はどこまで話したのだろう。子どもに気を遣わせているとしたら、親として情けない限りだ。

大友は、ビールは一本だけにして、自分もご飯を食べた。食事が終わり、コーヒーでも淹れようと思って立ち上がったところで、優斗が突然切り出す。それまでの軽い調子と違い、急に真剣な表情になっていた。

「ちょっといい？　相談があるんだ」

「いいけど……どうした」大友は座り直した。

「高校、決めたんだ。決めたって、どこを受けるか決めただけだけど」

「どこだ？」今まで大友は、志望校について何度も優斗に聞いたが、優斗は一度も答えなかった。というより、「まだ決めていない」という答えが返ってくるだけだった。東京では高校の選択肢も多いから、迷っていたのだろう。

「長野」

「長野？」唐突な答えに、大友は思わず声を張り上げてしまった。

「だから、佐久」

「佐久って……向こうの高校へ入るのか？　まさか、僕の母校とか？」

「違う、違う」優斗が慌てて否定した。「僕の偏差値じゃ、あの高校だともったいないよ。滑り止めぐらい？」

「あのな、父親の母校を馬鹿にするんじゃない。いい学校なんだぞ」

「そうかもしれないけど、狙いは別なんだ」

「東京から長野の高校へ行くなんて、聞いたことがないぞ」

「新しい高校ができるの、知ってるでしょう？　来年開校の私立」

「ああ」その話はしばらく前に、大友も父親から聞いていた。

「あそこ、寮もあるし、おじいちゃんのところからも近いんだよ。あそこへ行ってみたいんだ」

「いや……ちょっと待てよ」大友は慌てた。そんなことは想定してもいなかった。いや、そう言えば思い当たる節はある。「ちょっと前に、寮のこととか言ってたよな？　あれ、このことを想定していたのか？」

「そういうこと」優斗が肩をすくめる。

「去年と今年の夏休みは、ずっと佐久に行ってたけど……」

「あれは、慣れるかどうか試しただけ。全然平気だったよ」

「あんな田舎なのに？」

「町田だって、そんなに都会じゃないでしょう」

「そうだけど……」

「反対なの？」優斗が心配そうに訊ねる。

「そういうわけじゃないけど、いきなりだから……びっくりしただけだ」

「びっくりさせない方がいいのかな」

「え？」

「この辺の、偏差値にあった都立高へ行って、普通に大学受験して……その方がよかった？」

「いや、やりたいことがあるなら——その方法が分かってるなら、そっちへ行っても全然構わないけど、新設校だろう？　どんな風になるか、全然分からないじゃないか」

「だから面白いと思うんだけどな。ＩＴ系をちゃんとやるみたいだから」

「お前、別にパソコンもスマートフォンも、そんなに夢中になってないだろう」

「これからは、ＩＴ系のことが分からないと何もできないでしょう。理系に進むかどうかは分からないけど、そういう勉強をしておけば、文系と理系のつなぎ役にもなれると思うんだ」

「そういう仕事がしたいのか？」

「そこまでは分からないけど」

　優斗は自室に引っこみ、学校案内を持ってすぐに戻って来た。こういうパンフレットは、綺麗事ばかり並べていて、本当のことは分からないんだよな、と思いながら大友はページを繰った。そもそも開学前で、まだ学校の実体はないわけだし。

「おじいちゃんにもいろいろ調べてもらったんだ。ほら、おじいちゃん、そういう方面に顔が利くから。おじいちゃんがちゃんとした学校だって言うんだから、大丈夫でしょう。基本は寮で生活するつもりだけど、たまには向こうの家にも顔を出そうと思ってるんだ」

「僕が何も知らないうちに、話が決まってたわけか……」

「まだ決まってないよ」優斗が即座に否定した。「最後は、父さんの許可がないとね。どうかな？」

「どうって……」突然、この家で一人切りになるのだと気づく。四六時中優斗と一緒にいるのが当たり前だと思っていた生活が、一気に変わる。

そんな生活に耐えられるだろうか。

「父さんには、悪いことしちゃったと思ってるんだ」優斗がとつとつと打ち明ける。「僕がいたせいで、好きな仕事ができなくなったんだから」

「お前のせいじゃない。僕にとってはいつでも家族が第一で、仕事は二の次なんだから」

「でも、仕事は好きなんでしょう？」

「それはそうだけど……」

「昔の仕事に戻ればいいじゃない。皆、待ってるんでしょう？　僕は一人でやれるし……それに、長野へ行ったからって、それでもう完全に家を出るわけじゃないから。大学で東京へ戻って来るかもしれないよ」

「……そうだな」

「僕は、新しいことを始めてみたい。父さんも新しいこと——昔に戻るだけかもしれないけど、試してみればいいじゃない。きっと上手くいくよ」

「そうかな」

「心配なのは、父さんが基本的にだらしないことなんだよね」優斗が悪戯っぽい笑みを浮かべた。「僕がいなかったら、ちゃんと家事をやってた？　家なんか、ゴミ置き場みたいになってたんじゃないかな……外食ばかりでさ。だから、それだけは心配なんだ。一人になっても、今と同じようにきちんとしておかないと、ママが悲しむよ」

「お前にそう言われると、何か変な感じがするんだけど」

優斗が声を上げて笑い、「そうだね」と認めた。食べ終えた食器類を流しに下げ、洗い始める。すぐに振り返って「でも」と続けた。

「でも、何だ？」

「父さん、今まで苦労してきたんだから、これからは自分がやりたいことをやればいいんじゃない？　僕だって、自分のことは自分でやれる——やるようにするから。父さんに迷惑はかけないよ」

「今までだって、迷惑だなんて思ったことは一度もないよ」

「でも、絶対無理してたよね」

認めざるを得ない。しかし、優斗に対しては認めたくなかった。子どもが負担であるわけがない。どんな状況でも、親にとって子どもは宝なのだから。

そうではないと考える人間がいるから悲劇が起きる。自分は、そういう悲劇を少しでも減らしたいのではないか……。

「ちょっとママと相談してくる」

「ごゆっくり」

大友は自室に入り、ゆっくりとドアを閉めた。デスクライトだけを点け、椅子を引いて座る。

ほとんど物を置いていないデスクだが、菜緒の写真だけはずっとここにある。朝起きた瞬間、夜寝る直前に目に入る場所なのだ。

写真立てを手にして、ティッシュペーパーでゆっくりと拭う。しょっちゅう磨いているからガラス面には曇り一つないのだが、今はこの行為が、菜緒と触れ合う唯一の方法なのだ。

写真の菜緒は、大友の記憶にあるままだ。まだ三十代に入ったばかりの頃に撮ったもので、若々しく、生命力に溢れている。君とずっと一緒だったら——とふと思った。今頃僕の人生はどうなっていただろう。君は目標にしていたホノルルマラソンを何度も走っていたかもしれないし、子どもだってもう一人ぐらいいたかもしれない。きっと、賑やかな家族になっていただろう。君がいるだけで、部屋を普段より明るく感じるぐらいだったのだから。

でも、人生はやり直せない。過去に戻ることはできず、常に新しい道が前に開けているだけなのだ。今また、大友の前には新しい道がある。おそらく、この十年ずっと待ち望んでいた道が。その道を優斗が拓いてくれたという事実が、嬉しいような、もどかしいような……。

「これでいいんだよな?」大友は菜緒の写真に語りかけた。「優斗が選ぶ道は、正しいんだよな?」

菜緒が少しだけ微笑んだような気がした。

解説

小橋めぐみ

人生で一度だけ、警察に呼ばれて事情聴取を受けたことがある。

高校生の時だった。放課後、廊下で友人と話していたら、

「小橋さん、至急職員室まで来てください」

と、校内アナウンスが流れた。クラスメイトの男子が走り寄ってきて「先生たちが、小橋はどこだ?って探してたぞ。お前何したんだ?」と責め立てた。何もした覚えはなかったが、何か怒られるのかな、とドキドキしながら職員室へ向かった。

神妙な顔をしていた私に、担任の先生もまた神妙な顔で、

「生徒手帳、盗まれたんだって?」

と言った。その時点では、紛失していたことさえ気づいていなかった。

「○○署から学校に連絡があって、小橋さんの生徒手帳を盗んだ犯人が捕まったって。だから早めに警察まで取りに行ってください」

その、○○署が自宅からも学校からも離れた場所にあって、私の生徒手帳は随分遠くへ来たもんだ、と、降りたった駅で、呑気に思っていたことを覚えている。

受付で名前を言い、取調室のような、がらんとした小さな部屋に通された。机を挟んで、初めて刑事さんという職業の人と接することになった。四十代ぐらいの、身体のがっしりした男の人だった。

最初に、捕まった犯人について話してくださった。いわゆる、スリだった。確か犯人が盗んだものの一覧を写真で見せてくださったように思う。こんなに色々盗んだのか！と、私は目を丸くした。とにかく掏れるものがあったら、なんでも掏る人だったらしい。財布もあったが、生徒手帳もいくつかあったし、雑貨みたいなよく分からないものもあって気になったが、聞ける雰囲気ではなかった。刑事さんは、

「犯人はこの男なのですが、見覚えはありますか？」

と言って、私に写真を見せた。人生で初めての犯人生写真。二十代前半くらいの、ほっそりした男の人で、特に悪そうな感じも漂っていない。記憶を辿ってみたが、見覚えはなかった。

「すみません、記憶にありません」

と謝ると、

「いやいや、大丈夫です」

と、刑事さんは笑顔で言ってくださった。事情聴取は続く。

「犯人は、○月○日、○時○分に○○駅から○○線に乗って、○○車両の座席の一番端に座っていて、あなたがその近くに立っていて、あなたのカバンが目の前に来た時に、

すっと外側のポケットから生徒手帳を盗んだ、と供述しているのですが、その時のことを覚えていますか？」と聞かれた。

私は、犯人は沢山盗んだ上に、よく、その一つ一つを詳細に覚えているな、と感心してしまった。犯罪日記でもつけているんだろうか、と。

掏られたことさえ分かっていなかった私は、朝の通学の電車は混んでいて、よく覚えていない、ということしか言えなかった。それでも刑事さんは、大丈夫ですよ、と笑顔で言いながら、手元の紙に何かを書き込んでいった。

それであなたの生徒手帳の中に入っていたものとして、と、私の目の前に、テレホンカードとプリクラと小さく折り畳んだ手紙を置いた。

「これ以外に入っていたものは、ありませんか？」

私は生徒手帳のカバー部分をファイル代わりに使って、色々入れていたので、ここでも、しっかりした返事ができなかった。犯人は、あんなにしっかり覚えているのに、ことごとく私は曖昧で、申し訳なくなってきて下を向いた。すると刑事さんが、

「手紙をちょっとだけ読ませて頂いたのですが、あなたは、テレビに出るお仕事をされているんですか？」

と言った。ようやく「はい！」と、胸を張って返事ができる質問を頂けた。当時既に芸能活動を始めていて、その手紙は、共演して仲良くなった女優さんに宛てた手紙だった。授業中に書いたものの、結局渡す機会がないまま、生徒手帳に入れっぱなしにして

あったのだ。さらに勢いづいて、当時出演したドラマのタイトルまで聞かれてもないのに伝えると、刑事さんは、

「そうかあ。僕はテレビを見る時間はあまりないのだけれど、もしかしたら息子は、あなたのことを知っているかもしれないね。帰ったら聞いてみよう」

と言って、にっこり笑った。

急に父親の顔を覗かせた刑事さんに、一気に親近感が湧いた。

「アナザーフェイス」を読んでいて、主人公の大友鉄に懐かしさを感じるのは何故だろうと思っていたのだが、途中でふいに、この時のことを思いだした。

刑事の顔と同じくらい、父親としての顔を頻繁に覗かせる大友。事件に頭を悩ませながら、夜の献立をも考えている刑事には、なかなかお目にかかれない。さらに学生時代、演劇青年だった彼には、役者としての顔もある。カメレオン俳優の如く、現場に溶け込み、培った演技力をフル活用する。人物になり切り、身元を偽って容疑者に近づき、見事に変装して尾行し、記者を煙に巻くためには自在に涙を流す。

シリーズ前半は演技論が度々出てきて、役者としての顔も頻繁に見られた。だが、三作目の『第四の壁』で、かつて在籍した劇団で殺人事件が起こり、本物の役者の狂気を目の当たりにした大友は、それ以降、必要に応じて芝居をすることはあっても、役者としての顔はなりをひそめ、代わりに、刑事としての顔が色濃くなってくる。

続く『消失者』では、息子の優斗が親離れをしだしたことに、少しばかり寂しさを感じ、父親としての顔に、ちらりと影が差す。

そして、そんな時に現れるのが、もう一つの顔、妻を事故で突然失った男の顔だ。

優斗の成長を一緒に見届けられない悔しさ。これ以上の挫折はないと思い、妻を亡くした直後のどす黒い感情が蘇ってきてしまうのだ。


このシリーズを読みながら私は、残された父と息子の成長と、捜査一課という第一線にいた一人の刑事の終わりそうで終わらない長いモラトリアム（猶予）の時代を、祈るように見守っていた。

今作『闇の叫び』では、優斗と似たような境遇にある前田が悲惨な事件を起こした可能性が高いことから、大友の心は強く揺さぶられ、事件にのめりこんでいく。

取り調べで、自分の行為を正当化する前田に対し、大友は言い放つ。

「あなたのような立場にいても、きちんと社会生活を送っている人はいくらでもいます。人は耐えるものなんです」

耐えることを知っている大友だからこそ、言える言葉だ。

そう、人はどんなに辛いことがあっても、耐えなければいけない時がある。

昨年六月、私は身内を事故で亡くした。亡くなった日の明け方、薄暗い病院の廊下で、世の中はこんなにも底知れない悲しみの上に成り立っていたのか、と愕然とした。

あの時、引き留めていれば、という後悔。もう二度と会えないという喪失感。やり場はあるけれど、決してぶつけてはいけない怒り。次から次へと湧き出てくる悔しさに、残された家族は気が狂いそうになった。

葬儀後、家に帰って泣きじゃくる祖母の背中を母がさすり、一週間後、一回り小さくなった母の身体を私が抱きしめ、二週間後、やつれた私に母が特上のお肉を買って焼いてくれた。悲しみは薄れるどころか深まるばかりで、バトンのように順番に受け渡される。

そうやって、あの日から今日まで、ずっと耐えてきた。これからもそうなのだろう。少し前を向いて歩き始めた矢先に、ずどんと突き落とされる、その繰り返しだ。

「取り調べとは、全人格を賭けた戦いだ」と、大友のかつての上司は言う。犯人を落とすためには、自分の辛い過去を持ち出すことも時には必要だ。

妻を亡くして十年。耐えて、全てを糧にして、己に課せられた役割を生きていく大友に、私は自分のアナザーフェイスを、未来の顔を、重ね合わせた。

シリーズ全てを読み終えた今、私のモラトリアムの日々に少し、光が差し込んでいる。

（女優）

本作品は文春文庫のための書き下ろしです。
本書はフィクションであり、実在の人物、
団体とは一切関係がありません。

文春文庫

闇(やみ)の叫(さけ)び

アナザーフェイス9

定価はカバーに表示してあります

2018年3月10日　第1刷

著者　堂場瞬一(どうばしゅんいち)

発行者　飯窪成幸

発行所　株式会社 文藝春秋

東京都千代田区紀尾井町3-23　〒102-8008
TEL 03・3265・1211(代)
文藝春秋ホームページ　http://www.bunshun.co.jp

落丁、乱丁本は、お手数ですが小社製作部宛お送り下さい。送料小社負担でお取替致します。

印刷・凸版印刷　製本・加藤製本

Printed in Japan
ISBN978-4-16-791027-3

（　）内は解説者。品切の節はご容赦下さい。

アナザーフェイス
堂場瞬一
家庭の事情で、捜査一課から閑職へ移り二年が経過した大友だが、誘拐事件が発生。元上司の福原は強引に捜査本部に彼を投入する……。最も刑事らしくない男の活躍を描く警察小説。
と-24-1

虚報
堂場瞬一
有名教授が主宰するサイトとの関連が疑われる連続自殺事件。それを追う新聞記者がはまった思わぬ陥穽。新聞報道の最前線を活写した怒濤のエンターテインメント長編。（青木千恵）
と-24-4

衆
堂場瞬一
１９６８夏
１９６８年、機動隊との衝突の最中、一人の高校生が命を落とした。数十年ぶりに地方都市に戻った事件の真相を探求する大学教授がそこで見出したものは？　骨太の人間ドラマ。（香山二三郎）
と-24-9

てのひらのメモ
夏樹静子
シングルマザーの千晶は、喘息の子供を家に残して出社し死なせてしまう。市民から選ばれた裁判員は彼女をどう裁くか？　裁判員法廷をリアルに描くリーガル・サスペンス。（佐木隆三）
な-1-31

孤独な放火魔
夏樹静子
悩む裁判員と新人裁判官。そのリアルな姿に手に汗握るサスペンス。あなたも明日、裁判員に選ばれるかもしれない——現代人必読の書。ミステリの泰斗が描く司法のドラマ。（日下三蔵）
な-1-33

ゴールデン12（ダズン）
夏樹静子
作家デビュー25周年を記念して、全短篇の中から選んだベスト12篇。「死ぬより辛い」「特急夕月」「一億円は安すぎる」「逃亡者」「足の裏」「凍え」「二つの真実」「懸賞」「カビ」などを収録。
な-1-34

刑事の骨
永瀬隼介
連続幼児殺人事件の捜査を指揮する不破は、同期の落ちこぼれ田村の失敗で犯人をとり逃す。十七年後、定年後も捜査を続けていた田村の遺志を継ぎ、不破は真犯人に迫る。（村上貴史）
な-48-5

堂場瞬一
敗者の嘘
アナザーフェイス2
神保町で強盗放火殺人の容疑者が、任意同行後に自殺、その後真犯人と名乗る容疑者と幼馴染の女性弁護士が現れ、捜査は大混乱。合コン中の大友は、福原の命令でやむなく捜査に加わる。
と-24-2

堂場瞬一
第四の壁
アナザーフェイス3
大友がかつて所属していた劇団「アノニマス」の記念公演で、ワンマンな主宰の笹倉が、上演中に舞台の上で絶命する。その手口は、上演予定のシナリオそのものだった。（仲村トオル）
と-24-3

堂場瞬一
消失者
アナザーフェイス4
町田の駅前、大友鉄は想定外の自殺騒ぎで現行犯の老スリを取り逃がしてしまう。その晩、死体が発見され……警察小説の面白さがすべて詰まった大人気シリーズ第四弾！
と-24-5

堂場瞬一
凍る炎
アナザーフェイス5
「燃える氷」メタンハイドレートをめぐる連続殺人事件。刑事総務課のイクメン大友鉄最大の危機を受けて、「追跡捜査係」シリーズの名コンビが共闘する特別コラボ小説！
と-24-6

堂場瞬一
高速の罠
アナザーフェイス6
父・大友鉄を訪ねて高速バスに乗った優斗は移動中に忽然と姿を消す――誘拐か事故か!?　張り巡らされた罠はあまりに大胆不敵だった。シリーズ最高傑作のノンストップサスペンス。
と-24-8

堂場瞬一
愚者の連鎖
アナザーフェイス7
刑事部参事官・後山の指令で、長く完全黙秘を続ける連続窃盗犯を取り調べることになった大友。めったに現場に顔を出さない後山や担当検事も所轄に現れる。沈黙の背後には何が？
と-24-10

堂場瞬一
親子の肖像
アナザーフェイス0
初めて明かされる「アナザーフェイス」シリーズの原点。人質立てこもり事件に巻き込まれる表題作ほか、若き日の大友鉄の活躍を描く、珠玉の6篇！（対談・池田克彦）
と-24-7

（　）内は解説者。品切の節はご容赦下さい。

似鳥鶏（にたどり けい）　午後からはワニ日和

「怪盗ソロモン」の貼り紙と共にイリエワニ、続いてミニブタが盗まれた。飼育員の僕は獣医の鴇（とき）先生と事件解決に乗り出す。個性豊かなメンバーが活躍するキュートな動物園ミステリー。

に-19-1

似鳥鶏　ダチョウは軽車両に該当します

ダチョウと焼死体がつながる？　――楓ヶ丘動物園の飼育員「桃くん」と変態（？）「服部くん」、アイドル飼育員「七森さん」、そしてツンデレ女王の「鴇先生」たちが解決に乗り出す。

に-19-2

濱嘉之　警視庁公安部・青山望　報復連鎖

大間からマグロとともに築地に届いた氷詰めの死体。麻布署に異動した青山が、その闇で見たのは「半グレ」グループと中国マフィアが絡みつく裏社会の報復。大人気シリーズ第三弾！

は-41-3

濱嘉之　警視庁公安部・青山望　機密漏洩

平戸に中国人五人の射殺体が漂着した。捜査に乗り出した青山は日本の原発行政をも巻き込んだ中国の大きな権力闘争に気付く。そして浮上する意外な共犯者……。シリーズ第四弾。

は-41-4

濱嘉之　警視庁公安部・青山望　濁流資金

仮想通貨取引所の社長殺害事件と急性心不全による連続不審死事件。所轄から本庁に戻った青山は、二つの事件の背後に広がる闇に戦慄する。リアリティを追求する絶好調シリーズ第五弾。

は-41-5

濱嘉之　警視庁公安部・青山望　巨悪利権

湯布院温泉で見つかった他殺体。マル害は九州ヤクザの大物だった。凶器の解明で見えてきた、絡み合う巨大宗教団体と利権の構造。ついに山場を迎えた青山と黒幕・神宮寺の直接対決。

は-41-6

濱嘉之　警視庁公安部・青山望　頂上決戦

分裂するヤクザとチャイニーズ・マフィア！　悪のカリスマ、神宮寺武人の裏側に潜んでいたのは中国の暗闇だった。青山、大和田、藤中、龍の「同期カルテット」が結集し、最大の敵に挑む！

は-41-7

濱　嘉之
警視庁公安部・青山望
聖域侵犯
パナマ文書と闇社会。汚職事件、テロリストの力学。日本の聖地、伊勢で緊急事態が発生。からまる糸が一筋になったとき、公安のエース青山望は「国家の敵」といかに対峙するのか。
は-41-8

濱　嘉之
警視庁公安部・青山望
国家簒奪（さんだつ）
組のご法度、覚醒剤取引に手を出した暴力団幹部が爆殺された。背後に蠢く非合法組織は、何を目論んでいるのか。国家の危機に、公安のエース、青山望が疾る人気シリーズ第九弾！
は-41-9

濱　嘉之
内閣官房長官・小山内和博
電光石火
権力闘争、テロ、外交漂流……次々と官邸に起こる危機を元警視庁公安部出身の著者が内閣官房長官を主人公に徹底的なリアリティーで描く。　著者待望の新シリーズ、堂々登場！
は-41-30

秦　建日子
殺人初心者
民間科学捜査員・桐野真衣
婚約破棄され、リストラされた真衣。どん底から飛び込んだ民間科捜研に勤務開始早々、顔に碁盤目の傷を残す連続殺人に遭遇する。「アンフェア」原作者による書き下ろし新シリーズ。
は-45-1

秦　建日子
冤罪初心者
民間科学捜査員・桐野真衣
民間科学捜査研究所の真衣は、アジアからの出稼ぎ青年に着せられた冤罪を晴らそうと奮起した。しかしひょんなことから連続殺人の渦中に――　科学を武器に謎に挑む人気シリーズ第二弾！
は-45-2

森田健市
警視庁組対五課 大地班
ドラッグ・ルート
薬物捜査を手掛ける警視庁組対五課大地班に内部告発でもたらされた秘密の取引情報。それは、罠と裏切りで血塗られた悲劇の序章にすぎなかった――　疾走感溢れる本格警察小説の誕生！
も-28-1

若竹七海
さよならの手口
有能だが不運すぎる女探偵・葉村晶が帰ってきた！　ミステリ専門店でバイト中の晶は元女優に二十年前に家出した娘探しを依頼される。当時娘を調査した探偵は失踪していた。（霜月　蒼）
わ-10-3

（　）内は解説者。品切の節はご容赦下さい。

中山七里
静おばあちゃんにおまかせ
警視庁の新米刑事・葛城は女子大生・円に難事件解決のヒントをもらう。円のブレーンは元裁判官の静おばあちゃん。イッキ読み必至の暮らし系社会派ミステリー。（佳多山大地）
な-71-1

西村京太郎
十津川警部の決断
満員の都営三田線車内で殺された26歳のOL。凶器は千枚通し、目撃者はゼロ。犯人は十津川警部を名指しして挑戦状を送りつける。ミスを挽回すべく辞表を預けて出た十津川の賭けとは。
に-3-37

西村京太郎
男鹿・角館 殺しのスパン
小さな店の六畳間でなまはげの扮装のまま発見された死体は、本来の住人ではなかった。ではいったい誰なのか？　事件の手がかりをつかむため、十津川警部は秋田・男鹿半島へ向かう！
に-3-41

西村京太郎
十津川警部 謎と裏切りの東海道
徳川家康を殺した男
徳川家康を敬愛する警備保障会社社長が犯してしまった殺人は、果たして正当防衛だったのか？　捜査のなかで見えてきた、社長の「過去の貌」とは？
に-3-42

西村京太郎
新・寝台特急（ブルートレイン）殺人事件
暴走族あがりの男を揉み合う中で殺した青年はブルートレインで西へ。追いかける男の仲間と十津川警部。青年を捕えるのはどちらか？　手に汗握るトレイン・ミステリーの傑作！
に-3-43

西村京太郎
十津川警部 京都から愛をこめて
テレビ番組で紹介された「小野篁の予言書」。前所有者は不審死し、現所有者も失踪した。京都では次々と怪事件が起きはじめた。十津川警部が挑む魔都・京都１２００年の怨念とは！
に-3-44

西村京太郎
東北新幹線「はやて」殺人事件
十和田への帰省を心待ちにしていた男が殺された。ゆかりの女が遺骨を携えて新幹線「はやて」に乗ると、思いもよらぬ事態が待ち受けていた！　十津川警部の社会派トラベルミステリー。
に-3-45

十一月に死んだ悪魔
愛川　晶

売れない作家・柏原は交通事故で一週間分の記憶を失う。十一年後、謎の美女との出会いをきっかけに記憶が戻り始めるが。幾重にもからんだ伏線と衝撃のラスト！　究極の恋愛ミステリー。

あ-47-6

神楽坂謎ばなし
愛川　晶

出版社勤務の希美子は仕事で大失敗、同時に恋人も失う。どん底の彼女がひょんなことから寄席の席亭代理に。お仕事小説兼本格ミステリのハイブリッド新シリーズ。　（柳家小せん）

あ-47-3

高座の上の密室
愛川　晶

華麗な手妻を披露する美貌の母娘の悩み。超難度の技を繰り出す太神楽界の御曹司の不可解な行動。寄席「神楽坂倶楽部」で出来する怪事件に新米席亭代理・希美子が挑む。　（杉江松恋）

あ-47-4

はんざい漫才
愛川　晶

スキャンダルの過去を持つ漫才コンビが神楽坂倶楽部に出演することに。席亭代理・希美子は怪事件に遭遇。三十一歳のヒロインが活躍する寄席ミステリ第3弾！　（三浦昌朗／ロケット団）

あ-47-5

火村英生に捧げる犯罪
有栖川有栖

臨床犯罪学者・火村英生のもとに送られてきた犯罪予告めいたファックス。術策の小さな綻びから犯罪が露呈する表題作他、哀切でエレガントな珠玉の作品が並ぶ人気シリーズ。　（柄刀　一）

あ-59-1

菩提樹荘の殺人
有栖川有栖

少年犯罪、お笑い芸人の野望、学生時代の火村英生の名推理、アンチエイジングのカリスマの怪事件とアリスの悲恋。「若さ」をモチーフにした人気シリーズ作品集。　（円堂都司昭）

あ-59-2

西川麻子は地理が好き。
青柳碧人

「世界一長い駅名とは」「世界初の国旗は？」などなど、世界地理のトリビアで難事件を見事解決。地理マニア西川麻子の事件簿。読めば地理の楽しさを学べる勉強系ユーモアミステリー。

あ-67-1

（　）内は解説者。品切の節はご容赦下さい。

青柳碧人
国語、数学、理科、誘拐
進学塾で起きた小6少女の誘拐事件。身代金5000円、すべて1円玉で?!　5人の講師と生徒たちが事件に挑む。「読むと勉強が好きになる」心優しい塾ミステリ！　（太田あや）
あ-67-2

石田衣良
ブルータワー
悪性脳腫瘍で死を宣告された男が二百年後の世界に意識だけスリップ。そこは殺人ウイルスが蔓延し、人々はタワーに閉じ込められた世界。明日をつかむため男の闘いが始まる。（香山二三郎）
い-47-16

池井戸　潤
株価暴落
連続爆破事件に襲われた巨大スーパーの緊急追加支援要請を巡って白水銀行審査部の板東は企画部の二戸と対立する。日本経済の闇と向き合うバンカー達を描く傑作金融ミステリー。
い-64-1

乾（いぬい）　くるみ
イニシエーション・ラブ
甘美で、ときにほろ苦い青春のひとときを瑞々しい筆致で描いた青春小説——と思いきや、最後の二行で全く違った物語に！「必ず二回読みたくなる」と絶賛の傑作ミステリ。　（大矢博子）
い-66-1

乾　くるみ
セカンド・ラブ
一九八三年元旦、春香と出会った。僕たちは幸せだった。春香とそっくりな美奈子が現れるまでは。『イニシエーション・ラブ』の衝撃、ふたたび。究極の恋愛ミステリ第二弾。　（円堂都司昭）
い-66-5

乾　くるみ
リピート
今の記憶を持ったまま昔の自分に戻る「リピート」。人生のやり直しに臨んだ十人の男女が次々に不審な死を遂げて……。『イニシエーション・ラブ』の著者が放つ傑作ミステリ。　（大森　望）
い-66-2

乾　くるみ
Jの神話
全寮制の名門女子高で生徒が塔から墜死し、生徒会長が「胎児なき流産」で失血死をとげる。背後に暗躍する「ジャック」とは何者なのか？　衝撃のデビュー作。　（円堂都司昭）
い-66-3

東川篤哉
魔法使いは完全犯罪の夢を見るか？
殺人現場に現れる謎の少女は、実は魔法使いだった!?　婚活中の女警部、ドMな若手刑事といった愉快な面々と魔法の力で事件を解決する人気ミステリーシリーズ第一弾。（中江有里）
ひ-23-2

藤原伊織
テロリストのパラソル
爆弾テロ事件の容疑者となったバーテンダーが、過去と対峙しながら事件の真相に迫る。乱歩賞&直木賞をダブル受賞した不朽の名作。逢坂剛・黒川博行両氏による追悼対談を特別収録。
ふ-16-7

福澤徹三
死に金
金になることなら何にでも手を出し、数億円を貯めた男。彼が死病に倒れたとき、それを狙う者が次々と病室を訪れる。ラストまで眼が離せない、衝撃のピカレスク・ロマン！（若林　踏）
ふ-35-10

藤井太洋
ビッグデータ・コネクト
官民複合施設のシステムを開発するエンジニアが誘拐された。サイバー捜査官とはぐれ者ハッカーのコンビが個人情報の闇に挑む。今そこにある個人情報の危機を描く21世紀の警察小説。
ふ-40-1

誉田哲也
妖（あやかし）の華
ヤクザに襲われたヒモのヨシキが、妖艶な女性・紅鈴に助けられたのと同じ頃、池袋で、完全に失血した謎の死体が発見された——。人気警察小説の原点となるデビュー作。（杉江松恋）
ほ-15-2

松本清張
火と汐
夏の京都で、男と大文字見物を楽しんでいた人妻が失踪した。その日、夫は、三宅島へのヨットレースに挑んでいたが……。本格推理の醍醐味。「火と汐」『証言の森』『種族同盟』「山」収録。
ま-1-13

松本清張
事故
別冊黒い画集(1)
村の断崖で発見された血まみれの死体。五日前の東京のトラック事故。事件と事故をつなぐものは？　併録の「熱い空気」はTVドラマ「家政婦は見た！」第一回の原作。（酒井順子）
ま-1-109

（　）内は解説者。品切の節はご容赦下さい。

強き蟻
松本清張
三十歳年上の夫の遺産を狙う沢田伊佐子のまわりには、欲望にとりつかれ蟻のようにうごめきまわる人物たちがいる。男女入り乱れ欲望が犯罪を生み出すスリラー長篇。（似鳥　鶏）
ま-1-132

疑惑
松本清張
海中に転落した車から妻は脱出し、夫は死んだ。妻・鬼塚球磨子が殺ったと事件を扇情的に書き立てる記者と、国選弁護人の闘いをスリリングに描く。「不運な名前」収録。（白井佳夫）
ま-1-133

証明
松本清張
作品が認められない小説家志望の夫は、雑誌記者の妻の行動を執拗に追及する。妻のささいな嘘が、二人の運命を変えていく。狂気の行く末は？　男と女の愛憎劇全四篇。（阿刀田　高）
ま-1-134

遠い接近
松本清張
赤紙一枚で家族と自分の人生を狂わされた山尾信治。その裏に隠されたカラクリを知った彼は、復員後、召集令状を作成した兵事係を見つけ出し、ある計画に着手した。（藤井康榮）
ま-1-135

隻眼の少女
麻耶雄嵩
隻眼の少女探偵・御陵みかげは連続殺人事件を解決するが、18年後に再び悪夢が襲う。日本推理作家協会賞と本格ミステリ大賞をダブル受賞した、超絶ミステリの決定版！（巽　昌章）
ま-32-1

デフ・ヴォイス　法廷の手話通訳士
丸山正樹
荒井尚人は生活のため手話通訳士になる。彼の法廷通訳ぶりを目にし、福祉団体の若く美しい女性が接近してきた。知られざるろう者の世界を描く感動の社会派ミステリ。（三宮麻由子）
ま-34-1

誰か Somebody
宮部みゆき
事故死した平凡な運転手の過去をたどり始めた男が行き当たった、意外な人生の情景とは——。稀代のストーリーテラーが丁寧に紡ぎだした、心を揺るがす傑作ミステリー。（杉江松恋）
み-17-6

（　）内は解説者。品切の節はご容赦下さい。

宮部みゆき
名もなき毒
トラブルメーカーとして解雇されたアルバイト女性の連絡窓口になった杉村。折しも街では連続毒殺事件が注目を集めていた。人の心の陥穽を描く吉川英治文学賞受賞作。（杉江松恋）
み-17-9

宮部みゆき
ペテロの葬列（上下）
「皆さん、お静かに」。拳銃を持った老人が企てたバスジャック。呆気なく解決したと思われたその事件は、巨大な闇への入り口にすぎなかった――。杉村シリーズ第三作。（杉江松恋）
み-17-10

宮部みゆき
楽園（上下）
フリーライター・滋子のもとに舞い込んだ、奇妙な調査依頼。それは十六年前に起きた少女殺人事件へと繋がっていく。進化し続ける作家、宮部みゆきの最高到達点がここに。（東　雅夫）
み-17-7

道尾秀介
ソロモンの犬
飼い犬が引き起こした少年の事故死に疑問を感じた秋内は動物生態学に詳しい間宮助教授に相談する。そして予想不可能の結末が！　道尾ファン必読の傑作青春ミステリー。（瀧井朝世）
み-38-1

湊　かなえ
花の鎖
元英語講師の梨花、結婚後に子供ができずに悩む美雪、絵画講師の紗月。彼女たちの人生に影を落とす謎の男K……。三人の女性たちを結ぶものとは？　感動の傑作ミステリ。（加藤　泉）
み-44-1

湊　かなえ
望郷
島に生まれ育った私たちが抱える故郷への愛、憎しみ、そして憧憬……屈折した心が生む六つの事件。日本推理作家協会賞・短編部門を受賞した「海の星」ほか全六編を収める短編集。（光原百合）
み-44-2

（　）内は解説者。品切の節はご容赦下さい。

乾　くるみ
嫉妬事件
ある日、大学の部室にきたら、本の上に〇〇が！　ミステリ研で起きた実話を元にした問題作が、いきなりの文庫化。作中作となる書き下ろし短編「三つの質疑」も収録。（我孫子武丸）
い-66-4

石持浅海
ブック・ジャングル
閉鎖された市立図書館に忍び込んだ昆虫学者の卵と友人、そして高校を卒業したばかりの女子三人。思い出に浸りたいだけだった罪なき不法侵入者達を猛烈な悪意が襲う。（円堂都司昭）
い-89-1

歌野晶午
葉桜の季節に君を想うということ
元私立探偵・成瀬将虎は、同じフィットネスクラブに通う愛子から霊感商法の調査を依頼された。その意外な顚末とは？　あらゆる賞を総なめにした現代ミステリーの最高傑作。
う-20-1

歌野晶午
春から夏、やがて冬
スーパーの保安責任者・平田は万引き犯の末永ますみを捕まえた。偶然の出会いは神の導きか、悪魔の罠か？　動き始めた運命の歯車が二人を究極の結末へと導いていく。（榎本正樹）
う-20-2

江戸川乱歩・桜庭一樹 編
江戸川乱歩傑作選　獣
日本推理小説界のレジェンド・江戸川乱歩が没して50年。名作に光を当てるアンソロジー企画第1弾は「パノラマ島綺譚」「陰獣」など七編と随筆二編を収録。（解題／新保博久・解説／桜庭一樹）
え-15-1

江戸川乱歩・湊　かなえ 編
江戸川乱歩傑作選　鏡
湊かなえ編の傑作選は、謎めくパズラー「湖畔亭事件」、ドンデン返し冴える「赤い部屋」他、挑戦的なミステリ作家・乱歩に焦点を当てる。（解題／新保博久・解説／湊かなえ）
え-15-2

江戸川乱歩・辻村深月 編
江戸川乱歩傑作選　蟲
没後50年を記念する傑作選。辻村深月さんが厳選した妖しく恐ろしい名作。恋に破れた男の妄執を描く「蟲」。四肢を失った軍人と妻の関係を描く「芋虫」他全9編。（解題／新保博久・解説／辻村深月）
え-15-3